転生したら大好きな幼馴染に斬られるモブ役だった。　下

Munimuni

むにむに

Ruby collection

Contents

転生したら大好きな幼馴染に斬られるモブ役だった。下 7
永遠の誓いを何度でも 331
番外編 357
あとがき 365

登場人物紹介
レオニード・アトモス
侯爵家子息。物語の
ヒーロー役。チート級の
魔力を持つ。氷の貴公子と
呼ばれる超絶美形でクールな
キャラだが、メルクリス
を溺愛。
メルクリス・エヴァン
子爵家子息。転生者。
推しキャラのレオニードの
幼馴染の悪役モブキャラなはずが、
何故かレオニードから
溺愛されている。

メリーウェザー・ヘプト
侯爵令嬢。
ジョシュア王子の婚約者。
モブキャラなはずが、
レオニードに迫る
悪女にキャラ変。
伊東綺羅
メルクリスと同じく
転生した少女。本来の
物語の主人公。魔力はないが、
自分を聖女と
言い張る。
ローランド
第二王子。側室が
産んだ子で、離宮で暮らす
深窓の令息。メルクリスに
干渉する謎めいた
キャラ。
ジョシュア
王太子。第一王子。
物語ではレオニードの
相棒役のため、レオニードに
やたらと絡んでくる。

転生したら大好きな幼馴染に斬られるモブ役だった。下

「何だあれ!?」

「魔獣!?」

「あんなの見た事ないぞ！」

レオに抱き締められていてもあまりの眩《まぶ》しさに目が眩《くら》み、先に目を開く事の出来たクラスメイトの驚愕《きょうがく》の声にレオの腕を掴《つか》む手に力が入る。

「なんなのあれ!!」

「やだぁ!!　怖い！」

ゆっくり目を開くと、目の前の光景に言葉を失う。

「なっ……」

物凄《ものすご》い轟音《ごうおん》と共に姿を現したのは、人間とも魔獣ともいえない、姿形がハッキリとしない巨大なヘドロの様に見えるものだった。

「レオ……これ……何か分かる？」

「古い文献で読んだだけで、実物は見た事が無いが……」

僕にだけ聞こえる声で言ったレオの見解に確信する。

『魔王が覚醒《かくせい》する時に魔素溜《だ》まりを各地に吐き出して撒《ま》き散《ち》らすと言われている』

やはり魔王が覚醒するんだ。

それにしても、これが魔素溜まり……？

動いていて、魔獣の様な何かと思えなくも無いが、魔王が吐き出したと言われれば納得出来るような……。

しかし、ここまで原作と掛け離れて来るのか……。

原作ではレオの領地で出る様な魔獣の巨大化したモノがこの森に現れる。

それをレオが征伐し、ヒロインが魔獣によって穢《けが》れた森を浄化する事により、広く聖女として知られて行く事になる。

レオの能力を疑う訳じゃ無いけど、これは規格外過ぎやしないか……？

3mはあるんじゃなかろうかという、この意思があるんだか無いんだか分からない魔素溜まり。あ、呻《うめ》き声を上げた。

泣き出す女生徒も出て来て、防御壁の中はパニック寸前だ。

教師も経験した事のないであろう事態にオロオロするばかり……新任の先生なのにこんな大変な目に遭うなんて……。

「メル」

いや、今は他人の心配をしている場合じゃないんだった。

「レオ……あれ、いけそう？」

「ああ。メルは俺が守る」

皆はパニック寸前で震え上がっているけど、レオは僕を抱き締める腕に力を込めて甘く微笑《ほほえ》んだ。

「ここで待っていてくれ」

「気を付けてね」

抱き締められていた腕が緩く降ろされて、手が僕の指に触れると一瞬だけ絡み、レオは結界を出る。

「この結界の中からは出ないでくれ」

レオはクラスメイト達に告げ、僕に背を向け腰に差していた剣を抜いた。

レオが防御壁から出た事に動揺し悲鳴を上げる者もいれば、レオなら安心だと感嘆の声を上げる人に、必死で止めようとする人の声もする。

「あんなの、いくらアトモス様だって無理よぉ!!」

「アトモス様なら大丈夫だって！」

「ねぇ！　誰かアトモス様を止めてよ!!」

クラスメイト達が揉《も》め出して、女生徒は今にもレオのもとへ走り出さんばかりだ。

僕は振り返ってクラスメイトを見渡すと、一呼吸する。

「レオなら大丈夫だから、此処《ここ》で見守ってて」

騒いでいたクラスメイトが僕の言葉に静まり返ると、僕は再びレオの背中を見つめる。

相変わらず呻き声を上げている魔素溜まりからは雷鳴が響き、また辺り一帯が眩しくなったと同時に、レオが地面を蹴《け》り大きく飛び出した。

僕は両手を握り締め、固唾《かたず》を呑《の》んでレオを見守る。

飛躍したレオが剣を大きく振り被《かぶ》ると、その剣に雷光が直撃して、後ろにいるクラスメイト達が悲鳴を上げる。

しかしレオの動きは止まらず、閃光《せんこう》が迸《ほとばし》る剣を思い切り振り翳《かざ》し、魔素溜まりを天辺《てっぺん》から真っ二つに切り裂いた。

「凄……」

断末魔の叫び声を上げながら、ヘドロの様な魔素溜まりがボロボロと崩れて行く。

「……へ？」

安心したのも束の間、僕とレオの間にいきなり男子生徒が出現した。

「あ！　あいつトイレ行ってたんだ……」

「朝から腹下してたんだったたっけ」

「ちょ、危ないよ！」

「いやもうアトモス様が殲滅《せんめつ》したから大丈夫だろ」

どうやらこの男子生徒はトイレに行っていたみたいで、学園から転移でこの森に戻って来たようだ。

しかし転移位置が悪かった。防御壁の外では彼が危険だ。

だが他の生徒も話す様に、レオが既に殲滅したから大丈夫だろうか。

レオも彼の存在に気付いたようで一瞬こちらを見たが、まだ魔素溜まりに警戒している様子で動かない。

「君！　早くこっちに！」

「え、え……」

「おい！　こっちに来い！」

男子生徒は目の前で断末魔の声を上げながら崩れゆく魔素溜まりに驚き、尻《しり》もちをつく。

僕やクラスメイト達は防御壁に呼び寄せるが、腰が抜けたのか起き上がれないでいる。

防御壁内から引き寄せれば中に入れる事も出来るが、手が届く距離では無い。

そのままでも大丈夫だろうか。

引っ張り込むべきだろうか。

早く決断しなければならないのに、焦ってしまって二の足を踏む。

早くしろ！　レオならこんな時、どうする？

「グゥオアアアアアアアア！！！」

断末魔の叫びが一際大きくなった瞬間、ヘドロが勢い良く飛散した。

その飛沫《ひまつ》がこちらにも飛んで来る。

レオなら避けられるだろうけど、腰を抜かした彼には無理なのではないだろうか。

最悪な事に、彼目掛けて大きな塊が飛んで行く。

レオは何百と飛散する塊を魔法で燃やし尽くしているが、これ程に多いと此方《こちら》には間に合いそうもない。

僕は息を大きく吸い込むと、地面を蹴った。

必死に走りながら考える。

ええと名前は何だっけ、確か男爵家の……えーと、えーと、あ、カッター男爵の次男ケビンだ！

「あ、あ……」

「っ……」

僕はケビンの前に滑り込む様に出ると、塊を確認する。

久し振りに全力で走ったので、たった数秒なのに既に息が荒くなっているが、そんな事気にしてる場合じゃない。とはいえ、いやデカイなやっぱり!!

「メル！！！」

レオが此方に気付いて焦ってるけど、レオ自身も他人を気遣ってる余裕は無い筈《はず》。

僕自身だけなら、多分何とかなる。

レオから贈られたアクセサリーはそれぞれに防御魔法が付与されているし、普段からレオに何重にも防御魔法を掛けられている感じがすると気付いたのは、つい最近のこと。

レオの魔力に敏感になったのかも知れない。

だけど制服姿の無防備なケビンは、この塊を食らったら一溜まりも無いだろう。

「一か八か……！」

僕は両手を翳してヘドロの塊に向けると、一気に魔力を集中させる。

僕の魔法は近距離ではパワーが足りない。

魔法の練習も土魔法しか出来て無いし、至近距離だと打ち負けてしまう可能性が高い。

だから、一気にいかないと。

指先に熱が集まるのを感じて、利き手の右手に力を込めて弓を引く様に構えると、炎の筋が生まれる。

射撃とか、的に当たった例《ため》しが無いけど……。

「いっけぇえええ！！！」

矢を射る様に手を放すと炎が一気に放出されて、僕達に迫った塊を焼き尽くした。

「うわ……」

「ひぃ……」

まだ魔力の調整が上手《うま》く出来無くて、思い切り魔力を放ってしまったらしく、爆発したのかと思う程の大きな衝撃が身体《からだ》中に走った。

ああ、でも間に合って良かった……。

「メル！！！！」

がくりと膝《ひざ》を突いて倒れそうになる僕を、レオが力強く受け止めて抱き締めてくれる。

「レオ……ごめ……言う事、きけなくて……」

「メル、何処《どこ》も怪我《けが》をしていないか？」

僕の顔を覗《のぞ》き込んで心配そうに怪我が無いか確認するレオに、胸が痛むと同時に、嬉《うれ》しく思ってしまう。

「大丈夫、僕はいつもレオに守られてるから」

「メル……」

「レオの真似《まね》して炎の矢を使ってみたんだけど……」

「ああ、とても綺麗《きれい》なフレイムアローだった」

以前レオが使っていたのを見様見真似でやってみたんだけど、あれはフレイムアローという名称な

のか。

ふむふむと頷《うなず》きながら、レオが僕の身体に異常が無いか弄《いじ》り倒すのを為《な》すがままにしていると、視界の端で気まずそうにしているケビンが目に入る。

ハッとして僕はレオから身を離そうとするが、やっぱりというか何というか、レオがしっかりと僕を抱き締めて放さない。

「ぁ……ええと、大丈夫だった？　何も当たって無い？」

「っ！　……は、はい！　大丈夫です！　助けて頂きありがとうございました!!」

ザッとまるで軍人かの様に腰から直角に頭を下げて礼を言うケビンに、レオと2人してきょとんと見つめていたら、背後からくつくつと笑い声が聞こえた。

「君達は鬼教官か何かなの？」

「父さん」

「デイビットさん！」

レオと同時に名前を呼ぶと、デイビットさんはひらひらと手を振りながら此方に歩いて来た。

「やっぱり光ある所に闇あり、なのかな」

デイビットさんの言葉に、僕とレオは顔を見合わせる。

光……とは聖魔法の事なんだろうか。

闇は、魔王の事でいいのかな。

「父さん、あの女と関係は……」

「丁度、彼女の話を聞いている時に此処での異変に気付いたんだけどね、多分今回の件は関係無さそうだよ」

「そうですか」

彼女とは、キラの事だろうか。

今回の件は、という所が気になるけど、ここでは聞いても答えてくれないだろう。

「直《す》ぐに部下も来るから、君達は学校に戻って……」

デイビットさんが防御壁内の教師やクラスメイト達に向かって声を掛けた矢先、女生徒が小さく悲鳴を上げた。

「あれ、何だか広がって行ってない……？」

彼女の指差す方を見ると、ヘドロの燃《も》え滓《かす》が地面に侵蝕《しんしょく》し、確かに広がって行っている様に見えた。

「燃やし尽くさなければ駄目か」

いつもは慎重なレオだけど、僕が無茶をしたから燃え滓が残ってしまっていたらしい。

デイビットさんが直ぐに魔法を放つが、侵蝕は広がる一方だ。

「どうして……」

「実体では無く、ほぼ私怨《しえん》体のようなものなのかも……」

「それはどうすれば……」

私怨？　そんなものが森を喰《く》らい尽くそうとしてるの……？

「メルくんの出番じゃないかな？」

「あ……」

デイビットさんに言われて、聖魔法の事だと気付く。

「父さん、メルは先程魔力を3分の1は消費しているので無理です」

「え、そうなの？」

「う……残りの3分の2で……！」

「危険だ」

「でも、早くしないと……」

ちらりと背後の私怨と呼ばれる侵蝕を確認すると、じわじわと森の奥へ伸びて行く。このままじゃ森が死んでしまう。

僕はレオの目を見つめる。

「レオ、お願い。やらせて？」

「…………………」

レオを見つめて哀願したらレオが動かなくなった。

ん……？　レオが固まってしまった……？

「メルくん、恐ろしい子……」

……なんで？

＊

気持ち良い。

物凄《ものすご》く気持ちが良い。

レオにぎゅっとされているみたいで気持ち良い。

もっともっと……もっと欲しい……。

「……んっ……ぅっ？」

至近距離でレオと目が合う。

いや、それは珍しくも無いんだけど、目が合う以前に、物凄く舌を絡められている……？

「っ……メル」

「レ……オ？」

つーっと糸を引いてレオと僕の舌が離れる。
キ、キスしてたの？
え？　何で？　あれ？　ここ寮？　あれ？

「メル……授業中に魔素溜《だ》まりが発生した事は思い出せるか？」

無言でパニックになっている頭をレオに撫《な》でられながら、言われた事を反芻《はんすう》する。

そうだ、クラスメイトのケビンを助けようとして……。

「あ！　そうだ……魔力切れ起こしちゃって……ってレオ、大丈夫!?」

僕を心配しているレオの方が、よっぽど疲れた様な顔をしている。薄《うつす》らクマも見えるし、レオ越しに見える窓の外は真っ暗だ。一体何時間……その、魔力を注がれていたのだろうか。

夢の中で気持ち良かったのは、その、この下半身の多大な圧迫感からして……その、レオにずっと魔力をね……？

「大丈夫。……メルがこのまま起きなかったらどうしようかと思うと、怖かった」

「レオ……ごめんね」

レオの頬をそっと手で包むと、目元のクマを親指で撫でる。

「メルに何かあったら、俺は生きていけそうも無い」

「そんなの、僕もだよ」

レオが苦笑混じりに言うから、僕も同意する。

レオが居ない世界で、どう生きていけばいいんだ？

良くも悪くも、僕の世界はレオを中心に回っていて、それは今後も変わる事は無くて、だからずっと一緒に生きなきゃ駄目なんだ。

「僕とレオはずっと一緒だよ。約束したでしょう？」

「……メル……ああ。ずっと、一緒に生きよう」

安心した様に微笑むレオを見て、今度は僕が頭を撫でる。

「ね、レオ、寝て？　僕はもう大丈夫だから」

「ああ……身体に違和感は無いか？」

「えっ……あ、うん。大丈夫」

嘘《うそ》です。下半身が物凄く違和感だらけです。

「……心配だから、今晩はこのままメルの中にいてもいいか？」

「ぐっ……う、うん」

真剣な顔で言う台詞《せりふ》が挿入したまま寝たいって!!　拒絶する気はゼロだけど!!

「じゃあ……」

「え、ひぁっ」

正常位から繋《つな》がったままぐるりと身体を横にされて転がると、僕の中のレオがごりごりぐりぐりと擦《こす》れて変な声が出てしまう。

「メル、大丈夫か？」

「んっ……うん」

横向きに寝転がり後ろからレオに抱き締められる。

この感じだと僕の中のレオは萎《な》えてるみたいだけど、それでも圧倒的な圧迫感。

駄目だ、意識しちゃ駄目だ。

レオは寝なきゃいけないんだから。うん。無の境地！

「レオ、お休み」

「メル、お休み」

レオは僕のうなじに唇を寄せたまま、直ぐに寝息を立て始めた。

それ、寝難《にく》く無いのかな……？

すぅすぅとレオの健やかな寝息を感じながら、僕は例のフォルダを開く。

やはり、記録されている。

胸の位置で指をちょこちょこ動かして、授業中と思われる画像をクリックする。

レオに守られてる画像とか、僕が魔法を撃つ動画とかも保存されていて、それは動画に収まっていた。

『レオが一緒なら出来ると思うんだ』

『メル……』

『僕もサポートするし――』

『それは駄目です』

『あ、はい』

確かに、サポートされるという事は、デイビットさんから魔力を貰《もら》わないとならない訳で……うん、駄目だね。

レオと僕は侵蝕を進める魔素溜まりに近付く。僕は両手を出して、あの日のように抱き締められながら、この森を守るんだ、と集中する。

『メル……やはり、一旦《いったん》様子を見て……』

『ううん。いける、大丈夫だから』

パァーッと辺り一帯が光に包まれて、浄化されて行く様子が見て取れるが、やはり魔力消費が酷《ひど》く、僕の顔は青褪《あおざ》めて行く。

レオはそんな僕の様子を見て止めに入るけど、僕は続けたいと哀願する。

『……じゃあ』

『んぅっ!?』

レオが後ろから僕の顎《あご》を取ると唇が重なる。

僕とレオのキスシーンドアップからの、デイビットさんがにこにこしながら見守る様子、クラスメイト達が顔を赤くして悲鳴を上げながら、僕達の事を食い入る様に見ている様子までもが映し出される。


やめて――――お願いやめて下さい――――!!

僕、これからどんな顔して学園に通えば良いの……。

レオにキスされて魔力を送り込まれると、光は益々《ますます》力を増してキラキラと輝き出し、僕の喘《あえ》ぎ声が漏れると一際輝き、ゆっくりと光が収まってゆく。

『はい。皆さんもう大丈夫ですよ。ここは魔導士団の調査が入りますので、学園で聞き取り調査を行わせて貰います』

デイビットさんがクラスメイト達を誘導して転移させると、僕を抱き留めるレオに近付く。

『父さん、詳しくは後で』

『うん。助かったよ。メルくんに宜《よろ》しく』

レオは1つ頷《うなず》くと、僕を抱えたまま寮に転移した。

『メル、メル……』

『……レ……オ……』

気を失いかけている僕をベッドに降ろし、僕に口付けて魔力を送り込んだレオは、薄らと目を開けた僕の耳元でそっと囁《ささや》く。

『……メル、今から魔力を注ぐ為《ため》メルを抱く』

『…………ん』

魔力切れでうつらうつらしている僕の制服を魔法で一気に脱がせると、魔力を注ぎながら愛撫《あいぶ》を始める。

……これは、睡姦というやつでは……!?

いや、僕は許可してるから無理矢理とかじゃ無いし、違うと思うけど!

で、でもこれ妹の同人誌で以下略!
レ、レオは僕が寝てる時どんな抱き方をするんだろう……。
ドキドキしながら続きを眺める。

レオは相変わらずキスで魔力補充しながら僕の身体に触れて解《ほぐ》しているようで、時折僕の小さな喘ぎが漏れる度に、僕の様子を確かめたり、そっと声を掛けたりしている。

『んっ、ふ……』

『メル、気持ち良いか？　もう少し待ってくれ』

僕は意識が無いけど、キスの合間に度々話し掛けてくれていて、僕はまるでそれに応えるかのようにレオに擦り寄っている。

『メル、入れるな』

そっとレオが僕の中に入っていく様子が、ハッキリと映し出される。

僕を気遣ってか、ゆっくりと全てを収め、またゆっくりと抽挿を始める。

僕の声に甘さが増してくるとキスでの魔力補充も再開されて、ぴったりと2人の身体はくっついている。

『っ……………、メル……』

ずっと一定の抽挿ペースを保ったままだったレオが僕の中で吐精したようで、僕の様子を窺《うかが》うも、目を覚まさない僕に眉《まゆ》を寄せながらキスをして、暫《しばら》く経《た》つとまたゆっくりと抽挿を始める。

早送りをして分かったが、その繰り返しが何十回も、10時間以上は続いていた。

レオはその間ずっと同じ体勢で、きっと性的興奮を高めるにはもっと速く、もっと強く腰を打ち付けたいだろうに、僕を気遣ってゆっくりと抱く。

不安そうに、心配そうに、僕だけを見て、僕だけの為に。

自然と頬を涙が伝う。

睡姦とか馬鹿な事を考えてごめんね、レオ。

こんなにもレオに愛されてる僕は、世界1の幸せ者だなぁ。

僕はお腹《なか》に回されたレオの手に、自分の手を重ねた。

＊

レオの愛を再確認してそのまま眠りに就きたかったです。

「っ……」

ふぅ、ふぅ……と息を小刻みに吐いて、どうにかこうにか疼《うず》く下半身を抑えようと試みる。

「……っ、ふっ……ふ……っ」

意識をそこに行かないようにすればする程に、僕の中のレオを締め付けてしまいそうになる。

うう……勃起《ぼっき》していなくてもこの存在感たるや。

もしかしてこれ、レオ本来のサイズなのかな……眠ってるから無防備になって元に戻ってるとかなのだろうか。

既に10時間以上入りっ放しになっていたからか、苦しさは無い。

けど、先程までの営みは僕の魔力回復優先の為のものであって、僕の快楽は二の次であった為に、お腹の奥が疼くというか、切ないというか……。

ふと、気付いた。そろーっと上掛けを捲《めく》り月明かりに照らされた室内で確認する。

いや、見ずとも分かるんだけれども。

あああああ…………やっぱり。

僕のそれが、緩く勃《た》ち始めていた。

どうしよう……いや、どうするも何も我慢の一択だろう。

ここで自慰をすれば、必然的にレオを締め付けてしまう。

こんなに穏やかな寝息を立てて眠るレオを起こしてしまいたくはない。

鎮まれ、鎮まれ……と息を浅く吐き出す。

けど、そう思えば思う程、僕の中にいるレオを意識してしまう。

意識せずとも有り有りと存在感を主張しているんですけども。

ああ駄目だ。僕が呼吸するだけでみちみちに収まってるレオのレオが、何だかぴくぴくと動くような気がしないでもないけど、こんなにみっちり収まってるからそんな訳ないか。みっちりだもんね。

隙間、無さそう。そして僕の気持ち良い所にもしっかりとハマっている。

ああもう考える事がそっちにばかり行ってしまう……!!

ふぅふぅと意識を逸《そ》らそうと必死に息を吐き出していたら、不意に首筋に熱い息が吹き掛けられた。

「……メル……」

「っ……」

レオの掠《かす》れた声に、ぴくっと肩が反応してしまう。

起きちゃったかな……と数秒息を殺して様子を窺うが、どうやら寝言みたいだ。

ふぅーっとゆっくり息を吐き出すが、今度はうなじに熱くて柔らかい感触が這《は》う感覚にぞぞぞぞっと全身が粟立《あわだ》つ。

それがレオの舌だと判断するのに数秒掛かった。

もしかして、レオ、えっちな夢でも見てる……？

僕の首筋に熱い舌を這わせたり、軽く吸い上げたり、僕の名前を呼んでは切な気な吐息を吐いたり、レオの大きな手がさわさわと僕の乳首を探り弄って擦り上げる。

正直に言うね。

エッッッッッロイよ！！！！

「ん……メル……ふ」

「っ……」

あ、もう、駄目。

頭が沸騰しそう。

ん……あれ？　…………あれ……??

下半身の更なる違和感に、僕の身体は固まる。

もしかして…………レオ、勃ってきてない……？

ドッドッドッドッと耳まで響く心音は、全身の血液が沸騰するかと思われる程煩《うるさ》い。

「んぁっ」

ぐぷ、と僕の中のレオがほんの少し引き抜かれて、内壁が擦り上げられる快感に思わず嬌声《きょうせい》を上げてしまった。

「……メ……ル」

「んひっ」

慌てて口を押さえようとしたら、レオに腰を引き寄せられて、再び与えられる快感に声を抑えられなくなる。

「んぁああっ」

僕の首筋に熱い息を吐きながらレオが僕の腰を打ち付け始める。

え!?　寝てるんだよね!?

「あんっ、ひぅっ、待っ……ぁあああっ」

「メ……ル……」

寝惚《ねぼ》けてるの!?　これが!?

「ぁああああっ!?」

本当に寝惚けてるのか!?　激しい！　寝惚けてるレオ激しいな!?

ゆるゆると押し付けていたレオの腰が、次第にガツガツと打ち付けられて、今やベッドが激しく揺れている。

暴力的なまでの快楽にもう僕は嬌声を抑え切れずにひぃひぃ言わされる。

……だけど、正直気持ちが良い！

いつもの優しく、痒《かゆ》い所にも手が届く様な抱かれ方に不満など無いが、これはこれで……良い。

レオはいつも僕を気遣って、僕優先になってしまうから、無意識のレオがこんなにも激しいのかと、今までこんなに我慢して貰《もら》っていたのか……と悔しい思いも込み上げる。

レオにこんなに愛されてるのに、僕はいつも受け身で不甲斐《ふがいな》無い……。

「あああ―――っ！」

なんて反省する暇を与えてくれない程に腰を打ち付けられて、気付いたら上掛けは床に落ち、僕はいつの間にか吐精していた。

「ひぇ⁉」

ぜぇはぁ言いながら息を整えていると、ぐるんとレオが僕を抱き締めたまま仰向《あおむ》けになった。

「んぁっ⁉」

何て破廉恥な体勢⁉

レオはまだ吐精しておらず、僕を抱き締めて腰を揺すり始めた。

「―――――っ！！！」

前後に揺さ振られて、先程とは違う擦られ方に僕は喉《のど》を反り返し、必死にシーツを掴《つか》んで快楽に耐える。

「メル……メル……」

「っ……レオぉ！　……あっ！　ああああ‼」

腰をグラインドさせて中が満遍なく擦られ、ぐりぐりと先端で中を押《お》し潰《つぶ》されるかと思う程抉《えぐ》られる。

「メル……っ、きもちい？」

「きもちいっ……きもちーよぉ……っ！」

あまりの快楽に何も考えられず、レオの問いに素直に答え身を委ねる。

「んっ……レオ、ちゅう……っ！」

キスがしたくて堪《たま》らなくなってそう声を絞り出すと、レオが僕の顎《あご》を引き寄せて口内に舌を潜り込ませた。

「んぶ、んんん、ふっ……」

下から突き上げられ、掻《か》き回《まわ》され、揺すられる。

「んぁあああっ、あっ、あ、あ……っ」

「メル……メル……っ！」

イッてるのに、何度もイッてるのに、容赦無い快楽の渦に飲まれて僕は気付いたら潮を吹き、それでもレオから与えられる快感は止まらなくて、知らず知らず逃げ腰になって離れようとする僕の腰をレオが抱き締め、思い切り突き上げた。

「────っ！！！」

ピンと全身を仰《の》け反《ぞ》らせると目の前がチカチカと白くなり、お腹の奥でレオの熱い魔力が弾《はじ》けて、触れても無いのにまた吐精した僕はレオと舌を絡めながら、意識がとろとろと溶けていくのを感じた。

＊

「メル……」

「…………レオ……？」

寝言？　呼ばれてる？　起きたらうなじに唇が押し当てられていて、意識が飛ぶ前のあれこれを思い出してカッと顔が熱くなる。

昨夜のアレ、レオは覚えてるのかな……。

あれからどのくらい経ったんだろう。窓の外が明るいから朝なんだろうか。

「何処か辛《つら》い所は無いか？」

「ううん。大丈夫。いつも通り」

そっとレオの顔が僕を覗《のぞ》き込んで頬に唇が掠《かす》める。

「……顔が少し赤いな」

「だ、大丈夫！　だいじょぶだか……っ」

レオの手が僕のおでこに添えられて、心配そうにしているから慌てて振り返ろうとして、ずるりと僕の中に収まっていたレオが引き抜かれる感覚に声が詰まった。

ま　だ　入　っ　て　た　の　か　。

もうお尻《しり》が麻痺《まひ》してるよ。

僕のお尻、大丈夫なのかな……。

いざとなったらレオに魔法でどうにかして貰おう。

「メル、抜く？」

「う、え、え？　あ、うん？」

レオの唐突な質問に、寝起き&無防備な身体に刺激を与えられて頭が回らずしどろもどろになる。

抜く、よね？　抜かなきゃだよね？

「本当に？」

「え、え？　あ、え？」

え？　抜かないの？　どうゆう事？

「ごめん。メルが可愛《かわい》いから……」

1人でパニックを起こし掛けていた僕の背後で、レオがクックッと笑っている。

う、その振動で僕の中のレオも振動するから……！

っていうか、僕は揶揄《からか》われたの……？

基本的に真面目なレオがこんな悪戯《いたずら》をするなんて……！

きゅんと来て、思わず締め付けそうになるからやめて！　やっぱりやめないで！　……と脳内葛藤《かっとう》だよ！

「……虐《いじ》めないでよ」

「っ……ごめん。メル、怒った？」

じとりと背後のレオを見ると、頬が心なしか赤く染まった……何で？

「怒ってないよ。ね、朝だよね？　今何時？　授業の前にシャワー浴びたいな」

「ああ、暫く学園は休校になったから、今日は休みなんだ」

ちゅ、と僕の頬にキスしながらレオが言う。

そういえば昨日の事件は学園が所有する森の中で起こった事なんだった。デイビットさん達が調査を終えてから授業再開になるのかな。

「そういえば結界破られちゃったんだっけ……」

「ああ、昨夜の内に森にも学園にも以前より強固な結界を張り直したそうだ」

「そうなんだ」

じゃあゆっくり出来るのかな、と呟《つぶや》いたらレオがまた僕の頬にキスをする。

「父さんから呼び出しが掛かってるから、もうそろそろ起きないと不味《まず》いんだ」

「えっそうなの？　直ぐに支度……ひん！」

ガバッと起き上がろうとして、ずるりと抜き掛けていたそれがまた擦れて、ベッドの上で崩れ落ちる。

……ていうか、まだ全部抜けてないのか……凄《すご》いな……。

「時間は俺達に合わせると言ってくれているから、風呂《ふろ》に入ろうか」

「……うん」

朝から爽《さわ》やかな笑顔のレオに早くも疲れ気味の僕は、抱っこされてお風呂まで行くと隅々まで洗われました。

昨夜いつの間に増やされたのか、キスマークを隅々までレオに消させてからデイビットさんのもとへ向かうと、ジョシュアが居た。

「もう昼だぞ。朝から何をしてたんだお前達は」

「何もしていませんよ。昨夜は寝るのが遅かったのでこの時間になりました。父さん、お待たせしました」

開口一番、そう言ってじろりと此方《こちら》を睨《にら》みながら、丁寧に優雅に滅茶苦茶速くケーキを食べまくるジョシュアの横で、「おはよう？」と手を振るデイビットさんに心なしか胃が重くなる。

うう……精神的に胃薬が欲しいです。

僕とレオは前回と同じように２人の前の席に着くと、昨日のその後の報告を受けた。

デイビットさん曰《いわ》く、闇の力は相反する光のもとへ無意識に向かうそうで、昨日の魔素溜《だ》まりは僕のもとへ引き寄せられて来たらしい。

マジで……？

そんな設定、原作に無かったよね……？

とすると、昨日クラスメイトを怖がらせたのは僕が原因で、もしかしたら僕の所為《せい》でクラスメイトが大怪我をする所だったんだ……。

「メルの所為じゃ無い」

「レオ……」

隣の席からそっと肩を抱かれて伏せた瞼《まぶた》に優しく唇が触れる。……ってデイビットさんとジョシュアの前!!

「そうだよ。メルくんの所為じゃ無いよ!」

「デイビットの結界が綻《ほころ》んでいたのはどうなった」

デイビットさんも励ましてくれたが、ジョシュアの言葉に驚いてデイビットさんを見る。

「うん。そっちはまだ調査中なんだけど、大体の目星は付いてるから安心して」

「なら良い」

ホールケーキが載せられていたお皿を空にして、また新しいケーキに手を伸ばすジョシュア。

「それでね、メルくんが国内を回って魔素溜まりを引き寄せて浄化作業してくれたら助かるなぁと思って」

「…………へ?」

急なデイビットさんの言葉に、僕は思考がストップした。

え? なに? 国内? 回る?

「だからね、週末になったらレオとメルくんでちょっと出掛けて欲しいんだよね」

にこにこと笑いながら言うデイビットさんの横で、猛スピードでケーキを食べるジョシュア。

隣のレオを見上げれば、にこりと微笑まれた。

「メルは旅行がしたいと言っていたから、願いが少しだけ叶《かな》えられるな」

余計な仕事が付いているが、とレオが呟く。

いやいや、それは傷心旅行のつもりで……って、え？　なに？　まさか……魔王討伐メンバーに僕、入ってたりします……？？？

「こちらの調べでは魔素溜まりが発生するのはおよそ7日周期のようなんだけど、今回のように報告があれば適宜調整するとして、2人には魔素溜まりの浄化をお願いしたいんだ」

デイビットさんは国内地図を広げて指先である箇所を丸く囲むと、その部分が淡く光った。

「結界の維持を最優先で、先《ま》ず此処《ここ》から行って貰おうかなと思ってるんだよね」

「海沿いの街ですね」

デイビットさんの指定した街を知っているのか、レオが少し嬉《うれ》しそうに笑った。

「メル、この街の海鮮は有名なんだ」

「へぇ？」

「珊瑚《さんご》やパールを使ったアクセサリーも人気なんだよ。アンナのお土産に買って来て貰おうかな」

「ほぉ？」

って、大人の週末旅行じゃないですかそれ！

そんなテンションで大丈夫なの……？

「メル、楽しみだな」

「楽しんで良いのかな……」

気遅れしてしまう僕にデイビットさんはころころと笑う。

「レオがメルくんに擦り傷1つ負わせないとしても、危険な事に変わりはないからね。少しでも楽しみがないと」

「ああ。メルは俺が守るよ」

「魔王討伐が成功すれば、国からの褒賞も考えている」

「魔王討伐」

やっぱり、それ、僕も一員なんですか。

「魔王はレオニードに任せておけば良い。お前は魔王が穢《けが》した土地の浄化を頼む」

「穢した土地……」

原作ではレオとジョシュアがタッグを組んで魔王を倒して、ヒロインはその道中の浄化を担当していた。

魔王が穢した土地なんて表現はあっただろうか。

まぁ、確かに魔王なら居るだけで空気から違いそうだもんなぁ。

あのイケメン魔王の歩いた後が穢れているのか……何か想像出来ないな。

そもそも、あのイケメン魔王が出て来るとは限らなそうだな……。

「メル、不安？」

「う、ちょっと……かな」

レオに問い掛けられて、イケメン魔王の事を考えていたとは言えず曖昧《あいまい》に濁すと、手をそっと握られた。

「メルは俺の命に代えても守るから」

「っ……レオも生きなきゃ駄目だよ」

「ああ、2人でずっと一緒にいよう」

イケメン魔王の事考えててごめんなさい。

僕はレオ一筋だから！！！

前にいる2人の視線が滅茶苦茶突き刺さるけど！　今はレオとの愛を育んでも良いですか。すいません。

「楽しそうな所悪いが、俺も行くからな」

やっぱりそうなりますよね。

ジョシュアはアトモス親子程ではないけど魔力量が多いし、レオまではいかないにしてもオールマイティタイプだから、レオに合わせる事が出来てチームを組むのに最適な人物だ。

魔王を倒すんだから、いくら原作と正反対の神出鬼没なジョシュアでもそりゃあ行くよね、と納得する。

「あからさまに嫌そうな顔をするな」

ジョシュアの声にレオを見ると、目が合い微笑まれる。

チッとジョシュアの舌打ちが聞こえて、デイビットさんはにこにこと笑っている。

「俺は現地解散だ。魔王はお前達に任せる」

「えっ」

「何だ、俺が居なくて不満か？」

ふふん、と尊大な笑みを浮かべて僕を見るジョシュアに言葉が出ない。

え、現地に行くのに討伐は参加しないの？

どういう事？

え、現地でも神出鬼没なの？

レオが１人で魔王を討伐する訳？　幾らなんでも……。

「メルは俺１人で十分だよな？」

「えっ」

肩を抱かれてレオに顔を覗《のぞ》き込まれる。

至近距離で見つめられて、その顔面偏差値の高さに思わずこくりと頷《うなず》く。

「ですので、殿下はどうぞご自由に」

「………それはどうも」

無表情のジョシュアに相変わらずにこにこのデイビットさん、僕を見て微笑むレオと引《ひ》き攣《つ》り笑顔の僕。

これ、本当に大丈夫？？？

＊

目の前にある鏡の中の自分の姿に呆然《ぼうぜん》と立ち尽くす。これ、本当に僕ですか？

「とてもお綺麗《きれい》ですよ」

そう言われて喜ぶのは女性だけだと思います……とは言えず、僕はあはは……と乾いた笑いを浮かべた。

僕がこんな風に着飾る事になったのは、先日の打ち合わせでのジョシュアの言葉が切っ掛けだ。


「ついては国内巡業の発表、聖魔法使いの御披露目《おひろめ》を兼ねて大々的にパーティーを開くから、3日後の夜は王宮に必ず来るように」

御披露目？　パーティー？　王宮？

「魔王がまだ覚醒《かくせい》していないのに発表するんですか？」

レオが少し不機嫌そうに言うと、そういえば魔王自体はまだ姿を現していないんだったと思い至る。

原作では確かヒロインが聖女として認知されるようになった頃に、デイビットさんが魔王覚醒を示す情報を入手して、それで魔王討伐メンバーとしてヒロイン、レオ、ジョシュアの3人が御披露目される。

「確実に覚醒するとは言い切れないけど、このままいけば8割方魔王が覚醒すると見た方が良いね」

「高確率ですね……」

「うん。なにせ文献も古い物ばかりだから手探り状態なんだけどね」

「そうなんですね」

数百年振りの魔王覚醒とあれば分からない事が多いのも仕方無いだろう。

この世界は長らく平和過ぎた。平和ボケと言っても良い。

魔獣あたりは出現するけれど、騎士団等で事態の収拾が可能なので各国共に問題無いらしい。

近隣諸国はどの国も友好的な上に国交が盛んで、戦争なんてのも前回の魔王覚醒と同じ頃から起こっていない。

その影響で、この数百年はどの国も王座に就く者はお飾り扱いが否めない。

傀儡《かいらい》の王なんて事も少なくないし、我が国の陛下もその可能性が高い。なにせ後宮に入り浸っているらしいし。

「この御披露目は世界各国に向けて大々的に行うから絶対に来いよ」

「せ、世界……？」

デイビットさんがパチンと指を鳴らすと壁一面に大きな布地の様な物が垂れ下がった。

まるでスクリーンの様だな……と思って見ていると、不意にその布地にキラが映った。

「えっ」

「父さんの魔導具ですか？」

「うん。この魔導具は対になっていて、もう1つの魔導具を別の場所に置くと、その場所から見える景色をこっちの魔導具で映し出す事が出来るんだ」

映し出されたキラは此方《こちら》には気付かない様子でクッキーを食べている。

「凄《すご》い……」

「ふふ、ありがとう」

「この魔導具を各国に売り込んで、お前達の巡業と魔王討伐を中継する事になるからそのつもりで」

「「は？」」

思わず出た声に王太子相手に不敬だと青褪《あおざ》めるが、隣のレオも似た様な反応で、ジョシュア本人もさして気にしていない様子なのでほっと胸を撫《な》で下《お》ろす。

「何を考えておいでで？」

「国、ひいては世界の安寧だが？」

非常に嘘くさい。

とは言えず、膝《ひざ》の上で繋《つな》がれたレオの手を僕も握り返す。

何だか物凄《ものすご》く大事になってるし、まさか自分が御披露目される事になるとは……。

「これは決定事項だ。逃げられると思うなよ」

まるで悪役の台詞よろしく、ジョシュアはケーキを2ホール分も食べ切ると出て行ってしまった。

「あはは。殿下もああは言うけど、ちゃんと君達の事は考えているから、気楽にパーティーに出るつもりでいいと思うよ」

デイビットさんはジョシュアをフォローしたけど、子爵三男の僕がいきなり王宮のパーティーに参加するのもハードルが高いんですけど……。

とは言えず、終始レオに引っ付いていよう。そう誓った。

「…………」

「…………」

時間が止まったかの様に硬直して、僕とレオはお互い見つめ合った。

あれから3日後、王宮内に用意されたレオとは別の部屋で、僕は聖魔法使いとしての衣装を着せられていた。

侍女の人達には自分で着れると言ったのだが、着方が難しいので自分達がやると押し切られた。着ていた服を早業で脱がされて、指定された下着を身に着けると、剃刀《かみそり》を手に腋《わき》の確認をされた瞬間に数秒の沈黙が訪れた時は、もう泣きたくなった。

剃《そ》ろうとしたであろう腋毛も陰毛も生えて無いんだから、そりゃあ固まるよね。ええ、レオに週1で処理されてます。

っていうか何なのこの下着！　布地面積無さ過ぎ！　後ろTバックってやつじゃ無い!?

その上からまた透け感の強い真っ白な法衣《ほうえ》の様な物を着せられるんだけど、ヒロインが着ていた物に確かに似ている。

けど、こんなにスッケスケで露出度高かったっけ？　ノースリーブだし、太腿《ふともも》にスリット入ってますよ？

そんな状態から顔にささっと化粧を施され、頭にすっぽりとヴェールを被せられて完成したらしい。

ヒロインはヴェールなんて被ってたっけ？　僕が男だからかな？

スースーするスッケスケの衣装なのでヴェールで顔が隠れるのは有難い……と思いながら、レオが居るという部屋まで連れて行かれて、対面した僕達は立ち尽くした。

黒騎士姿のレオが格好良過ぎて、鼻血が吹き出しそうです。

レオに見惚《みと》れてぼけーっと突っ立ってる僕を見るレオも目を瞠《みは》っている。

あ、やっぱりこのスッケスケは引くよね？　しかもこのスリットだもんね。引くしか無いよね。

「……綺麗だ。こんなに可憐《かれん》で綺麗なメルを誰にも見せたく無い」

黒騎士姿のレオに抱き寄せられてマントで覆われたら、もう僕の姿は掻《か》き消えてしまいそう。良かった、引かれて無かった。レオの眼《め》に僕はどう映ってるんだ本当に……。

「っ……レオも……格好良過ぎるから、皆が益々レオの事好きになっちゃう……」

僕の言葉にレオが息を呑《の》む。

いやもう本当に、レオが格好良過ぎて息が苦しい。

「メル、俺が愛するのは、生涯ただ1人メルだけだ」

「僕もレオだけだよ」

レオが僕のヴェールをそっと上げて、見つめ合う。

レオの顔が近付いて、あ、キス……。

「それ以上はパーティーが終わって2人きりになってからにしろ」

いつの間に居たんだよ⁉　もっと早く突っ込んでくれよジョシュア‼

「で、殿下は真っ白なんですね」

「それだけか」

「え？」

王宮の近衛《このえ》騎士が淡い水色の騎士服なので、ジョシュアは白の軍服なのだろうか。ここは原作と同じみたいだ。三次元レオの尊さに腑《ふ》抜けて頭から抜け落ちていたけど、レオも黒騎士姿は原作と同じだ。

ジョシュアは金髪なのも相まってか、なんて言うか、発光している様に見える。物理的に眩《まぶ》しい。シャンデリアが大《お》っきいからかな。

趣味は人それぞれで僕はレオ一筋だけど、ジョシュアのこれはこれで、人によっては垂涎《すいぜん》ものなんだろうなぁ。

これで口を開かなければ……と喉《のど》まで出掛かったけど、押《お》し留《とど》める。

「俺には見惚れないのか」

「へっ」

いきなりの発言にレオの腕の中で固まると、僕を抱く手に力が入る。

「あ、あ……勿論《もちろん》殿下も大変麗しく……」

「見惚れはしない、と」

「え、えと……あの、僕はレオが好きでして、レオの全てが好みなのであれなんですが……殿下をお慕いしているご令嬢はレオファンと半々だそうですし、今日を機に殿下のお姿を見て殿下のファンが益々増えると思いますよ！」

王太子のヨイショなんてした事ないケドこれで良いのかな⁉

しかし、ジョシュアは案外ちやほやされたいタイプなのか？

僕にも褒められたいとか、何だか意外と可愛い所があるじゃないのよジョシュア。

「…………」

あれ、真顔になってない？　あれ、間違えた⁉

不安になってレオの顔を窺《うかが》うと、僕を真顔でガン見していた。レオも⁉　そんなに酷かった⁉

「あ、あの、その……」

しどろもどろになってレオとジョシュアを交互に見ると、ジョシュアはふん、と鼻を鳴らす。

「今夜の様子も各国に配信されるからな。そのアホ面を世界中に晒《さら》すなよ」

と、とんでもない捨て台詞を吐いて部屋から出て行った。

「……レオは知ってた？」

「いや、今知った」

ジョシュアが出て行った扉をレオに抱き締められたまま呆然と眺める。

せ、世界中に配信？　このスッケスケスリットが？　本気で？　正気？？？

「ヴェールがあって助かった……」

「ああ、そうだな」

世界中にこんな姿を晒すなんて……。

想像しただけで身震いがする。うん、駄目でしょ。

「こんな愛らしいメルを、俺以外の誰にも見せたく無いのに……」

ギリィ……とレオが奥歯を噛《か》み締《し》めている。

うん、大丈夫だよ。そんな事思うのはレオだけだから。

「メル、今夜は絶対に俺から離れないで」

「うん」

神妙な顔でレオが言い、僕は頷《うなず》く。

下手な事は出来ない。話し掛けられてボロを出さない為にも、レオに張り付いておかないと。

「今夜は紹介の後にダンスを踊れば抜けて良いらしいが……」

「ん？」

レオは溜息《ためいき》を吐《つ》いて僕の衣装のスリット具合を確認しながらぶつぶつ言っている。

ダンス？　なにそれ初耳だよ。

「レオ？　ダンスって何？　あ、レオはご令嬢達と踊るの？」

そりゃこんな絶世のイケメンと踊りたいだろう。そうだろう。あれ、そうなるとレオと離れ離れになっちゃうんじゃ……。

っていうか、スリットから手を入れないでレオ。

「俺はメル以外とは踊らないと言ってるだろう？」

「……まさか、僕が踊るの……？」

恐る恐る尋ねると、レオは蕩《とろ》けそうな微笑みで頷いた。

だけど、直ぐにその表情が曇る。

「レオ……？」

「………俺との後に……」

え？　レオとの後に？　何？　何なの⁇

レオが苦々しそうに眉間《みけん》に皺《しわ》を寄せる。

そんなに苦悶《くもん》する何かがあるの⁉

「レオ？　後に？　何なの？」

「……メルは、殿下とも踊らされる」

感情を無くした様な声でレオが呟《つぶや》いた。

落差が激しい。

………って、え？

僕が、ジョシュアと踊る……？

なんですと？？？？

＊

「メル、大丈夫だ」

「急にスピーチとかさせられないかな……」

緊張のあまり、冷えて震え出す指先をレオが包んで温めてくれる。

「俺が対処するから、メルは安心して俺の隣にいてくれ」

「うん……レオの足を引っ張らない様に頑張る」

レオが微笑んで僕の額にそっと唇を寄せる。

僕はぎゅっとレオの手を握り返すと、僕達の前の扉が中から開かれた。


「それではご登場願いましょう。貴族の皆さんはご存知《ぞんじ》かと思いますが、幼少の頃からその実力は折り紙付きであられる、その魔力量は国内……いや、世界1との呼び声も高いレオニード・アトモス様

と、聖魔法使いであるメルクリス・エヴァン様です」

陛下からの紹介の言葉に顔が引き攣る。

レオと僕の紹介の差……!!　いや、当たり前なんだけど！　これで僕に対する期待値が下がってくれれば良いけど……。

と、思いながらもレオにエスコートされて僕達は一歩踏み出し、螺旋《らせん》階段を降り始めた。

シャンデリアの照明が眩しくて目が眩《くら》みそうになるけど、レオがしっかりと僕の腰を支えてくれているので何とか歩く事が出来る。

ヒールを履くなんて初めての事で、足は痛いし攣りそうだし、転びそうで一歩一歩踏み締めて歩くからゆっくりとした歩みになるんだけど、どうやら周りからしたら衣装と相まってか厳かな雰囲気に見えるらしく、黒騎士姿の麗しくも凛々《りり》しいレオのお陰もあって、僕のへっぴり腰に気付いている人は居ないみたいだ。

「現在、まだ魔王の存在は確認されてはいないが、魔王によるであろう影響は各地に出て来ていると報告が上がっている」

僕達が階段を降りてジョシュアの隣に並ぶと、ジョシュアやローランドが歳《とし》を取ったらこうなるんだろうな、という風貌《ふうぼう》をした陛下が壇上で各地から集まった来賓を前に話し始めた。

「そちらの説明は、宮廷魔導士師団団長のデイビット・アトモスに任せる」

そう言うと、陛下は玉座に腰掛けてしまった。

え、もう終わり？

いや、まぁいつもは後宮に籠《こも》ってるって話だからな……。

なんてヴェールで顔が半分隠れてるのを良い事に、陛下の方をじろじろと見てしまう。

顔は似てるけど、息子達とは随分と似ていないんだなぁ……寧《むし》ろ、ジョシュアの方が威厳があるんじゃないだろうか。

今回の事も全てジョシュアとデイビットさんに丸投げしたらしいし。

……ジョシュア、割と苦労人なのかも知れないな。

陛下に丸投げされたデイビットさんは、予《あらかじ》めこうなることを予測していたのか直ぐに場を取り仕切り、先日見せて貰《もら》ったスクリーンと対になっている魔導具を使って集まった来賓達に事の次第を説明し始めた。

「……以上から、魔王の影響が多少なりとも我が国の各地に出て来ていると報告が上がっていますので、ジョシュア殿下、我が息子レオニードと聖魔法使いと認められたメルクリス殿の3人で討伐、浄化作業をして貰います。今スクリーンにてご覧の国外の皆様には、引き続きこちらの魔導具で討伐の模様を上映致しますので、確認頂きたいと思います」

すらすらと淀《よど》みなく話すデイビットさんの説明が終わると魔導具が片付けられて、陛下が立ち上がった。

「それでは、今宵《こよい》は存分に楽しんでくれ」

そう言うと、さっさと1人で舞台を後にしてしまった。

王妃の方はやたら周りをイケメンで固めて、その後ろには侍女を引き連れて無言で去ってしまう。

「では、先ず初めにこの2人の美しい舞をご覧頂きましょう」

ジョシュアの婚約者・メリーウェザーの父親である宰相が今は場を取り仕切っている。

ちょっと待って、美しい舞って何!? ハードルを上げないで！！！！

焦ってヴェール越しにレオを仰ぎ見ると、僕を見て微笑み腰を抱いていた腕を解《ほど》いて手の平を差し出された。

僕はおずおずとレオに手を重ねると、エスコートされて壇上を降りた。

すると、招待客はざぁっとモーセの海割りの如《ごと》く会場の中心から引いて行き、あっという間にフロアの中央には僕とレオの2人きりになる。

ふと視線の延長線上に居たジョシュアが目に入った。

ヴェール越しなのでジョシュアには僕が見てる事は分からない筈《はず》なのに、壇上から挑発する様なドヤ顔で見られた。

アテレコをするなら「精々恥をかかない様に励めよ」だな、うん。

くっ……自分は公の場に慣れているからって……！

「メル」

「ぁ……」

目の前に居るレオに腰を抱き寄せられてお互いの身体が密着し、顔を上げるとレオが何だか不機嫌そうに見えた。

「レオ?」

「メル……俺以外の男を見ないで」

そっと問い掛けると、レオは本当に切なそうに囁く。

「っ……う、ん……」

「メル、愛してるよ」

耳元に唇を寄せられて熱い吐息と共に熱烈に愛を囁かれて、動けなくならなかったのは僥倖《ぎょうこう》でした。

そっとレオが顔を離すと、楽団が演奏を始める。

演奏に合わせてレオと動き出すと、一瞬で昔の記憶が蘇《よみがえ》って来た。

「懐かしいな」

「うん」

レオにリードして貰って何とかステップを踏む事が出来ている。

心配していたヒールでのダンスは、ゆったりとしたワルツのお陰で何とかなりそう……？

「ベネット先生が体調を崩してからだから……2年振り？」

「そうだな」

僕は子爵家も三男坊なので、パーティーでダンスを踊る……なんて事は滅多に無い筈、ということでダンスのレッスンを受ける予定では無かったのに、毎日我が家へ来ては一緒に勉強をしていたレオが「メルと一緒に踊りたい」と言うので、一緒にダンスレッスンを受ける事になったのだ。

「まさかあの時のダンスレッスンがここで役立つとは思いもしなかったよ……」

「俺はいつも、メルとこうして踊る為にレッスンを受けていたんだがな」

レオの相手役なので僕は必然的に女性パートを踊らなければならなかったから、これが将来役に立つとは思ってもみなかったんだけど、本当、人生何が起こるか分からないものだな。

ステップが身体に刻み込まれているので、まだ少しは話せる余裕もある。

レオと踊るのは慣れたもので、踊り出せば自然と動けるものなのだなぁと実感する。

ヴェールがあるのも硬くならずに踊れる大きな要因だな。無ければきっと恥ずかしくて、前を向く事すら出来なそうだ。

「そういえばレオ、いつも言ってたね」

「ああ」

くすくすと笑い合いながら囁き合い踊る。

「夢が半分叶《かな》ったかな」

「半分？」

「顔を隠さずにメルと堂々と踊りたい」

「……いつか、ね？」

「相手役の予約をしても良いか？」

「うん」

楽団の演奏が終わりを迎える直前、レオにそっと引き寄せられる。

もう1つの心配事だったスリットはレオの長い足とマントで何とか太腿《ふともも》を晒《さら》すという醜態には至らず安心……次がどうなる事か分からないけど……。

「メル」

「ん？」

「何かされたら、直ぐに知らせて」

「へ？」

「直ぐに迎えに行くから」

フィナーレでポーズを取ると、一斉に拍手が沸き起こった。

プロでも無い簡単なダンスなのに、何で⁉

僕は動揺しながらも、レオのリードでフロア中央で会釈をすると更に拍手が大きくなった。

「メルクリス」

「ひゃい！」

驚きのあまり噛《か》んでしまうが、勢い良くぐるんと振り返る。

恥ずかしい。今、僕の顔は真っ赤なんだろうな……本当にこのヴェールに助けられてるよ。

ジョシュアを見ると、手を差し出された。

これは、手を取れという事だよね……？

「……」

「レオ……」

僕の手を放そうとしないレオにそっと声を掛けると、漸《よう》くレオは名残惜しそうに中央から離れて行く。

僕がジョシュアの手の平に自分の手を重ねると、勢い良く身体を引き寄せられたので、驚いて思わずジョシュアに抱き付いてしまった。ジョシュアはそんな事はお構い無しで、合図を送ると楽団の演奏が始まった。

「意外に踊れたんだな」

「ちょ……今、話せ……ませんっ」

楽団の演奏に合わせて激しく速いステップが連続する。

足がもつれそうになるのを、ジョシュアが腰を抱き寄せてリードする事で何とか乗り切れている。

「わっ」

ぐるんと回されて、思わずジョシュアの腕に思い切り爪を立ててしまった。

「すみませ……っ」

直ぐに謝るが、僕にだけ聞こえる音で舌打ちをされる。

いや、これジョシュアが悪いんじゃない？

僕、悪くなくない？

何でこの選曲なの!?

「っ……あの……っ、小さな頃から……レオの……ダンスレッスンの、付き合いを、して、いた、ので……っ」

必死でジョシュアに付いて行きながらも、何とか伝える。

っていうか本当に今此処《ここ》でする話!?

何でこの人息ひとつ切れて無いの!? こっちは気絶寸前だよ!

いや、ジョシュアもレオみたいに鍛えてるんだろう事は、抱き寄せられて密着した身体が服越しにも引き締まっていると分かる事からも察せられたんですけれども。

しかし、少しは手加減というものをだね……。

「ふ――――ん」

「っ……! ちょ……っ」

ジョシュアが何故《なぜ》か不機嫌そうに更にステップを速める。ヒールがグキッといきそうだよ!!

何で怒ってんの?

ああ……もしかしたらレオが自分の遊び相手にならずに、僕と幼少期を過ごした事が不満なのかも知れない。

「っ……はっ……」

「……」

何とか最後まで踊り切れて一息つく。

もうスリットとか気にしてられませんでした見えてたらごめんなさい! と、ヤケ糞《くそ》ですよ。

すると、レオとの時と負けず劣らずの割れんばかりの歓声が上がる。

拍手と称賛の声に応えなければならないのに、もう、息も絶え絶えです。返事も出来ません。

膝《ひざ》が笑っちゃってカクカクです。今にも膝から崩れ落ちそう。

「メル」

もう駄目だ。

そう思った瞬間、ふわりと抱き寄せられた。

レオに身を任せながら何とか一礼すると、身体を持ち上げられて抱っこされた。

フロアの中央に集まった僕達3人に溢《あふ》れんばかりの拍手が送られる。

「レオ」

「レ……っ、レオ……」

マントですっぽり僕の身体は隠され、レオはすたすたとフロアを突っ切って行く。

僕は慌ててフロアに1人で残されたジョシュアを見たが、彼は僕達の様子を気にするでも無く、フロアに居た婚約者であるメリーウェザーに声を掛けてフロアに誘った。すると周りはハッとした様子で次々と男女でペアになってフロアへ進み、僕達が扉を出る頃には曲が鳴り、ダンスが始まっていた。

「レオ……大丈夫だった……？　見苦しく無かった？　いや、見苦しかったよね……まさかあんな速いのが来るとは思ってなかったから……」

先程の事を頭の中で整理しようと思っても、あっという間の出来事過ぎて何も思い出せない。

「いや、メルはちゃんと踊れてたよ」

「本当？」

「ああ……嫉妬《しっと》する程にな」

ぎゅ、と僕の身体を抱き締めるレオの胸元に身を寄せる。

「……もう、レオ以外とは踊らなくて良いや」

「……約束だな」

レオが僕を片手で抱えながら小指を差し出す。

その小指に自分の小指を絡めて、またぺたりとレオの胸元に頬を寄せるとレオが小さく笑う気配を感じつつ、コツコツと響くレオの靴音を聞きながら瞼《まぶた》を閉じた。


「ん……」

僕はほんの数分の間にレオに抱っこされたまま眠ってしまっていたみたいで、レオが扉を開く振動で目を覚ました。

疲れて抱っこされたまま寝るとか、小さい子供みたいで凄《すご》く恥ずかしい……。

「メル、疲れた？」

「ごめん、寝ちゃってた……」

「問題無いよ」

レオに謝るとおでこに唇が触れる。

どの部屋も豪華過ぎて先程あてがわれた部屋なのかどうかも分からないけど、どうやらゲストルームに入ったらしい。

「レオ、もう降りるよ」

「……駄目」

「へ？」

いつまでもレオに抱っこされたままでは恥ずかしいし悪いので、部屋に入った事だしもう降ろして貰《もら》おうと思ったのに、レオは僕を抱えたまま部屋の中を進む。

「レオ？」

「……」

レオの表情を窺《うかが》おうとしたら、胸元に顔を埋《うず》める様に抱き抱えられて、「うぶっ」と変な声が出た。

どうしたのかとそのまま様子を見る事にすると、レオがベッドに腰掛けて僕は膝の上に座る体勢になり、ヴェールが外されたかと思うと器用に僕の靴を脱がし不意打ちのキスをしてきた。

「んっ……」

ぴちゃぴちゃとわざと音を立てて貪《むさぼ》る様にキスを繰り返すレオに、身体が熱くなると同時に不安を覚える。

どうしたんだろう……というか、自惚《うぬぼ》れで無ければ先程のジョシュアとのダンス、なのだろう。

どうする事も出来なくて、レオの首に腕を回して舌を絡めると、ぎゅうぎゅうと抱き締められる。

キスをしたままベッドに寝かされると、スリットから手が差し込まれて足を撫《な》で回してきた。

その触り方が、熱くなり始めた身体には刺激が強くて、舌を吸われながら甘い鼻息を零《こぼ》す。

「レオ……ぁ……っ」

レオの指が布面積の小さな下着の上を撫でると、ぶるりと快感に身を捩《よじ》る。

「もうこんなに蜜《みつ》が溢れてる」

「っ……ゃあっ」

くち、と湿ってしまっているであろう下着の部分を指の腹でくるくると撫でられ、レオのソフトな言葉責めにも顔から火が出そうな程熱くなる。

うう……だって、レオの触り方がエッチだから、期待しちゃうんだよぉ！

「メル」

「ひゃうっ」

下着の上から軽く爪を立てられてびくんと腰が跳ねるけど、直ぐにレオの手は僕の下半身から離れてしまった。

「レオぉ、なんでぇ……？」

「……悪い」

僕は期待した快感が失われて思わず甘えるように呟《つぶや》くと、レオが眉尻《まゆじり》を下げて少し笑い、僕の右手を取って徐《おもむろ》に親指を舐《な》めた。

「レオ？」

「先にメルの消毒させて？」

レオの舌は僕の爪先から第一関節、第二関節まで舐めたかと思うと、ぱくりと親指を口の中に頬張った。

「あっ……」

レオの口の中は温かく、舌は親指を舐めしゃぶり、性感帯では無い筈《はず》なのにお腹の奥が疼《うず》く。

消毒って、まさかジョシュアが触った所……って事……？

左手はレオに握られ、口の中で舐め回された親指がちゅぽ、と音を立ててレオの口から出て来る様は、なんとも扇情的で自然と腰が動いてしまう。

何でレオはそんなにセクシーなの……!!

僕の様子を窺いながら人差し指、中指、薬指、小指と舐め回されて、終わった……と思ったら今度は手の平や手の甲、手首に腕……と触られて無いのに腋《わき》の下までと結局、全部を舐め回された。

これ、何プレイ……？

舐められるだけなのに腰は揺れて、甘い喘《あえ》ぎを漏らす僕は早く先に進んで欲しいのに、レオは僕の左手を取ると先程と同様に親指から丹念に舐め始めた。

「レオぉ……！　も、それいい……もうやぁ……」

「メルの消毒が済むまで我慢な？」

愚図る子供を優しく諭す様におでこにキスされて、目尻《めじり》の生理的に溢れた涙を舐め取られる。

まるで拷問かと思える舐め責め？　を味わい、やっと終わった……と思ったらレオは右足を抱えた。

「え」

「此処も触れられていたな」

「えっ？　そうだっけ？」

もうジョシュアとのダンスの記憶がほぼ無い。

疲れた、という事のみ。

「ああ。何度も……」

レオが思い出した様に眉間《みけん》に皺《しわ》を寄せると僕はもう何も言えなくて。その間にもレオは僕の足の親指を舐め出した。

「ちょっ⁉　そこは触ってないよね⁉」

っていうか汚いから！　とレオの口から足を離そうとするもびくともしないし、レオの舌がエロい動きをするのであっという間に喘がされました。

足を舐められて喘ぐなんて……怖い。僕達、大人の階段踏み外して行ってない……？　大丈夫？

「んふ……っ」

脚の付け根も丹念に舐められて、もうぐちゃぐちゃになっているであろうそこがぴくぴくと反応しているのに、レオは僕の左足を取る。

うう……拷問だよぉ……‼

「メル……」

「レオぉ……っ」

熱い吐息を吐きながら、もどかしくて右足をバタつかせたら、レオの股間《こかん》に足の指先が掠《かす》ってしまい、レオが一瞬僕の太腿《ふともも》に強く吸い付いた。

「あっ……ごめん！」

「メル……」

レオは涎塗《よだれまみ》れになった僕の右足の指先をそのままレオのレオにあてがう。

「っ……！」

トラウザーズ越しにも分かる程に主張しているレオのレオを足の裏で感じて、我慢させられている身としては非常に毒だ。

「メル……我慢出来ない？」

「んっ」

真っ赤になった僕がこくこくと頷《うなず》くとレオはくつくつと笑い、とんでもない事をさらりと言った。

「じゃあ直ぐに愛し合える様に、メルはこうして俺を気持ち良くさせて？」

レオは片手で器用にトラウザーズを下ろすと、下着越しにも形が分かるとても大きなそれに、僕の足の裏を押し付けた。

ねぇ、これ、何プレイ？

「レ、レオ！　足はっ、ちょっと……」

「手だと届かないだろ？」

「ぅっ……」

僕はレオに向かって手を伸ばすけど、スカッスカッと空を切るばかり……くそう……リーチの差が歴然と……。

僕はSっ気なんて無いから、レオを足で弄《もてあそ》ぶなんて出来ないんですけど!?

っていうか、王宮のベッドが豪華過ぎるあまり、ふっかふかで身体が埋まりそうだから、余計にレオに届かない！

「んぁん！」

不意打ちでレオがお尻《しり》を触り出すので変な叫び声が出て、慌てて口を両手で押さえレオを睨《にら》むと、レオは笑いを堪《こら》える様に肩を震わせて目尻を下げている。

「レオ……！」

「……悪い……何でメルはこんなに可愛いんだろうな？」

「っ……レオだけだってば……ひぅっ」

くにくにと僕のお尻を触るレオの親指の爪先がつぷりと押し込まれて、思わず足の指をぎゅっと握り込んだら、足の下のレオのモノも軽く握り込んでしまった。

「くっ……」

「あっごめ……ひぅっ！」

咄嗟《とっさ》に離そうとした僕の足を、レオは吐息を吐きながらも押さえるから更に踏み締めてしまうけど、レオの親指が根元まで後孔に押し込まれ力が抜けてしまってレオに抗《あらが》えなくなる。足の裏ではレオの形がハッキリと主張している。

「あっ……ひ、ぁ……」

「メル……ここもピンク色で可愛いな」

抵抗が止《や》んだ僕の足から手を放して、両親指で広げて中をしげしげと眺めるレオに、僕の頭はもう沸騰寸前。

「やっ……！　そんなとこ可愛くな……っ、ぁあ！」

「可愛いよ。メルは何処もかしこも可愛い」

レオの長い親指でいつの間にか付けられたローションでくちくちと音を立てながら後孔を広げられて、僕は柔らかなベッドの上で仰け反った。

「広げ……っ、な……ぁっ！」

「メル、足が止まってるぞ？」

レオのレオを踏み付けてる状態のままレオの指が動く度に、くっ、くっと反動で押してしまうが、それでは満足してくれないのがレオである。

「……っ、もぉ！」

僕は意を決して、足を動かし足裏でレオのモノを擦ってみる。

すると僕の足の動きに合わせてレオの吐息も少し荒くなって、人差し指もゆっくり挿入されて行く感覚にぞくぞくと背筋が震える。

中で親指と人差し指がゆっくりとバラバラに動かされるけど、確実な快感は得られなくてじっとレオを見る。

「メル、どうした？」

「っ……レオ……もっと……」

「もっと？」

「うう……っ」

「メル、言って？　メルのお願いなら何でも聞くから」

そんなスパダリも真っ青みたいな事言ってるけど、君の指、今僕のお尻の中だからね!?

って言いたいのに、レオから与えられる快感に従順な僕は、レオにおねだりをしてしまうんだ……くぅ……っ。

「レオ……気持ち良く、して……っ」

「メル、一緒に沢山気持ち良くなろうな?」

それはもう壮絶にエロくて格好良くて、なのに可愛く見える微笑みで見つめられて、僕のライフは0に近いです。

ずちゅ、と音を立ててレオの長い指が僕の気持ち良い所に擦れて、僕は甲高く甘ったるい声を上げながら再び足の裏のレオをぎゅっと握り込んでしまった。

ごめん、レオ。

でも、ちょっと頬を赤らめて微笑んでるのが少しだけ、ほんの少しだけ怖いです。

僕、SでもMでも無いし、ならないからね?

「んっ……ふぁ……っ、ぁ……」

いつの間にか中指も増えてぐちゃぐちゃと音を立てるそこが、腰を浮かしているので、レオの指の動きまで丸見えになり、恥ずかしさに拍車が掛かる。

それなのにそこから目が離せなくて、レオの長い指が出たり入ったりしている様子をまじまじと眺めてしまう。

「メル……」

「んっ……く、ぁ……っ」

腰が浮いてるから少し苦しいのに、それを上回る気持ち良さがレオから絶え間無く与えられて、意図せず僕の足がレオのレオをぐりぐりと抉《えぐ》ってる事に気付いてはいるものの、動いてしまうんですよ、足が！

「ひぃっ」

レオが指はそのままにぐっと身体を僕の方に倒して来たと思ったら、まだ着たままのスケスケの衣装の上から舌で舐め上げた。

何処をって、一直線に僕の乳首を舐めました。

「なっ……なっ……んぁ!?」

僕の乳首を舐めながらも指は掻《か》き回《まわ》し続けているから、もう混乱状態。

「メルは何処もかしこも可愛いって何で分かってくれないんだろうな？」

分かってたまるか――――い！！！

と、言いたいのに、僕は喘ぐ事しか出来ない。

っていうか、レオ、凄《すご》い体勢になってない？

今上半身何処で支えてるの？　腹筋？

そんな余計な事を考えていたら、スケスケの衣装の上からじゅっと乳首を吸われて腰が跳ねる。

「んひゃ!?」

「ん……」

じゅるじゅると吸われて、じゅぷじゅぷと掻き回され、やっぱり足がぐりぐりと以下略……。

こんなに踏み付けられてるのにレオが痛がる素振り全く無いんだけど……こんな所、鍛えられるの……？

「ほら、ぷっくりしてて此処《ここ》も可愛らしい」

「っ……分かった、からぁ……！」

レオの舌先が僕の乳首を口内でちろちろと撫《な》でたり甘噛《あまが》みしてくるので、腰がビクビクと震える。

スケスケの衣装がレオの唾液《だえき》で濡《ぬ》れててらてらと光っていて、立ち上がった乳首に張り付いているのがエロ過ぎるこれが、自分の身体なんだと信じたくなくて、目を逸らす。

「本当に？」

「ほん……っ、とう！」

くつくつと笑うレオのこの余裕よ……。

「レオぉ……っ」

僕はもう辛抱堪らんと言うのに……！！

「ん？」

「……入れて」

「ん？」

ぼそりと呟《つぶや》いたけど、聞こえてる筈《はず》なのに！！！

「入れてってばぁ！」

ヤケ糞《くそ》で叫ぶと、今更思い出した様にレオのレオを踏み付けていた足の裏で、すりすりとぎこちなく撫でる。

「ぁっ!?」

ずるりと前触れも無く指が引き抜かれて上擦った声が漏れ、レオは僕が撫でている足首を掴《つか》むと徐に足の裏をぺろりと舐《な》めた。マジですか。

「メル、ちょっと待って」

いつの間にかレオの息も上がっていて、下着を下ろすといつ見ても凶器的なレオのレオがお目見えする。

「あっ、待って！」

レオは手を翳《かざ》してサイズダウンをしようとしていたので、慌てて待ったを掛けた。

「メル？」

「えと、その……多分、もう慣れたと思うから……そのまま、入れて？」

ぽそぽそと呟く僕に、レオの目が僕を食い尽くさんばかりに見るから、肌がビリビリと痺《しび》れてる様な感覚に陥りながらも何とか声を絞り出すと、レオは僕の太腿を持ち上げて大きく広げた。

待ち受ける快楽に息を整えていると、ふと気付いた。いつの間にか全裸になってる。僕も、レオも。

気付けばスケスケの衣装と下着は脱がされていた。

目の前で着せられるのを見ていても訳が分からなくなったのに、本当なんでそんなに器用なの……。

「メル、痛かったら直ぐに言って？」

「ん、言う、から……早く……っ」

くちくちと先端が擦り付けられてもう我慢の限界だった僕は、レオの腰に足を巻き付けて抱き付いた。

慣れたなんて調子乗った発言をしてしまいました。

いやだって、だって……あんなにしたから……もう、平気だと思っても致し方無いというか……。

「ひぃぁあ────っ!!」

レオが動き引き抜かれると、腸が抜け出てるんじゃないかという様な感覚がずっと襲い掛かって来る。

だけど、レオが僕の気持ち良い所も的確に擦り当ててるから、あまりの快感に生理的な涙がぼろぼろと溢《あふ》れてしまう。

そんな僕を見てレオは止めようとするんだけど、僕はレオの腰に回した足をぎゅっと絡ませて、いやいやと首を振る。

「メル……っ」

「ひあぅっ、あっ、あ────っ、あ、あ、あっ」

レオの動きに合わせて僕の嬌声《きようせい》も甲高いものに変わる。

僕のお腹には自分の吐き出したモノが溢れて、僕達の動きに合わせてお腹から垂れてベッドのシーツに次々と広いシミを作って行く。

もう何回イッてるのかも分からない。

殆《ほとん》ど触れていないのにまだとぷとぷと溢れる先端をレオの大きな手が包み込み、ほんの少し擦るだけで腰がビクビクと痙攣《けいれん》したかの様に震える。

もうイキ過ぎて、今自分が達したのかそうじゃ無いのか、よく分からなくなっている。

「レオぉっ、あっ、あ――――」

「メル……メル……愛してる、メル……っ！」

腰を抱き締めながらレオが僕の中にたっぷりと注ぎ込み、息が整う頃に僕はレオの胸の中で意識を飛ばしていた。

＊

翌朝、綺麗《きれい》なシーツ、ふかふかなベッド、レオの温《ぬく》もりに包まれて爽《さわ》やかな朝を迎えた僕は、王宮の侍女が運んでくれたらしい朝食をベッドの上でレオと一緒に食べた。

「…………これ、本当に着なきゃいけないの？」

「ああ。ヴェールだけだと違和感があるし、昨夜その姿を見た各国要人にメルの素顔を晒《さら》したく無いんだ」

朝の日差しをバックに浴びながら半裸でいるので目のやり場に非常に困るんですけど、新品と思われるスケスケ衣装を手にレオが申し訳無さそうに、苦悩して説明をする。

昨夜着てたのは、ベッドの下で相変わらずのぐちゃぐちゃな状態で放置されているのが視界に入ったからこれは新品なのだろうと……。

これ、一体何着あるんだろう。

レオなら洗浄魔法が使えるからスペアとか必要無さそうなのに……と思っていたらレオから「魔王討伐では衣装が破れる可能性も多分にあるからと毎回新品が与えられるそうだ」と説明された。


衣装に着替えてレオにエスコートされながら魔導士団の本部へ向かうと、既にデイビットさんとジョシュアが居た。

ジョシュアの後ろには鎧《よろい》を纏《まと》った騎士が控えている。

顔を全て覆う兜《かぶと》も着けているので誰だか分からないけど、アランなのだろうか？　彼も来るのかな。

よく考えたらそうだよな、王太子の護衛が1人なのは少ない方だろう。

「お前達はいつもいつも、何時間ベッドの中に居るんだ」

「お待たせして申し訳ありません。メルには万全に魔力を注ぎ込まなければならないので、時間が掛かります」

「デイビットさん……」

「おはよう。メルくんは今日も神々しいね」

今朝も真っ白で朝日を浴びてキラキラしていて、寧ろこっちの方が神々しいだろうという様なジョシュアが、腕を組み仁王立ちで相変わらず挨拶《あいさつ》代わりのジャブを入れて来た。

朝から親も居る前で、とんでもない会話をしてくれちゃってるな⁉

「はい。では皆さん今日行く場所は把握してますね？　陣の中に入って？」

幼稚園の先生の様なデイビットさんの案内で僕達は魔法陣の中に入ると、一瞬にして景色が変わった。

デイビットさんと朝の挨拶も碌《ろく》に出来ずに別れてしまった……。


「よし。後は宜しく」

「……え？」

宮廷魔導士団本部から森の中に転移すると、ジョシュアは腕に着けた魔導具のような物を操作して、真っ白な騎士服から平民のようなシャツとトラウザーズ姿に変身する。ポケットから取り出したハンチングを被ると、アランと思われる騎士の肩を1つ叩《たた》いて、また何か魔導具のような物を操作するとその姿を消した。

「えっ⁉」

僕は驚いてレオを仰ぎ見る。

「あれは父が作った魔導具らしい」

「そうなんだ……って違くて！」

何故かレオは僕の腰を引き寄せ、アランだろう騎士から距離を取った。……何で？

「ふふ、君達は相変わらず仲良しなんだね？」

「えっ」

アランなのかと思っていた騎士の声は、別人の声に似ていた。

「ええ、貴方《あなた》が俺達の間に入る隙は全く無いので、後ろで見守っていて下さい」

レオが珍しく刺々《とげとげ》しく応える。

ちょっと待って、え？　え、嘘でしょ？

鎧姿の騎士はジョシュアと同じ腕に着けた魔導具を操り一瞬で鎧が消えたかと思うと、ジョシュアが着ていた様な白い騎士服を纏《まと》っていた。

「久し振りだね、メル」

「……ローランド、殿下」

にっこりと笑いながら佇《たたず》むローランドは、キラキラと眩《まばゆ》く輝いていた。

っていうか、何でローランドが居るの!?

ジョシュアは一体何処へ行ったの？？？？

「殿下、髪色が変わっていませんが」

「あ、そうだった」

レオが僕を抱き締めるように抱えたままローランドにそう告げると、ローランドはパチンと指を鳴らした。

すると、一瞬でローランドの銀髪が金髪に変わった。

もうこれはジョシュアといっても過言では無いのではないだろうか。

「これでどう？　兄上に見えるかな？」

「殿下方に見慣れていなければ問題ないかと」

「メルはどう思う？」

真顔のレオと和やかに笑うローランド……いや、見た目ジョシュアなローランドが淡々と繰り広げるやり取りに、どうやら僕も巻き込まれてしまった。

「あっ、はい、ジョシュア殿下そっくりですね！」

レオにぎゅうぎゅうと抱き締められてマントで半分身体を隠されながら、咄嗟《とっさ》に当たり障り無いであろう答えを返すと、ローランドは僕の方を見てにこりと微笑んだ。

ジョシュアに微笑まれているみたいで違和感が半端無い。失礼だけど。

見た目はジョシュアなのに毒舌という毒が無いし、何だか妙な感じ……とは言えないから黙っておく。

「メル、ジョシュア殿下は現地解散と話していただろう？」

「あっ……そういえば……」

抱き込まれてる上にヴェールで顔がほぼ隠れているから、レオに物凄《ものすご》く顔を覗《のぞ》き込まれる。

ちょっとこれ傍《はた》から見たらキスしてるみたいに見えちゃわない？　大丈夫？　今は森の中だけどこ

れ街中でもやりかね無いよ、レオなら。

「それで僕が兄上の代わりを務めさせて貰《もら》う事になったんだ」

「そうなんですか……ええと……」

ジョシュアは何処へ行ったんですか？　って、聞いても良いのだろうか。

何だかレオは訳知りっぽいけど、僕が聞いて大丈夫なのかな。

「殿下は独自調査されている事があるんだが、中々王都を離れられないからこの機を逃したくないそうなんだ」

「へぇ……そうだったんだ」

レオが僕の気持ちを察して説明してくれた。

独自の調査……原作でそんな事してる素振りは無かったけど、あれなのかな、原作ではレオといつも一緒だったから、レオの転移を使って色んな所に調査に行ってた……とか？　それとも学園入学前に解決していたとか……。

ジョシュアが学園で神出鬼没なのも、その所為だったとしたら、僕がレオを独占していたようで、何だか申し訳ない気がして来た……。

もしかして、忙し過ぎるあまりにあんな毒舌を吐く様になったんだったりして……。

「僕は兄上には劣るけど魔力は高い方だし、デイビットに師事していたから少しは役に立てると思うんだ」

ジョシュアに対して失礼な事ばかり考えていたが、確かに彼の代わりはローランドが適任だと気付く。

「殿下のお手を煩わせる事が無いようにメルと協力して行きますので、殿下には魔導具で上映等の補助を願います」

「ふふ。偶《たま》には活躍させてくれないと兄上の評判に関わってしまうからなぁ」

ヴェール越しに2人のやり取りを眺めてるんだけど……。

さっきからお互い全く表情を変えずに言い合いしてるんだけどこの2人、相性最悪だな……？

「では、偶に殿下の見せ場を作って差し上げなくてはな？　メル？」

「ふぁい!?」

僕を巻き込むのはやめて下さいぃいいい!!

「僕がメルに魔力を分け与えても――」

「それは俺だけの役目ですので、殿下の出る幕は一切無いです」

ひぃいいいいいいいいいいいいいいい！！！

「え、えと……そろそろ、領主様に挨拶に行った方が……」

レオとジョシュアの無言の睨《にら》み合《あ》い？　に耐えられなくなった僕は、恐る恐るマントをくいくい引っ張ると、レオはまたキスしてると疑われそうな距離で顔を覗き込んで来る。

ちょっと、この姿の時は人前でレオに話し掛けちゃ駄目だな。

忘れ無いようにしないと……こう、ついレオとは話す時に距離がバグっちゃうからなぁ……。

「そうだな。早く仕事を片付けてゆっくり観光しようか」

「う、うん……？」

仕事。

確かに仕事なんだけど……そんな、出張に来て取引先との商談を済ませて、地元の美味《おい》しい物を食べよう！　みたいなテンションなの？

魔王だよ？　断じて、取引先じゃないよ？

「あ、メル。兄さんから伝言があるんだった」

「えっ」

ローランドの言葉にビクッと肩が跳ねる。

何？　何なのジョシュア!?

無茶振りされても困りますよ!?

「何でしょうか……」

「メルクリスはその格好で居る時は一言も喋《しゃべ》るな。って言ってたよ」

冷や汗もので聞いたのに、告げられたのは喋るな、ただそれだけだった。

因《ちな》みに僕は未《いま》だにレオの腕の中にホールドされています。

「……それだけ、ですか？」

「うん。そうだよ」

にこりと微笑むローランド。

ヴェールの下で困惑する僕。

僕を抱き締めるレオ。

なんだろう。

神聖さを出していけ、みたいな事なの？

僕、実は喋ると残念だったりするのかな……。

「メルの可愛い声が中継されずに済むのは良い事だな」

「レオ……ブレ無いね」

ははは……と乾いた笑いが出るのは許して欲しい。

僕は低くも高くも無い平均的な男声だと思うんだけど、そんな声が可愛いとなると世の女性達の声はレオにはどう聞こえてるんだろうか。

「確かに、メルの愛らしさがこれ以上世間に露見するのは避けたいね」

ローランド!?

ジョシュアの見た目でそんな恐ろしい事言わないで!?

なんなの!?　レオ化しちゃったの!?

レオは1人で十分ですよ!?

「珍しく意見が合ったね」

「そうですね」

和やかに話し掛けるローランドに、僕を抱く力が強まったレオは淡々と返す。

胃が……胃が、痛くなって来た……。

「ですが」

レオ!?　何を言う気ですか!?

僕は慌ててレオを仰ぎ見るけど、ヴェールと陽射《ひざ》しで表情がよく見えないのがもどかしくて、指先でヴェールを摘《つま》んだ。

「メルは俺の大切な人です。メルの魅力は俺だけが知っていれば良いので、そこの所、肝に銘じておき忘れ無きようお願いします」

「……ふふ。早くも宣戦布告だね」

睨み合う2人を他所《よそ》に、僕は勢い良くレオの胸に顔を埋める。

嬉《うれ》しいやら恥ずかしいやら、色んな感情が一気に押し寄せる。

僕だってこれ以上レオの魅力を世界中に振《ふ》り撒《ま》いて欲しくないよ。

魔王討伐なんて、レオが格好良く無い訳が無い。

格好良いしか無い。

格好良いのに笑ったら可愛いレオも僕を優しく励ましてくれるレオも中継されちゃったら、世界中がレオを好きになっちゃうじゃないか！

「メル？」

耳元でそっと声を掛けられて顔を上げると、レオがヴェールを捲《めく》って僕の顔を覗き込んだ。

何だか、これ結婚式みたいだな。と思ったら、

「2人きりだったら今直ぐキスしてるのに」

と、僕だけに聞こえる声で囁《ささや》いた。

うわぁあああやめてぇええ今直ぐキスしたくなるからやめてぇえええええええ！！！

「お2人さん、僕も居る事を忘れ無いでね」

「わっ、忘れてませぇん!!」

「メル、忘れても良いから」

こんな調子で、全国中継大丈夫なの？

これいつか放送事故起きない？

っていうか、魔王討伐の中継なんて聞いた事無いんだってば！！！

＊

「皆様ようこそお越し下さいました。このウィンストン公爵領の領主を務めておりますチャールズ・ウィンストンと申します」

父よりも一回りは年上と思われる威厳ある領主から挨拶《あいさつ》を受ける。

あの後、僕達は森の中からレオの転移で領主館まで来て歓待を受けた。

レオは転移魔法が使える事を隠したがっていたみたいだけど、どうやら解禁したようだ。

「転移が使えないと、大人数を引き連れての長期拘束になるから」

との事らしい。

確かに国内を回るとして、転移が使えないとなると馬車で何日も掛けて各地を巡る事になる。

宮廷魔導士団団長のデイビットさんは団長といえど武闘派ではないし、結界の魔力維持を最優先させる為に王都に残る事になったので、レオが転移魔法を使える事を明かしたそうだ。

「これなら余計な人員が付いて来る事もないし、週末だけなら勉学に支障をきたさない。何より、直ぐに部屋に戻れる」

「……部屋？」

何で早く部屋に帰りたいんだろう？

確かに宿を転々とするより、住み慣れた部屋でゆっくりする方が良さそうだけど。

「部屋の方がリラックスしてメルの魔力補充が出来るだろう？」

要するに、僕が魔力切れを起こす事を想定して直ぐやれるように、と。

「俺の最優先事項はメルだけだから」

「……僕もだよ」

微笑むレオは兎《と》に角《かく》麗しいのに、話す内容がアレ過ぎる。

愛は溢《あふ》れる程感じるんだけども。

先程のこんなやり取りを領主への挨拶中、不意に思い出して顔が熱くなるんだけど、ヴェールがあったのでバレる事は無かった。ヴェール最高。

僕はジョシュアから喋るなと厳命されているので応対はレオとジョシュア（ローランド）に任せ、薄ら見える口元に微笑みを絶やさない様にして領主館を後にした。


「それにしても、さっきのは凄《すご》かったね」

「もう不安しか無いんですけど……」

「メルのフォローは俺がするから」

挨拶が済むと公爵から聞いた広場へお忍びで行ってみたんだけど、これがまた凄かった。

「人の良い公爵だったからこそ出来る事なんだろうね」

「お金掛かりそうですしね」

「メルは俺の側《そば》を離れないでくれ」

何が凄かったって、広場に大きなスクリーン代わりの布が掛けられていて、そこで中継が見られる様になっていたのだ。

公爵が手配して、領民もタダで見れるらしい。

何それ、ライブビューイング？

魔王討伐のライビュとか、聞いた事無いんですけど？？？

広場にはいつ始まるかも分からない僕達の魔素溜《だ》まりの浄化作業を見る為に、スクリーンの前で場所取りをする領民が大勢集まっていた。

広場の周りにはずらりと屋台が並んでいて、どの屋台も大盛況でした。

最早《もはや》お祭りだった。

見た事も無い現地フードや、良い匂いが漂う広場を後にするのは後ろ髪引かれる思いだったけど、レオが「後で美味しい物を食べに行こうな」と言ってくれたので、頑張ります。


「それにしても本当に僕の所に来るのかな……」

広場を後にして森へと戻って来た。

被害を最小限にする為に、森などで待機するようにとデイビットさんに指示されていたからだ。

デイビットさん曰《いわ》く、光のもとに闇は引き寄せられるらしく、僕は餌という事らしい。

かれこれ30分位経っているけど、それらしい気配は一向に感じられない。

「気配がどんどん濃くなっているから、そろそろだろうな」

「え、本当？」

「ああ」

僕は相変わらずレオの腕の中に収まっております。

ジョシュア（ローランド）は中継に使う魔導具の操作の練習をしていて、僕達の周りを行ったり来たりしている。

「来た」

レオが一言そう呟《つぶや》くと辺り一帯が暗くなり、雷鳴が聞こえて来た。

肌にビリビリ感じる程の稲妻が鳴り響き、ドロドロのヘドロの様な魔素溜まりが地響きと共に着地した。

ビチャビチャとヘドロが辺りに飛び散り、それが落ちた場所はジュージューと焦げて周囲には煙の臭いが漂う。

正直、レオに抱き締められていなかったら腰を抜かしている所だったと思うけど、何とか踏ん張って震えを堪える。

因みにヒールは流石《さすが》に危険だからとローヒールの靴を用意してくれた。勿論《もちろん》レオが。さすレオ。

「メル、俺の後ろに」

「レオ、気を付けてね」

何重にも結界を張られているけど、レオは僕を守る様に背に隠す。

僕のメインは浄化なので、レオの邪魔にならない様にサッと移動すると辺りを警戒する。

今の所、1度に1体しか現れないけれど、例外がいつ起きるか分からないので警戒は怠らないようにする。

「そんなに怖がらなくても、メルは僕が誠心誠意守るから大丈夫だよ」

「へっ？」

ローランドの急な発言に、この場に相応《ふさわ》しく無い間抜けな声が出る。

振り返ると直ぐ側にローランドが居て、僕の隣に並ぶと肩を抱かれる。

「えっ」

ローランドから離れようとしても、ガッチリと掴《つか》まれて離れられない。

貴方魔導具の操作があるでしょうよ！　と思ってローランドを見るが片手でしっかり操作している
し、よく見たら左右に1台ずつ定点カメラのように魔導具が設置されていた。いつの間に……？

「ですから」

ふと前方から、地を這《は》うような低い声が聞こえて来た。

「……レオ？」

ふわりとレオの身体が宙を舞い、眩《まぶ》しいと思った瞬間に、レオの剣が魔素溜まりの本体を前回と同
様に真っ二つにした。

前回と違うのは、今回は剣が炎を纏《まと》っていた事だ。

火の魔法と掛け合わせたのかな？

「流石レオニード。見事なファイアスラッシュだね」

「凄い……」

僕はローランドに肩を抱き寄せられている事も忘れて、レオに見惚《みと》れる。

無駄が一切無く、しなやかな身のこなしにレオから目が離せない。

後ろからじゃ無くて、前から拝ませて貰《もら》いたい。

惚《ほう》けながらそんな事を考えていたら、ふわりとマントを靡《なび》かせてタンッと華麗に着地したレオが、
くるりと振り返った。

「メルを守るのは俺だけの役目です」


うわぁあああああああああああ！！！！！

カッッッッコ良いいいいいいいい！！！！

ノールックで剣を鞘《さや》に収めるのとか最高！

レオクラスになるとマントの靡かせ方も自然と様になるんだな……。


「メル」

手が差し出されて、自然に手を伸ばすと抱き寄せられた。

「メル、何処も怪我をしていないか？」

「僕は無傷だよ。レオこそ大丈夫？」

レオの顔を仰ぎ見るけど、いつも通り綺麗《きれい》な陶器肌には傷1つ付いてない様でホッとする。

レオは僕の頬をひと撫《な》でると微笑んだ。

「次は僕達の出番だね」

「ああ、俺とメルの出番だ」

前方を見ると、黒く淀《よど》んだ魔素溜まりの下から何かが這い出ようとしているのか、手の様な物が見える。

「メル、準備は良いか？」

「うん」

レオと魔素溜まりに近寄り、膝立《ひざだ》ちになる。

一瞬スリットが気になったけど、今はそんな事を考えている場合じゃない。

僕が魔素溜まりに手を翳《かざ》すと、背後から僕を支えるレオの手が添えられて、目を閉じて意識を集中する。

背中から、レオが触れる部分がぽかぽかと温かくなり指先が熱くなり光に包まれる。

どうか無事に浄化出来ます様に、皆を守れます様に。

そう願うと、ますます身体が熱くなり、レオの顔が近寄って来る気配を感じて目を開く。

「メル……綺麗だ」

呟く様に紡がれた言葉に返す暇も無く柔らかい唇に言葉は飲み込まれ、より一層光の輝きが増した。

＊

温かくて、気持ち良くて……でも、何だか少し苦しい。

「んっ……んっ!?」

物凄《ものすご》い違和感を感じて目を開けると、至近距離でレオの濡羽色《ぬればいろ》の瞳《ひとみ》の中に僕が映っている。

「んっ⁉」

「ん……メル……」

レオの舌と僕の舌が……絡まっている……？？？

「メル、体調はどう？」

「ぁ……えと、うん、だいじょ……んぁっ⁉」

大丈夫……と言い掛けたのに、あらぬ所に刺激を感じて甲高い声を上げてしまった。

「えっ⁉　え、あえ⁉」

「メル、痛くない？」

レオの指が僕の中で動いて、その動きに合わせてぐちゅぐちゅと水音が響く。

何が起こってるのか分からないのに的確に気持ち良い所を擦られて、咄嗟《とっさ》にレオにしがみ付くと頬にキスをされ、レオの長い指が更に奥に進入して、また嬌声《きょうせい》を上げてしまう。

「レオぉっ、何ぃっ⁉　何でぇっ……」

「浄化の後に倒れた事は覚えてるか？」

浄化……あれ……そういえば……あれ⁉

「レオ！　ちゃんと浄化って出来……あっ、ちょっ……！」

「大丈夫、ちゃんと浄化出来たよ。メルが魔力切れを起こして倒れたから俺達の部屋に帰って来た」

「そ、か……良かった……」

レオの言葉に辺りを見渡すと、確かに寮の僕たちの部屋に戻っていた。

今はソファーに座ったレオの上に僕は向かい合う様に乗せられている。

あのスケスケスリットの服のまま。

スリットからレオの手が差し込まれて、布地面積の少ない防御力0なんじゃないかと思われる下着を押し退《おの》けて、レオの長い指が僕の中に何本も入っている。

多分、4本。体感的に。

……何だこれ？

「メルが起きるのを待っていた」

「へ？」

ぐちゃぐちゃに掻《か》き回《まわ》されながら、腰を抱いていた腕に引き寄せられてレオの身体に密着すると、レオのレオが存在感を僕の腹部に訴える。

レオは騎士服姿では無くシャツとトラウザーズというといつもの部屋着。

何故、何故僕のスケスケスリットは脱がせてくれないのか。

「メル、メルの中に魔力補充させて」

「っ……」

耳元で切な気な熱い吐息を感じて全身がゾクゾクと粟立《あわだ》つ。

レオの指を締め付けてしまい、レオは僕の背をゆっくり撫でながらズッズッと指を引き抜いて行く。

「あっ……ん」

「メル……動ける？」

レオは引き抜いた指を、僕に見せるかの様に舐《な》める。

エロい、エロ過ぎだろう。

言葉と動作が合ってないよ？

気遣われてるのに、やってる事はエロいよ？

「うん」

そんなの、素直に答えちゃうしかないでしょうよ。

「これ、持ち上げて？」

そう言ってレオはスケスケ衣装の前の部分をたくし上げる様にして僕に持たせる。

布地面積が小さい下着から、いつの間にかぐちゃぐちゃになってる僕の性器が顔を出しているのが丸見えになって卑猥《ひわい》です。

そんな卑猥状態な僕の腰をレオはひょいと持ち上げる。

「レオ、これ脱ぎたい」

「脱ぐの大変だから後でね？」

貴方、この前秒でこの服脱がせてませんでした？？？

「あうっ、ぁっ、あ————っ……！」

なんていう文句は、レオの上に降ろされてゆっくりとレオのレオ（一回り大きい）が僕の中に収まる頃にはすっ飛んでしまいました。

「メル……っ」

「ひぃっ、ぁああっ、ぁっ、あっ、あっ！」

下からの突き上げに、僕はもう嬌声を上げてレオにしがみ付く事しか出来ない。

「メル……今日のメルも……綺麗で、可愛くて、美しかった」

「んぁっ、ぁっ、ひっ、ぁああっ、あっ……！」

魔力補充の時のレオは早く僕に魔力を補いたい為かいつもよりほんの少し激しくて、寝起きの僕にこの激しさは応えるけど、レオの突き上げに合わせてお尻《しり》に力を入れてレオを締め上げれば、ぎゅっと抱き締められながら奥の奥が温かく満たされて行った。

何度も何度も、もう数えるのもキリがないぐらい体内にレオの魔力が注ぎ込まれているけれど、僕の身体はどれだけ乾いてたのかと思う程、僕の内壁は送り込まれたレオの魔力を吸収してはレオに絡み付く様に搾り取ろうとしているらしい。

「メルの中……ぎゅうぎゅう締め付けて放さないな……可愛い」

「抜けそうになるとメルの腰が浮いて放そうとしなくて可愛い」

「メルの中、射精するとうねって器用に飲み込んで、また欲しいって俺におねだりする様に絡み付いて……可愛いな」

ああもう止めて下さ――――い！！！

レオの口を塞《ふさ》ぎたいのに、レオにしがみ付くかレオと握り締め合うかで手が空かない。と言うよりそんな余裕は無い。

喘《あえ》ぐばかりで言葉も発せない。

いつの間にかスケスケスリットは脱がされていた。もう、どうにでもして！　となって、今日も今日とてカーテン越しの朝日が眩しく感じるまでベッドは揺れ続け、漸く息が整った後でシーツに潜り込む。

「メル、隠れないで可愛い顔を見せて？」

だからぁああああああそんな事言われたら余計に羞恥心《しゅうちしん》が増すんですぅううううう！！！

「うう……レオは何でそんなに甘いの……」

シーツを頭から被ってベッドの端に丸まっていると、シーツごとレオに抱っこされて顔を見られてしまう。

「メルが可愛いから、自然と言葉が出てくる」

「ひぃいいいいい……糖分過多だよ……」

レオがにこにこ笑いながら僕の顔中にちゅっちゅちゅっちゅとキスをする。

もう、甘過ぎでお腹いっぱいです。

実際のお腹の方もキャパオーバーで、動く度にとろりと溢《あふ》れて来て、もう気を失ってしまいたい。

「メルはふっくらしていても可愛いだろうな」

僕がゴリゴリのマッチョになってもそんな事言ってくれる？？？

とは聞かず、またシーツで顔を隠すとレオに伸《の》し掛《か》かって目を閉じ、レオが背中を優しく撫でてくれるので、僕は秒で寝落ちしてしまった。

＊

「はっ！」

僅《わず》かな振動で目を覚ますと、僕はスケスケスリットを着せられてレオに抱っこされていた。

何処かを歩いているみたいだけど、ヴェールでよく見えない。

「メル、おはよう」

「レオ……起こしてよ……」

「気持ち良さそうに眠るメルを起こすのが可哀想《かわいそう》でな」

「可哀想じゃないから……！」

こんなスケスケスリットで抱っこされてるこっちの身にもなって!!

「お前達は毎回毎回……芸が無いな」

「おはよう、メル」

いきなり聞き覚えのある声が聞こえて来たのに驚いて咄嗟にレオにしがみ付くと、レオは僕をぎゅっと抱き締めた。

「え、あ、殿下方……？　あれ、此処《ここ》……」

「此処は殿下達が宿泊してる部屋だ」

ヴェールで見え辛い中、辺りを見渡すと確かにホテルの一室に居る様だ。

「あれ……？　殿下方は王宮に帰らなかったんですか？」

「メル、浄化の後でレオニードは僕の事を森からこの部屋に転移させたんだよ」

声の方を振り向くと、ジョシュアとローランドが居た。

ジョシュアはソファーにふんぞり返ってカップを傾けていて、ローランドはその側に置かれたワゴンからティーカップを取り出している。

「そうだったんですか」

「いきなりだったから流石にビックリしたよ」

「え？」

レオの手をぱしぱし叩《たた》いて漸く地面に降ろしてもらうと、僕達はジョシュアとは向かい側のソファーに腰を下ろした。

「気を失ったメルの心配もさせて貰《もら》えず、いきなりこの部屋に飛ばされてね」

ローランドは少し悲しそうにティーポットから紅茶を注《つ》いで、僕達にカップを配る。

あ、これレオを煽《あお》りに来てるやつじゃ……。

「メルの心配はするだけ無駄です」

「どうして？」

レオは隣に座る僕をひょいと持ち上げて膝の上に乗せると、僕の腰を抱き締める。

「俺がメルを全身全霊で守るからです」

朝から僕を悶《もだ》え殺す気ですか⁉

「えっと……殿下方はこの宿に泊まられたんですか？」

「そうだよ」

レオの発言にジョシュアとローランドは特に気にする様子は見られなかったけど、兎に角速やかに話題を変えなくては！　と苦し紛れに聞いてみると、ローランドが答えてくれた。

どうやらここには僕達だけしか居ないようなので、僕はヴェールを上げると室内を見渡した。

広い室内には華美過ぎず、けれど上品な家具が置かれていて、街の中で1番ランクの高い宿なのだろうな、と思わせる部屋だ。

「お前達が放置するから、泊まる以外の選択肢が無かったんだろう」

「！」

ジョシュアがふん、と鼻を鳴らしながら言った言葉に背筋が凍る。

確かに転移はレオしか出来ないから、レオと合流しないと帰れない。

その肝心のレオはどうやら浄化作業後直ぐにローランドをこの部屋に転移させて、自分は僕を連れて寮の部屋へ帰ったらしいから、そりゃあこの部屋に泊まるしかない。

「メルを揶揄《からか》うのは止めて下さい」

「レ、レオ？」

レオは冷や汗をだらだらと流す僕の頭を撫《な》でながらジョシュアにそう言い放つと、ジョシュアはまた鼻で笑った。

「メル、大丈夫だ。２人は元からこの部屋を取って泊まる予定だったんだ」

「あっそうなの？」

ジョシュアめ……肝が冷えた……。

レオに撫で回されながらほぅ、と一息つくと同時に、僕はある事を思い出した。

「あっ」

「メル？」

レオが僕を撫で回す手を止めてずい、と顔を近付ける。

近い、近い、キスの距離！

「あっあの……昨日の浄化中の……その……」

言い辛い。

非常に言い辛い。

「なんだ」

ジョシュアが早く言えと睨《にら》みを利かせるので、余計に言い辛い。

確かあの時、僕はレオにキスされてませんでした？　なんて。

あれは魔力を補う為の行為であるとしてもだよ？　いきなり男同士がぶちゅーっとするのを……各国の人に……見られたのかと思うと……。

それもあるし、記憶から飛んでいたけど思い返せば学園の森でも確か僕達は派手に、ぶちゅーっとやっていませんでしたか……？

クラスメイトに、何を見せているんだ……。

「ああ、アレの事かな？」

僕達の斜め前に座っていたローランドがぽんと手を叩いて、皆の視線がそちらに行く。

「何だ、アレとは」

「兄上はご覧になっていないんでしたっけ」

「そんな暇は無い」

「そうでしたね。浄化作業中にレオニードがメルに口移しで魔力を与えたんですよ」

明け透けに気まずい事をぽんぽんと言ってくれるローランドが憎いやら有難いやら……。

身を縮こませていると、レオが僕の頬にちゅっとキスをしてくるので、振り向くとレオが笑っている。

レオ、今何を考えてるんだね、君は。

「メル、あれなら大丈夫」

「大丈夫……とは？」

魔力補充の為、とか説明でもしてくれたのかな？

「光り輝き過ぎて、その場にでも居なければ2人が何してたかなんて分からなかったみたいだから」

「へ？」

意外な答えに間抜けな声が出る。

そうか、確かに凄《すご》い眩《まぶ》しかったもんなぁ。

そっか！　見えて無かったのか！　良かった……って良くない！　クラスメイト達にはモロバレだったじゃないか……！

嗚呼《ああ》……思い出さなければ良かった……。

「俺とメルの睦《むつ》み合いをこれ以上他人には見せないから大丈夫だ」

「え？」

「メルの顔は魔導具を通して視界遮断魔法で見え辛くしている。魔力補充の様子も分かり辛くなっている筈《はず》だ」

「そうなの……？」

それ、学園の森でもやってよぉ……とは言えず、小さく「ありがとう、レオ」と言うと、レオはまた僕の頬にちゅ、と音を立ててキスをした。

ねぇ、此処、一応この国の王子2人の御前なんだけどな……。

抵抗する気力が最早無い僕は心を無にしてレオに身を任せていると、前から立ち上がる気配がして慌ててレオの膝《ひざ》の上から降りる。

「やってられんな。行くぞ」

「はい兄上。じゃあメル、また来週」

「えっ、あ、はい」

ジョシュアとローランドは颯爽《さっそう》と部屋を出て行った。

えっ領主に挨拶《あいさつ》に行くんじゃ無いの？

「メルが眠っている間に挨拶は済ませてあるから大丈夫」

「そうなんだ……」

僕の言いたい事が分かったのか、レオはぬるくなった紅茶を淹《い》れ直してくれて、僕に渡しながら言う。うん、良い香り。

挨拶中僕はどうしてたの？　この格好でレオに抱っこされながら寝てたの？　……うん、何も言うまい。

「俺達はデートをしようか」

そう言ってレオは蕩《とろ》けそうな微笑みで僕の唇にクッキーを差し出した。

「デート？」

「デート」

レオは頷《うなず》き、真面目な顔で鸚鵡返《おうむがえ》しをされた。

デート……デートねぇ。

レオの隣に座って考える。

「デート……」

「……嫌か？」

レオが目を細めて僕の手を取る。

いつもレオと一緒に居るから、デートと言われても何をするのかよく分からないんだよなぁ。

「ううん。いつもレオと一緒だから、デートって言われても何をするのかいまいち想像が付かなくて……」

「確かにそうだな」

手を握り返して言うと、レオはふっと表情を和らげた。

「じゃあいつも通り、一緒に出掛けよう」

「うん」

その前に、確認しなければならない事が1つある。

「ねぇ、この服で行くの？」

スケスケスリットを摘んでレオに尋ねる。

この格好じゃ目立ち過ぎてデートどころじゃ無い気がする。

何より真昼間にこの格好で街中を出歩くとかとんだ羞恥《しゅうち》プレイだ。勘弁して欲しい。

「それは駄目だな」

レオはスリットから覗《のぞ》く僕の太腿《ふともも》を見ながらパチンと指を鳴らすと、僕のスケスケスリットはいつもの普段着に変わった。相変わらず便利な魔法だな……。

僕もレオありきとはいえ魔力が上がってる訳だし、魔王討伐が終わったら使えるようにならないかな。せめて生活に役立つ魔法を……なんて思いながらレオの方を見ると、レオも普段着に変わっていたけど、何故か眼鏡を掛けている。

「眼鏡？」

黒縁の眼鏡を掛けたインテリ風レオも堪らないです!!

でも、レオの視力は確か人並み外れて良い筈だ。なのに何で眼鏡を掛けてるんだ？

「顔が割れててな……」

「あ、そうか。僕はヴェールだけど、レオは顔を隠して無いんだったね」

苦笑しながら言うレオに、そういえば中継でレオの顔は最早全国区なのかも知れないなと考える。

え、何それトップアイドル？

そうだよね。そんな状態で顔を晒《さら》して街の中を歩けないよなぁ……絶対大変な事になっちゃうよね。

今やレオはこの領地の救世主みたいなものだろうし。

「メル、行こう」

「うん」

レオが差し出した手に手を重ねると柔らかく握られ、エスコートをされて街の中に繰り出した。


「んんんん新鮮な魚介美味しー！」

「魚介類はここまで来ないと生では食べられないからな」

じゅうじゅうと次々に焼ける蛤《はまぐり》や海老の殻を無駄無く剥《む》きながら、僕の口に付いた汁も丁寧に拭《ふ》き取りつつ、レオは僕に海老の剥き身《すみ》を差し出す。

辿《たど》り着《つ》いた大衆食堂は僕達の他にも客で溢《あふ》れていて、昼時という事もあって賑《にぎ》わっている。

「それにしてもレオはよくこんなお店知ってたね」

レオは初めてこの領地に来た筈なのに、迷う事無くお店まで連れて来てくれた。

ここは平民街で辺りを見渡しても貴族らしき人の姿は無い。

「領主にデートにお勧めの店を聞いたんだ」

「へぇ〜。やっぱり良い領主なんだね」

広場で皆が中継を見られるようにしたりしていたし。この店内も、街も活気に溢れている様に見える。

道すがらちらっとだけど見た店はどこも繁盛している様だったし、治安も大分良く感じた。

「ああ、そうなんだろうな」

レオもそう思っているようで、店の窓から街の様子を眺めている。

「俺達もこうしていきたいな」

「アトモス領を？」

レオは僕に視線を戻すと薄く微笑んで頷いた。

「レオなら出来るよ！」

「そう思う？」

「うん」

小さな頃から領民を守って来たレオは、既に領民に慕われているしカリスマ性もある。デイビットさんの跡を継いだら、これ以上無い素晴らしい領主になるだろう。

「メルもだぞ？」

「え？」

「将来はメルもアトモス領で暮らすんだから」

そう言って、レオは僕の指に付いた汁を舌をちろりと出して舐《な》め取って行く。

小さくぴちゃぴちゃと音がして、身体に、指に一気に熱が集まる。

そうか。将来の約束をした訳だし、一緒に暮らす事になるとしたらレオの領地になる訳で……。

「う……そ、うだね……」

「ああ」

俯《うつむ》いていた僕がそろりと視線を上げると、未だに僕の指先を舐めしゃぶるレオと目が合う。

薄目で微笑みながら指をしゃぶるレオとか、エロい、エロ過ぎる！

離したいのに離せない、恥ずかしいから周りが見られない。直ぐ両隣にもお客さんが座っているのに！

こういう事にも追々慣れていかないと駄目なのかな……出来れば家の中でだけにして欲しいけど……。

その前に、先ず僕達は魔王をどうにかしないといけない。

「レオの領地もうちの領地も、国民全員が魔王の恐怖に怯《おび》える事なく飢え知らずになれるように、来週もまた頑張ろうね」

僕が決意も込めて真っ赤になっている顔で言うと、レオは僕の手を両手で包んだ。

「ああ、メルを幸せにしたいからな」

こうもさらっと言われて、僕は更に顔を茹蛸《ゆでだこ》の様にして小さく頷くしか無かった。

＊

真昼間の大衆食堂でレオに指をエロく舐められる……いやもうあれはしゃぶられていた訳で、身体は熱いままレオに腰を抱かれながら、昼食の後お土産を選ぶので精一杯だった僕は街の中でも飄々《ひょうひょう》とスキンシップをしまくるレオを恨みがましく睨《にら》んでいたのに、その足で何処に行くのかと思ったら何故かジョシュアとローランドの使っていたホテルで。

何で？　と思いながらレオを見たら、待った無しにそのままベッドで数時間喘《あえ》がされ、ドアを蹴《け》り上げそうな勢いで叩《たた》くジョシュアのお陰（？）で漸く解放された。

「お前等《ら》は発情期の猿か」

開口一番ジョシュアの一言でハード目にダメージを受け、ローランドの労《いたわ》る様な生温かい視線にもじわじわとダメージが襲い来る。

またしても恨みがましくじとりとレオを睨むも、

「メルと色んな所で愛し合った思い出が欲しくて」

なんて耳元で囁《ささや》かれたら何も言えないだろう。

僕はベッドとレオの顔しか記憶に無い、とか文句は色々あれど、外で致すよりはマシか……と無理矢理納得してみる。

いや、そろそろレオを一喝しないと駄目だろ僕。

とことんレオに甘くなってしまう癖を良い加減どうにかしたい。切実に。

兄弟王子の視線に耐えつつホテルからデイビットさんのもとへ転移して報告を終えると、僕とレオは寮へと再び転移して漸く一息つけた。

「久し振りの学園だよね」

「何だかんだで1週間振りだな」

学園の森で魔素溜《だ》まりが発生して、王宮での御披露目に先日の初の公開浄化作業……と、その間は学園を休んでいた。

「授業に付いていけるかな……」

「補講を組んでくれるそうだし、分からない所は俺が教えるからメルが心配する必要は無い」

ぽん、とレオに頭を撫《な》でられて、そうだと思い出す。国を挙げての浄化作業への参加なので学園は出席扱いとなり、その間のケアも学園側でしてくれる事になっているんだった。

「そうだったね……レオが教えてくれるなら何とかなるかな」

「メルなら大丈夫だ」

「レオに言われると何だか皮肉に聞こえてしまう……」

原作と違い、僕は小さい頃からずっとレオと一緒に勉強していた。

ほんの小さな頃は一緒の家庭教師から授業を受けていたけれど、段々と非常に優秀なレオとは学力差が出て来てしまった。大人達はレオはもっと高度な授業を受けるべきだと僕とは別の教師をあてがおうとしたが、レオが待ったを掛けた。

「俺はメルと一緒じゃなきゃ勉強しない」

それまでもレオに付いて行こうと必死に勉強していたけど、レオのその言葉に益々勉強の時間は増えた。

教師よりも分かり易《やす》いレオの教えもあって何とか今までレオと同じ環境で勉強してこられたので、自分で言うのも何だけど座学の成績は割と良い方だ。

「メルは努力家だからな」

僕の頭を撫でるレオの手が滑り落ちて、ふにふにと頬を触る。

「いやいや、レオの方が僕より遥《はる》かに努力してるよ」

「そんな事は無い」

レオが折れないので僕は肩を竦《すく》ませると、懐かしそうに目を細めた。

「メルは大丈夫だ」

「……うん」

レオに言われると、不思議と何でも何とかなる気がしてしまう。

レオって凄《すご》いなぁ。

「メル？」

「レオに改めて惚《ほ》れ直してた所」

頬を撫でる手に自分から顔を擦り寄せると、レオの動きが止まった。

「レオ？」

「……あんまり煽《あお》らないでくれ……」

レオを見上げると、ほんのり頬が赤い。

そのつもりは全く無かったのだが、どうやら煽ってしまったらしい。

「レオ」

「……いや、今夜はもう寝よう」

「レーオー？」

僕の方を見ない様にして手を離すとレオはベッドに向かう。

何だか寂しくて、レオの寝間着の裾《すそ》を掴《つか》んだ。

「1回だけ……」

「っ……」

ごくりとレオが息を呑《の》む音が耳に響く。

「しよ？　レオ」

昼間も散々したけど、愛が溢れて仕方が無いんです。レオのお陰で体力は無尽蔵なので……。

なんて考えていたらあっという間に背中はベッドに着地して、視界一面レオの欲情した顔。

「1回で我慢出来るかな……」

「………」

レオの無言に小さく笑うと、それを合図に唇を塞《ふさ》がれた。

＊

心配していた学園生活と浄化作業の両立だけど、何とか問題無く過ごせてしまっている事に驚きを隠せない。

「これなら試験も何とかなりそうかな」

「メルなら大丈夫だって言っただろ？」

教師やクラスメイト達も配慮してくれているのか、浄化作業の事を聞いてくる事も無ければ必要最低限の会話しかせず、昼食中も快適だ。

放課後に補講の教材を貰《もら》って、レオと寮の部屋で自習をするだけで授業には追い付けている。

図書室でやっても良かったのだが、レオが2人きりになりたいと言うので、まぁレオが居れば分からない事は解決するから学園に居なくとも良いか、と早々に帰寮している日々。

とは言っても、あまりレオを頼りにしないようにと教材を読み込んで補講の問題を解けば、割とスムーズに解く事が出来る。レオに付いて行く為に必死に勉強しておいて良かったなぁ。とつくづく思う。

「浄化作業も終わりそうだね」

「ああ、メルのお陰だな」

相変わらずレオの僕への過大評価を面映《おもはゆ》く感じながらも明日の予習に励む。レオは出来て僕が出来無いなんて言い訳も出来無い。

まぁレオは学年1、下手したら学園1の逸材なので、休憩中にも必死に予習する僕は周りから生温《なまぬる》い視線で見られている……気がしないでもない。

「魔王……って、まだ現れないのかな」

「気配は強くなって来てるが……まだ尻尾《しっぽ》を掴めないな」

「そっか……」

デイビットさんをはじめ、宮廷魔導士団にレオも総動員で魔王覚醒《かくせい》の兆候が無いかと、国中に張り巡らされた結界の調査が日々欠かさず行われているけれど、ハッキリとした場所の特定には至っていないらしい。

「浄化し切ったら魔王も消滅……とか、無い、かな？」

「……断定は出来無いが、それは無いと思う」

珍しく確信が持てない話し振りのレオは目を細め、壁に貼られた浄化作業用の地図を見ている。

最初は何も書かれていなかった地図は、この3ヶ月でびっしりと書き込みが増えた。

「浄化したと言っても魔素溜まりが発生する可能性が無くなる訳では無いし、逆に言えば何処にでも魔素溜まりは発生し得るから、幾らでも隙をついて現れる事は考えられる」

「……うん」

レオはアトモス領を人差し指で指して何やら思案顔をする。

「確かでは無いが、俺はアトモス領に現れる可能性が高いと見ている」

「えっ！」

驚きに思わず声が裏返ってしまう僕を振り返り、レオは小さく微笑んだ。

「まだ分からないがな」

「確かに、アトモス領では元々瘴気《しょうき》の濃い森も多かったよね……」

「ああ、メルの浄化から日も経ってる。他の領地よりも穢《けが》れが溜まり易いから、アトモス領の騎士団も特別警戒態勢で警備しているが領地も広いから、完璧《かんぺき》とは言えないな」

レオの言葉に神妙に頷《うなず》くと、そっと肩を抱かれる。

「メルは俺が守るから何も心配しなくて良い」

レオの言葉に嬉《うれ》しさ半分、悔しさ半分。

抱き寄せられた肩を外して向き合い手を取る。

「僕もレオを守るんだよ？」

僕の言葉にレオは一瞬目を瞠《みは》るが、直ぐに弧を描いた。

レオ程の実力も頼もしさも無い僕だけど、レオを側で守りたい。

その力が僅《わず》かでも与えられたのに、まだ守られるだけで守らせて貰えないのは、正直悔しい。

「ああ、そうだな」

レオは僕の手を取ると、恭しく唇で触れた。

魔王覚醒の兆候が現れたのはそれから2日後の事だった。

*

その日はまだ空も暗い中、ふと目を覚ました。

普段は1度寝てしまえば朝までぐっすりなのだが、瞼《まぶた》を開けると僕を胸元に収めるレオはどこかぼんやりとしていた。

その横顔はルームランプに照らされ、睫毛《まつげ》が濃い影を目元に落としていて表情があまり分からない。

「……レオ」

「メル……起こしたか？」

僕はレオの胸元で緩く頭を振ると、レオは僕の肩を抱き寄せておでこに唇を寄せた。

「メル……」

「ん？」

僕は顔だけ乗せていたレオの上によじ登り、胸元から見上げる様にすると腰をレオに抱き寄せられて顔が近付き、ちゅっとレオの唇に押し付ける様に唇を重ねたらレオの舌が歯列をこじ開けて僕の舌に絡み付いて来たので、僕も顔の角度を合わせて応じる。

「もうそろそろ、現れる」

「っ……そっか」

何分経ったのかレオの舌がつーと僕の舌から離れて、息の上がった僕はまたレオの胸元に頬を乗せて息を整える。

魔王が現れるというのに、何だか気が抜けているような気もする。

僕1人ならワタワタと慌ててしまうかも知れないけれど、レオが落ち着いているから僕もすんなりと受け入れてしまえるのかな。

「……メル」

「んっ……」

レオの手が僕のお尻《しり》を撫で、指がゆっくりと中に押し込まれて中を探る様に掻《か》き回《まわ》した。

「メル、もっと補充しても良い？」

「……ん、いーよ」

レオの胸元で返事をすると唇が軽くレオの胸に触れてしまい、なんとなく舌でちろりと舐《な》める。

「っ……メル」

「……へへ……んっ」

おずおずと見上げてへらりと笑うと、レオが困った様に笑いながら指で更に掻き混ぜてきた。今度は僕がびくっと肩を震わせると、レオは薄く笑った。

＊

「大方の予想通り、我がアトモス領上空に魔王の居ると思われる居住城が明け方前に発露した」

夜が明けて直ぐに僕とレオは呼び出された。

呼び出される前に衣装を整えていたら、王子自ら寮まで呼び出しに訪れたジョシュアはすでに準備を終えている僕らに僅かに目を瞠ったが、直ぐに踵《きびす》を返してデイビットさんのもとに案内された。

「瘴気の濃さが異常に高い為、現在領民はアトモス領の隣にあるエヴァン領の協力を得て避難が進んでいる。昼前には全ての領民が避難し終える予定だ」

まだ外も暗いのに宮廷魔導士団本部には団員に、騎士団、魔術団、魔法騎士団、近衛騎士団と錚々《そうそう》たる面子が集まっていた。

「今回、戦力を増やした所で無意味と判断した」

この場を取り仕切るデイビットさんの言葉に集まった一同から騒《ざわ》めきが起こる。

「まず、この瘴気に耐えられる者がほぼ居ない」

表情を変える事なく告げたデイビットさんの言葉に、騒ついていた室内が今度は一気に静まる。

「皆、ずっと見ているだけで歯痒《はがゆ》い思いをして来ただろうが、今回もレオニードとメルクリス両名に対応して貰う事になる」

その声に、1番最後に入室し壁際に居た僕とレオに、一斉に視線が集まった。

＊

「メル、寒く無いか？」

「うん、大丈夫」

僕に与えられたスケスケスリット衣装だけど防寒性に優れているのか、昼間でも真っ暗な魔王の出現したこの地は、それでも寒さを感じる事は無い。

「瘴気が思ったより濃いな……平気か？」

「正直瘴気の濃さがどうとかよく分からないんだけど……うん。平気だと思う」

瘴気に匂いがあるのかは分からないが、すんすんと嗅いでみるも何も感じられなかった。

レオは元々の魔力の高さで瘴気の耐性があるそうなのだが、僕も何故か瘴気の耐性があるらしい。

デイビットさんが生温かい笑顔を僕に向けていたので、レオの魔力を注がれたお陰……なのだという解釈をしておいた。


早朝に行われた合同軍事会議でアトモス領に向かうのはレオと僕の2人だけと決まった。

反対の声も上がったが、瘴気を理由に却下された。

もう1つの理由は、魔王が出現した場所にある。

「本当にアトモス家の真上にあるね……」

「そうだな」

レオと並んでアトモス家の中庭に立ち、上空を見上げる。

頭上には、落ちて来たらレオの家がぺしゃんこになってしまいそうな程大きい城の様な物が見える。

レオの家もかなりの豪邸だから、相当な大きさだ。

「メル、準備は良いか？」

「うん」

レオと繋《つな》いだ手に力を込める。

魔王城は空中にある為、飛行機や戦闘機なんて物も無いこの世界では、空を飛ばない限り辿《たど》り着《つ》けない。

そして、空を飛ぶという魔法は転移以上に難しいものらしい。

転移は一瞬だが、空中浮遊はずっと高魔力を保つ必要があるので、デイビットさんでさえ、使えても思った様に移動出来ないという。

その点、レオはデイビットさん以上の魔力を持ち浮遊も安定していて安心らしい。

レオ、飛べるなんて知らなかったよ……。

原作の魔王城は何処に出現したんだっけ……。記憶が曖昧《あいまい》だな。まぁ原作と掛け離れた今、そんな事は二の次だ。

「……ん、ちょっと待って」

「どうした？」

胸元がほわんと薄ら光った気がして、デイビットさんに御守りだと借りたネックレスに通した水晶球を取り出す。

「……ん？　何か……映ってる？」

「……男……魔王か？」

レオにも水晶球を見せると、気怠《けだる》げな表情の美青年が映っていた。

原作の魔王もイケメンだったけどこの魔王、どことなく見覚えがあった。

「……日本人？」

レオにも聞こえない程の小さな声で呟《つぶや》く。

そう、このイケメンだけど彫りの深さは然程《さほど》無く黒目黒髪で、真っ先に日本人だと思った。

もっとよく見ようと水晶球を覗《のぞ》き込んだ瞬間、気怠げなその目がいきなりこちらを見て、心臓が飛び跳ねた。

「メル！！！！」

え、と思った瞬間にレオと手が離れ、レオを見る間も無く一瞬で景色が変わった。


「うわぁ！！！！」

ドスン！　と勢い良く何処かに落ちた僕だが予想した痛みが襲う事なく、逆に何かふかふかな物の上に乗り上げたのだと気付いて、恐る恐る目を開けた。

真っ暗で、向こう1m先も見えないが、ランプの灯で何とかベッドの上だという事が分かった。

まさか、此処《ここ》って魔王の寝室!?

僕はベッドから跳び起きようと上体を起こした瞬間、部屋の中に誰かの気配を感じて固まった。というより、動けなくなってしまった。

「お前は何者だ」

レオよりも低い、感情も温もりも無い様な声に、僕の肩はびくりと跳ねた。

衣装のお陰で寒くなかった筈《はず》なのに、背筋がぞくりと震える。

「あ……の」

何者だと推定魔王に聞かれ答えに戸惑い、焦ってしまうわ声は掠《かす》れて上擦るわで、口をぱくぱくさせてしまう。

まずいまずい。キレやすい魔王だったらどうする？　いやでも、ここ名乗る所？

推定魔王は多分、いや絶対に僕の名前なんて御所望じゃ無いよね!?

「何者だと聞いている」

「っ……メ、メルクリス・エヴァンと申します」

暗闇に目が慣れて来て、ベッドから３ｍ位離れた所にテーブルセットが置いてあり、推定魔王はそこに長い足を組んで座っていたのだが、一瞬で僕の目の前に現れた。

「名前など聞いてない」

ですよね！！！！

「ええと……」

「俺を見て日本人と言ったな」

はい言いました！！！！

っていうか、聞こえてたの!?　どんな地獄耳なの!?

「転生者か」

「っ…………あっ……と……その、はい。前世が、日本人、でした」

推定魔王は僕の顔を無遠慮に至近距離で見るので、僕はしどろもどろになりながらも言う。

美丈夫にはレオで慣れていた筈なんだけど、久し振りの日本人イケメンに妙な感覚になる。

そう、この推定魔王……どこぞのイケメン俳優、どこぞのイケメンアイドル、どこぞのイケメンモデルかと言わんばかりの美貌《びぼう》の持ち主なんです。

原作の魔王も恐ろしい程の美丈夫だったけど二次元キャラを三次元にしたらこう、とは何だか違う気がする。

やはり日本人だからなのだろうか？

どちらにしろ美しい事に変わりは無いけれども。

「……ここは日本では無いな」

「へっ？　あ、はい、そうです」

推定魔王はどうやら、つい先程目を覚ましたらこのお城の中だったらしい。

原作では語られない魔王の情報を聞き漏らさぬ様に全神経を集中させる。

っていうか、推定魔王と会話してて大丈夫なのか……？

「死んでも魂は日本に戻れないか……」

「え？」

不穏な言葉が聞こえたと同時に、眼の前に突然火花が飛び散って僕は咄嗟《とっさ》に手で顔を隠した。

「メル！！！」

「わっ!?」

突然のレオの声に驚いて手を降ろすと、目の前に大きな空間の裂け目が現れた。

その裂け目からレオと目が合い、僕が手を伸ばすと、レオは裂け目を剣で切り裂いて飛び込んで来た。

ベッドに座り込んでいた僕の上にレオが覆い被さり、僕はレオにベッドへ押し倒される様な形で倒れ込んだ。

「メル、大丈夫か？　何処も怪我してないか？」

「大丈夫！　レオ、大丈夫だから！」

レオが裸にしかねない勢いで僕の身体を検分していくので慌てて無事を伝えると、今度は思い切り抱き締められた。


「……お前達は番《つがい》か？」


すみません一瞬、推定魔王様の存在を忘れてました。

っていうか、番って……何？

「番……？」

「……貴方は……」

ベッドの上で僕を抱き込んで放さないレオは声の主である推定魔王を見て、目を細める。

「俺を知っているか、メルクリスの番」

いつの間にかテーブルセットの方に戻っていた推定魔王は、また長い足を優雅に組んで僕達を見ていた。

だから、番って何なの？

と思っても、聞けない雰囲気が漂っている。

空中に出来た次元の裂け目のようなものはバチバチ火花を散らしながら閉じて行き、部屋の中はまたルームランプの明かりだけになって行く。

「レオ……知ってるの……？」

「子供の頃に父に連れられて、王宮の秘蔵書を読ませてもらった事があるんだが……」

「秘蔵書？」

禁書とかそういう類の本なのだろうか？

そんな本にこの推定魔王が載ってるって事？　前に魔王が現れたのって数百年前だよね？　何歳なのこの人？　魔王だから寿命も長いの？　っていうか、倒されたんだよね……？　ずっと生きてたって事……？

「貴方は……アユム・セオなのか？」

僕の頭の中が疑問符だらけになり始めた瞬間、何処か馴染《なじ》みのある日本人の名前をレオが言った。

せおあゆむ……？　……瀬尾歩？

ざっと頭の中で前世の記憶を手繰り寄せる。

これだけのイケメンだから、もしかしたら日本に居た頃は芸能人だったのかも知れない。だけど、このイケメンの顔や名前は僕の記憶には無かった。

顔立ち、体格的に雰囲気は僕の生きていた時代の人の様に感じる。平成生まれ感が漂っているし。

前世と今生では時間軸的な物が異なるのだろうか？

「そうだ」

合ってるんだ⁉

いや、レオを疑う事は無いけども！

「貴方は……死んで、魔王として生まれ変わったのか。勇者アユム」

………勇、者……？

「異世界から召喚されて魔王を倒せば元の世界に帰すと言われたにもかかわらず、討伐後に王女と結婚させられそうになり、魔力暴走を起こして自分自身や国までをも消滅させた」

「えっ⁉」

「どうやら、そのようだな」

先程目覚めたと聞いたが、瀬尾歩……元勇者は自分が魔王になった事を自覚しているようだ。

「勇者が……魔王になる……？」

「……勇者の魔力暴走は国を消滅させる程のものだったそうだから、可能性としては考えられるだろうな」

未だ僕を抱え込みながらも、レオは魔王となった元勇者から視線を離さない。

「……未だに国王の薄気味悪いニヤケ顔を思い出すと胸糞悪《むなくそわる》いからな」

パリン、と音を立ててテーブルに置かれていた食器か何かが割れる音がした。

魔王はテーブルに触れていないから、この人、いや、この魔王？　レオと同類かも知れない。

「……自分の身に置き換えてみれば、胸糞悪いのも分かりはする」

レオ!? 魔王に同意!?

いや、確かに嘘つかれた上に好きでもない人と結婚させられそうになったら、ブチギレる気持ちは分からなくも無いけど……。

「だろ?」

「ああ……メルと離れ離れにされた時点でその国王の命は保証出来ないけどな」

レオ!?

「ああ、そうだな。洸太《こうた》と引き離された時点で、最初からやっておけば良かったな」

何をですか!?

「こうたって……」

「恋人」

即答をされた。

こうた……って事は男の人、なのだろうか?

まさか元勇者の恋人も同性だったとは。

「になる予定だった」

「へっ?」

続いた魔王の言葉に、僕は素《す》っ頓狂《とんきょう》な声を上げてしまった。

「日本に帰ったら、洸太に会えたら……告白するつもりだった」

魔王の声が低くなり、すっと部屋の中の空気が冷えるのを感じた。

部屋の空気が変わった途端に、レオのマントに僕は身体を覆われて、更にきつく抱き締められた。

「魔王を倒したら洸太に会える」

元勇者が呟く様に吐き出した。

「それだけを支えに、ゲームか物語の中の話でしか無かった魔王退治なんて馬鹿げた殺人をやらされても、俺は狂わずに済んだ」

抑揚の無い声で淡々と話される内容に、僕は指先が軽く震えるのを感じた。

元勇者が言う様に魔王退治なんて物語の世界の話だ。

この世界では魔獣が出る。騎士団でなくとも、山道などを歩く時は護衛や護身用の武器を持つのは当たり前の事になっているから、魔獣を斬る事への抵抗感はそれ程無い。

けど、異世界の日本から召喚された勇者は違う。

今まで誰かを斬る事なんて縁の無かった環境から、いきなり魔王を退治してくれ、なんて頼まれて、退治をしないと帰れない、魔王を退治するには魔王城へ辿《たど》り着《つ》かなければならない、それには数多くの魔獣を斬って、斬って、斬って、斬って……。

そしてやっとの想《おも》いで魔王を倒して戻れば、勇者にとって1番最悪な裏切りを受けた。

「国王はやれ凱旋《がいせん》パレードだ、国内外の貴族を招いてパーティーだと宣《の》りやがるから、キレそうになったら異世界召喚は出来ても、異世界へ帰す事は出来ないと言われた」

僕は息を呑《の》み話に耳を傾ける。

「呆然《ぼうぜん》としている間に俺は魔封じの魔導具を着けられて、無理矢理にでも王女との既成事実を作らせようとした国王に寝室へ閉じ込められた。その瞬間、頭の中で何かがぶつんと音を立てた」

元勇者の話を喉《のど》がカラカラになりながら聞いていると、レオが僕の肩を優しく撫《な》でてくれていた。

「そして、気が付けばこの城に居た」

僕にはずっとレオが側に居て、愛され支え続けてくれていたけれど、勇者はずっと1人で恋しい人を想い、心を殺してやりたく無い事をやらされたのに、もう2度と恋しい人には会えず、元の世界へも帰れず、好きでも無い人と無理矢理結婚させられそうになる。

レオと離れ離れになって、異世界で好きでも無い人と無理矢理結婚させられるなんて思うと……そんなの、辛くて耐えられそうにも無い。

「っ……」

「……メル」

頬を伝う涙をレオが指でそっと拭《ぬぐ》ってくれるけれど、止めどなく溢《あふ》れて来てどうする事も出来ない。

「どうしてお前が泣くんだ」

テーブルからベッドサイドに再び瞬時に移動した元勇者に、もう怯《おび》える事は無かった。

「……貴方の無念が……どれ程のものかと、考えたら……」

お前に何が分かると言われる覚悟はしていたが、怒鳴られる事も無く、ひんやりと冷たい指がレオの触れる反対側の頬に触れた。

レオは僕に触れる事へ僅《わず》かに反応をしたが、元勇者の事を静観している。

「……俺の為に泣くのか」

無表情の元勇者の指が僕の涙に触れる。この人をどうすれば救えるだろう。

そう思った瞬間、いきなり目の前が眩《まぶ》しくなり僕はそのあまりの眩《まばゆ》さに目を瞑《つぶ》った。


瞼《まぶた》を閉じても眩い光に僕は顔をレオの胸元に寄せると、レオに頭を抱える様にして抱き締められる。

一体、何が起きているんだ？

何も分からないけれど、何故か悪い事では無い気がした。

数秒程経っただろうか。

光が止み、また辺り一帯が薄暗くなって行くのを感じて、そろそろと瞼を開けてレオと目を合わせる。

レオは1つ頷《うなず》くと、直ぐ目の前に居る元勇者に視線を移した。

「これは……」

元勇者が発した声にそちらを振り向くと彼の指先が淡く光り、何だかぼやけて見える。

っていうか、消えかけてない!?

元勇者も何が起こっているのか分からない様子で自分の指先を眺めている。

「メルの力で貴方を浄化すれば、元の世界へ帰れるかも知れない」

レオの言葉に僕と元勇者は一斉にレオを見る。

「浄化で……？」

「……ああ、メルクリスは浄化が使えるのか……番の匂いで気付けなかった」

また番。もう、聞いても良いんじゃ無い？　良いよね？

「あ、あの、さっきから言ってる番って……」

「お前とこいつは番《つが》っているんだろう？」

淡く光り続ける指先から視線を外し、元勇者は顎《あご》でレオを指す。

だから、番ってるって何!?　動物とかに使うけど人間にも使うの？　それなら、番ってると言えなくも無い……のかな……いやでも僕達はまだ学生で！　そういう事は卒業してか……。

「ああ」

まさかのレオが答えた！！！

「メルクリス。お前は気付いていない様だが、お前は頭の先から足の先までこいつの匂いに塗れている」

「へ!?」

いきなりの事に僕の声は裏返ったけど、恥ずかしさよりも驚きの方が勝っている。

に、匂い？　レオの匂いが染み付いてるって事かな……？

腕をくんくんと嗅《か》いでみる。匂いらしきものは感じないけどなぁ……。

「体臭とはまた違う。お前の中でこいつの魔力が余す所なく循環して溶け合っている」

「循環……溶け合う……」

今度は手の平を見てみるが、よく分からない。

けど、元勇者で現魔王が言うならそうなのだろうか。

「それ程になるには、相当な性交が必要だ」

「せっ……！」

咳《せ》き込みそうになったのを耐えた僕の背をレオがそっと撫でる。その気遣いが今は何だか辛いよ……。

えっ、何？　分かる人には僕達がそういう関係だってバレバレって事……？

「メル、普通の人間には感知出来ないから心配せずとも大丈夫だ」

そっとレオが僕の頬に唇を落とした。

「あ……そうなんだ……良かった……」

「俺としては皆感知出来れば良いと思うけどな」

レオさん!?

「俺も試した事は無いし、実例も無いからどうなるかは分からない。元の世界に帰れるかも未知数だが、どうする」

レオがぼそっと呟《つぶや》いた内容は気になるけど、今はこちらが優先だ。

レオの言葉に、また指先を見ていた元勇者は顔を上げた。

「洸太の居ない世界では、生きていても何の意味も無い」

そう言って、ベッドの前で片膝《かたひざ》を突くと僕を真っ直ぐに見つめた。

「俺を浄化してくれないか。メルクリス」

見つめられた瞳《ひとみ》の奥に、ほんの少しだけ希望の光が灯《とも》った。

＊

日本で生まれ育った瀬尾歩は高校3年生の夏のある日、いきなり異世界へと召喚されて魔王を退治する勇者になれと言われた。

片想い相手の居る元の世界へと帰りたくても、魔王を討伐しなければ元の世界へは帰しては貰《もら》えない。

恋する相手を想い、死に物狂いで魔王討伐を成し遂げた勇者への無残な仕打ちは、瀬尾歩を魔力暴走へと導き、瀬尾歩自らの命をも奪う結末を迎えた。

この世界で死んでも魂は元の世界に帰る事が出来ず、瀬尾歩は数百年の時を経て魔王として再び目覚める。

僕とレオはそんな魔王を討伐する為に魔王城へとやって来た。

元日本人として、同郷の瀬尾歩に肩入れし過ぎている所もあると思うけれど、僕は彼を討伐するのでは無く、助けてあげたいと思う。

第一に彼はこの世界をどうこうしようという気持ちがまるで無い。いわば無害だ。いや、瘴気は有害だけど、浄化すれば良いだけの話——といっても、その浄化は限られた人しか出来ないのだが、今はおいといて……。

瀬尾歩は恋い慕う相手の居ないこの世界で生きる意味など無いと言う。

それならと、彼が元の世界へ帰れる可能性が少しでもある魂の浄化を行う事になった。


「……分かりました。一か八か、やりましょう!!」


片膝を突いて僕へ魂の浄化を請う元勇者・瀬尾歩へ手を差し出すと、彼はゆっくりと僕の手を取り、指先にそっと唇を付けた。

「宜しく頼む」

「はい！」

元勇者、そして魔王の浄化なんて初めてするけど、今やらずして、いつやると言うのか。

レオが魔王から僕の手を引き剥《は》がすとマントで丁寧に指を拭《ふ》いているのを横目に、ベッドから降りて立ち上がると瀬尾歩も立ち上がった。

「では、早速……」

レオが僕の背後に立ち、僕が瀬尾歩へ手を翳《かざ》した腕に自分の手を添える。

僕は深呼吸をして、指先に神経を集中させた。

「……不思議な気分だな」

ゆっくりと指先から光が溢れ出し、瞬く間に瀬尾歩の全身を光が包み込んだ。

「苦しくは無いですか？」

「ああ……温かい」

集中力を切らさないように話し掛けると、瀬尾歩は表情を和らげた。

「……メル」

「レ……んむっ」

レオが背後から僕の口を自分の口で塞《ふさ》いで来た。

「お前の番は嫉妬《しっと》深《ぶか》いな」

瀬尾歩にふっと鼻で笑われるが、魔力を送り込んで貰うためレオとの濃厚なキスをしつつ指先への集中力を途絶えさせないようにもしなければならないので、もう為《な》すがままである。

「……俺は数百年、お前を待っていたんだな」

眩しくて目を開けている事が出来ず、レオに魔力を送られながら目を閉じると、穏やかな声で瀬尾歩が呟いた。

何の事か尋ねたいけど、口を塞がれているから話す事は叶《かな》わない。

「礼と言っては何だが、細やかなギフトだ」

何？　何をくれるんだろう？　そうは思っても、レオにキスされたままでは何も分からない。

「……礼を言う。ありがとう」

小さく、だけどはっきりと聞こえた声に反応したいけれど、その間にも光は強さを増し続けて、やがて瀬尾歩の気配が消えて無くなっていた。

「…………ゆう、者……？」

「……無事に浄化出来た様だな」

やっとレオの唇が離れて眩しく感じなくなった瞼を開くが、部屋を見渡しても瀬尾歩は見当たらない。

「本当に……浄化出来たんだ……」

魔王の浄化なんて、どれ程の魔力を必要とするのか未知数だったけれど、どうやら体積分の魔力量で十分だった様だ。

それでも一気に脱力感が全身を襲い、僕はレオに凭《もた》れてしまう。

「ぁ……ごめ」

「メル」

レオはそんな僕の身体を横抱きにして、ベッドに寝かせた。

「……レオ？　何で、ベッドに寝るの？」

「今からこの城を浄化するんだ。魔力補充しながらでないと、この大きさの浄化は無理だろう」

なんですと？

ふと、頭に何か当たった気がして枕元に手を伸ばすと、何かを掴《つか》んだ。

「小瓶？」

「……アユムの礼か」

レオは眉間《みけん》に皺《しわ》を寄せて小瓶を眺める。

「何が入ってるの？」

「媚薬《びやく》」

予想外の御礼品に僕は咽《む》せた。

元勇者はなんて物をお礼にしてんの!?

「っ……媚薬!?」

「大方、この城の浄化の事を危惧《きぐ》したんだろうが……」

いや、このお城を浄化するには相当量の魔力が必要で、そうなると大量の……あれが必要で……いや、でもさぁ!!

レオは枕元に5つ程あった小瓶を一気に投げて、空中で焼き尽くした。

「レオ!?」

「こんな物が無くても、俺はいつまでもメルに夢中になれる」

ギシリと音を立ててベッドが揺れると、いつの間にか僕のスケスケ衣装が乱れて半分脱げていた。

「レ、レオ……？」

「メルは浄化の事だけを考えていて欲しい」

「それは、もう、うん……」

「メルの中に魔力を沢山注ぎ込むから」

沢山。の部分は聞かなかった事にして、レオの唇に大人しく塞がれた。

＊

今迄《いままで》で最大の規模の浄化作業はその大きさから難航を極めて、７日７晩レオと僕は浄化に励みました。

体感なので本当の所はよく分かりません。

もっと掛かったかも知れないし、短かったのかも知れません。

いつの間にか寝てしまっては起きて、レオに気持ち良くされて喘《あえ》ぎ、気絶する様にレオと眠り、起きてはまたレオに気持ち良くされて、喘いでの繰り返しでした。

レオは宣言通り媚薬要らずで衰え知らずなのに、僕がキャパオーバーでした。

もう、暫く僕は喘ぎたくありません。

浄化？　何だかもう、僕、今何してるんだっけ？　状態でした。


そんな事をぼんやり夢現《ゆめうつつ》に思い起こしていたら、次第に意識が浮上して来た。

大分寝ていたんじゃ無いかと思う。

身体は痛む所は無いし、体調も極めて良い。

でも、瞼《まぶた》を開きたくは無い。

ふっかふかでとても気持ちの良い毛布に包まれている感覚がしたので、このまま二度寝を決め込みたい。

だけど、目を瞑《つぶ》っているというのに痛い程に感じる視線。

それはもう瞬《まばた》き無しで見ているであろう視線が僕に突き刺さっている。目を閉じているのに分かる。

分かってしまう。

……なので渋々だけど、僕は重い瞼をこじ開けた。

「メル」

「…………レオ……」

ほっとした様子で僕の頬をひと撫《な》でしてからそっと瞼に唇を落としたレオは、いつも通りに美形で、出来る事ならいつまでも眺めていたい。いつまででも眺めていられる。

そんなレオ越しに見た事のある風景が見えて、此処《ここ》が王宮の一室だという事に気付いたけど、寝起きでぼんやりしていて上手く頭が回らない。寝過ぎたのだろうか。

「メル、体調はどうだ？」

「ん……ぼーっとするだけ、かな……」

レオは既に身支度を整えていて普段通りの様子で、ベッドサイドに座って僕の顔を覗《のぞ》き込み、頭を撫でている。

「水だが飲めるか？」

「うん。ありがと」

レオは甲斐甲斐《かいがい》しく僕を抱き起こすと、水差しからコップに水を注いで渡してくれる。

僕はコップを受け取ると、程良く冷えた水を喉《のど》に流し込む。

何だか水を飲むの久し振りな気がするな……水ってこんなに美味しいんだな……。

なんてよく分からない事を考えていたら、いきなり猛烈な勢いでドアがノックされて、僕は驚いて思わず持っていたコップを落としてしまったけど、レオが流れる様にコップをキャッチして僕の手に握らせてくれた。

「起きたんだろう、早く来いレオニード！」

返事も待たずに勢い良く開かれたドアから入って来たのはジョシュアだった。

起きたというのは僕の事、でいいんだよね？　え、何で僕が起きたって分かったの？

ジョシュアがツカツカとベッドに歩み寄って来ると、レオは僕の肩にガウンを羽織らせてくれた。

「あ、ありがとう……」

「メル、騒々しくて悪い」

「うえっ!? い、いや、えと……」

レオが新手の無茶振りをして来たので言葉に詰まる。騒々しいのは王太子ですよ!!

ジョシュアが僕からコップを奪い取り、水を一気に飲み干したと同時に隣から舌打ちが聞こえた。

ちょっ、ちょっ! レオニードさん! 相手、王太子!!

「騒々しいのはお前の所為だろう」

「えっ」

ダン! とチェストに空のコップを置くと、ジョシュアはレオを睨《にら》み付けた。

一体、何が起こっているんだ?

もしかして、浄化が上手く行かなかった?

「お前がメルクリスが起きるまで側から離れないと言うから、仕事が山積みだ!」

「ええっ!?」

っていうか……仕事って、何?

「あ、あの……」

「ほら、行くぞ!」

「メルはゆっくり休んでて良いから」

「必要な物があればこの中を探して。そこに食事の用意もしてあるし、温かい飲み物も色々入ってるから、あとそれと……」

「あ、うん……？」

ジョシュアが腕を掴んで有無を言わさずにレオを連れて行こうとするが、残念ながらレオは引き摺《ず》ろうとしても少しも動かず、ジョシュアを放置して、僕にマジックバッグを渡すとテキパキと説明をしてくれる。

王太子の御前でベッドに横になってるし、王太子をスルーする男に甘やかされてて、これ、大丈夫？

ベッドから見える位置にあるテーブルセットにはケーキスタンドや蓋《ふた》の掛けられた食器類が載っている。そして、マジックバッグの中には温かい飲食物も入っているらしい。

っていうか、暢気《のんき》にこんな話をしてたら……。

「良い加減にしろ！！！！！」

ほらキタァ！　ジョシュアが激おこだよ！！！

最初はこめかみに青筋を立ててるだけだったジョシュアは直ぐに我慢の限界を迎えたのか、ジャケットのポケットから何かを取り出すと素早く操作したと思ったら、目の前に居たレオとジョシュアは跡形も無く消えてしまった。

ジョシュアの持っていた物が一瞬だけ見えたけど、あれは多分デイビットさんが作った簡易転移装置だと思う。

売り物に出来ない程に希少価値が高いらしいので、それ程重要なお仕事があるという事なのだろうか……？

あんなにジョシュアとの接触を絶っていたレオなのに。

僕が眠っている間に何が起きているんだ……？

「あ、浄化が無事に出来たのか聞くの忘れた」

レオやジョシュアの様子から失敗はしていないと思うけど、この部屋を出て誰かに聞きに行くのは正直気まずい。

ここでゆっくりするより、寮に帰りたいんだけどな……。

「……お腹減った」

渡されたマジックバッグは普段からレオがよく使っている物のスペアで、僕もお揃《そろ》いの物をレオから貰《もら》って持っているんだけど、今は寮の部屋に置いている。

留め具を開けて中を覗き手探りで温かい物を探すと、手に何かが触れる。

両手で持ち上げてバッグの中から取り出すと、小振りな蓋付きの鍋《なべ》だった。

「あ、スープだ」

僕の好きな野菜が沢山入ったスープが鍋の中に入っていたので、僕はベッドから降りてテーブルに向かうと、食事の用意を整える。

時計が見当たらないので、今が何時なのか分からないから、朝ご飯なのか、お昼ご飯になるのか、3時のおやつになるのか定かでは無いけれど、いそいそとレオお手製スープをお皿に注いで、湯気を上げて食欲をそそるそれにスプーンを持ちながら手を合わせて、頂きます。

「やっと見付けた！！！」

だけど本日2回目のノック無し訪問に、レオのスープはお預けとなりました。

「あーもー!!　部屋が多過ぎるのよ!!」

スープを飲もうとスプーンを口元に運び口を開けて固まる僕の事はお構い無しに、突然の訪問者はジョシュアよりも……否、ジョシュアは怒り狂ってもやはり王族なのでどこか雅《みやび》なのに対して、その訪問者は鼻息荒く足音もドタドタと煩く対面のソファーにドカッと腰掛け、僕が飲もうとコップに注いでいたオレンジジュースを許可無く掴み取り、一気に飲み干した。

前世の僕の妹でもここまで勝手な行動はしないので、呆気《あっけ》に取られた僕はスープの入った皿を強引に奪い取られても咄嗟《とっさ》に何も言えず、ただただズルズルと麺類《めんるい》でも無いのに音を立てながら皿を傾けてスープを掻《か》き込むその人を呆然《ぼうぜん》と眺めるしかなかった。

っていうか、この子の名前、何だっけ……？

話し掛ける前に、ど忘れしてしまった名前を懸命に思い出そうとするんだけども、彼女は魔王討伐に一切参加しなかった。

なのでこの数ヶ月は姿を見ることもなく、そういえばこんな顔してたっけ……？　という有り様なのだ。

「何これ、めっちゃ美味《うま》いんだけど」

「はぁ……」

ガチャンと乱暴に食器をテーブルの上に置いて彼女は言った。

そりゃそうだろう。レオお手製のスープなんだもの。

「何このスコーンもうまぁ！」

「いや、あの……」

僕の存在スルーで手を伸ばし、ケーキスタンドから手掴《てづか》みでスコーンを取って口に頬張り、ぼろぼろと口の端からスコーンが零《こぼ》れ落ちても、お構い無しにサンドイッチにも手を付ける。

「ぁあ……」

大口を開けて噛《か》みレタスやキュウリがぼろぼろと床に落ちても尚《なお》食べる様は、お世辞も言えぬ程汚くて、僕はドン引きのあまり思わず声が漏れてしまう。けれど彼女には聞こえておらず、僕の為に用意された軽食は全て彼女の胃の中に収まってしまった。否、1割は床に落ちていると見られる。

そして、僕はまだ彼女の名前を思い出せません。

「はぁー……満たされた」

そらあれだけ食べれば満たされるだろ。

僕は思わず脳内でやさぐれる。

僕の朝だかお昼だか3時のおやつだか分からない軽食達が傍若無人に食べ尽くされたのだ。これで怒らない人は菩薩《ぼさつ》なんだと思う。

「ていうか、何であんたがレオと魔王討伐してんのよ！」

ワゴンに載っていたジュースをもうコップに注ぐ事なくラッパ飲みし出して、僕はもうドン引き通り越してるんだけど、これ注意しなきゃ駄目だよね？　いや、でも、何処から切り出せば良いの？　何か言われてるけど、もう僕は君の口の端に付いてるソースやらクリームの事や、与えられたのであろう綺麗《きれい》なドレスの胸元がこれでもかと汚れている事の方が気になってしまって……。

何で僕がレオと魔王討伐したのかって、君の魔力がほぼ無いからだよ、とも言えないし……。

「あんた聞いてんの!?」

ダン！　とテーブルの上の食器に何の配慮も無く、両手を突いて身を乗り出して来た彼女は僕に凄《すご》む。

嗚呼《ああ》……物凄く高そうな食器達が薙《な》ぎ倒《たお》されてテーブルから落ちて恐ろしい音を立てている。

手を伸ばそうにも量が多くて、大半は悲惨な結果となってしまった。

僕が手にしてるのはスプーンだけ。よりによってスプーン。落ちても君なら無事だったろうよ。

僕はスプーンを握り締めて、小さく息を吐いた。

「申し訳ありません。お名前をお伺いしても宜しいですか？」

僕は出来うる限りの穏やかな笑みを浮かべてみた。

「はぁっ？」

「お名前を教えて頂いても宜しいですか？」

他所でやったら白い目で見られそうだけど、ここには日本の一般家庭育ち（だと思われる）で、貴族のマナーや知識は無さそうな彼女しか居ないので、僕の無礼は許して欲しい。

「綺羅《きら》よ！　綺羅!!」

未だに口元に色んな食べカスを付けたまま唾《つば》を飛ばさんばかりの大口で般若《はんにゃ》の様な顔で名乗った綺羅は、ドスンとソファーに腰を下ろした。

「ありがとうございます綺羅嬢。私はメルクリス・エヴァンと申します。前回は名乗る暇も無かったので、こうしてお会い出来て光栄です」

僕は心にも無い簡単なお礼を言い名乗ると、まだ綺羅に手を付けられて居なかったワゴンのティーセットで紅茶を淹れる。

その間も綺羅は手伝う事も無く、ソファーにふんぞり返って僕を睨み付けている。

人様の事をどうこう言う権利なんて僕には無いけれど、どう育ったらこんな放漫な人間になるんだろうかと思ってしまう。

絶対に友達になりたく無いタイプだわ。うん。絶対に。

「どうぞ」

気を遣うのも癪《しゃく》なのでシュガーポットを差し出し自分で入れて貰う事にするが、綺羅は礼を言う訳でも無く、乱暴に手掴みで砂糖をカップに入れるもんだからぼちゃぼちゃと紅茶が溢《あふ》れている。っていうか、砂糖どんだけ入れるの……。

最早砂糖の味しかしなそうな紅茶をズルズルと音を立てて飲む綺羅を横目に、僕も一口紅茶を飲む。

「で、どういうつもりなのよ、あんた」

音を鳴らさなければ気が済まないのかと思う程、割れそうな音を立ててカップを置くと相変わらずの睨みを利かせてくる。

僕は相当嫌われているようです。

……まぁ、そうだよなぁとは思う。

原作通りに進んでいれば、ヒロインであったであろう綺羅はこの世界ではＶＩＰ扱いな上、今頃ジョシュアとレオの両手に花状態で居られた筈《はず》なのに、現実では不審者扱いな上に現在は再び騎士団に軟禁監視状態だと聞いた。

今もきっと監視を振り切ってここに来たのだろう。

「何故僕が魔王討伐に参加したのか、ですよね。それは僕が聖魔法を使えるからです」

「だから！　何であんたが聖魔法を使えるのよ!!」

分かり易く的確に言ったら、食い気味に怒鳴られた。

……僕、何でこんなに怒鳴られてるんだろう。

「それは僕には分かりかねます」

「はぁ――――!?」

そんなに怒鳴らなくても聞こえるので、声量を落として下さいぃぃぃ……。

僕はキンキンする耳を塞《ふさ》ぎたい衝動を耐えて、表情で困惑を伝える。

「大体何であんたとレオが仲良いのよ!!」

「僕とレオニードは家格の違いがありますが、両親が昔からの付き合いがありまして、隣の領地という事もあり、レオニードとも幼い頃からの仲で僕達は幼馴染《おさななじみ》なんです」

原作通りに行けばレオとメルは不仲だから、そこを疑うのは頷《うなず》ける。

「……あんた、もしかして……」

僕の事を睨みながら話を聞いていた綺羅は、ハッとして僕を見た。

「……おかしいと思ったのよ。ジョシュアもレオも1度も会いに来ないし、私に魔力が無いなんて有り得ないし……」

綺羅はブツブツと呟《つぶや》きながら、何やら考え事をしている。

これはもしかすると、僕が転生者とバレてしまったのだろうか？


居たか!?

いいえ！

そっちはどうだ!?

こっちも居ません！

しらみ潰《つぶ》しに探せ！

はい!!


内心冷や汗もので綺羅の様子を窺《うかが》っていると、俄《にわか》に外が騒がしくなった。

「ちっ」

「……綺羅嬢……もしや抜け出して来たのですか？」

考え事をしていた綺羅にも外の様子が聞こえたようで、舌打ちが聞こえた。

分かり切った事だけど、お約束として尋ねると、綺羅はギッと僕に凄む。

レオ関連で女の子に睨《にら》まれる事は多かったけど、ここまで鬼の形相で睨まれるのは初めてなので、少し辛い。

「……そうか、そうだ……」

「……綺羅嬢？」

苛《いら》ついていた綺羅の表情がハッとして、口角がニヤリと上がる。

………何だろう。嫌な予感しかしない。

綺羅は着ているドレスの胸元に手を掛けると、両手で思い切り引き裂いた。

「えっ……」

僕はいきなりの出来事に立ち上がり、綺羅をただ見る事しか出来ない。

勢い付いて裂いたドレスは、無惨な有り様で胸元が丸見えである。

「なっ……」

僕が驚いて言葉も出せないでいると、綺羅は突然深呼吸をした。

そして、僕は瞬時に思い出した。

原作で僕がレオに斬られる瞬間の事を。

ヒロインに横恋慕して、襲い掛かろうとした所をレオに斬られるのだ。

「きゃあ――――！！！！！」

耳をつんざく様な悲鳴を前に、僕は為《な》す術《すべ》もなく立ち尽くした。

「なっ……」


今の悲鳴はなんだ!?

あそこか!?

あの部屋は神子《みこ》様の部屋では!?

神子様に何かあったらタダじゃ済まないぞ!!


綺羅による突然の奇行に僕が呆気に取られていると、外で綺羅を探していたであろう騎士がバタバタとこの部屋に向かって来る足音が響く。

ちょっと待って。

突っ込み所が多過ぎて頭が回らない。

いやいや、このまま部屋に入って来られたら、綺羅に嵌《は》められて僕は身の破滅まっしぐらだけど、え、何？　僕、神子様なんて呼ばれてるの？　初耳だよ？

「ちっ」

僕が驚きと戸惑いでドアの方を見ながら棒立ちになっていたら、綺羅の舌打ちが再び聞こえて来て、僕は腕を思い切り引っ張られた。

「うわっ」

いきなりの事に踏ん張る事も出来ず、僕は綺羅の上に飛び込む形になる。

マズイマズイマズイ！！！　ここで外の皆さんが入って来たら確実に誤解される。

僕は咄嗟《とっさ》に掴《つか》まれていない方の手でソファーの肘掛《ひじか》けに手を突いて、綺羅の腕を払った。

すると綺羅の手は放されたけど、今度は勢い良く背後に僕の身体は傾く。

背後には先程綺羅が撒《ま》き散《ち》らした食器が未だに床に散乱している。

ああ、痛そうだな……起きたばかりで着替えていないから薄着なので流血は避けられそうにないなぁ……と、半ば諦《あきら》めモードで僕は痛みに備えて目をギュッと瞑《つぶ》った。


「……ぁ」

「メル、大丈夫か？」

食器の残骸《ざんがい》に背中から落下する気配は無く、抱き締められた温もりに包まれてそろりと目を開けると、目の前にレオが居て眉根《まゆね》を寄せて僕を覗《のぞ》き込んでいた。

「神子様!!　どうされましたか！」

「女も居るぞ!!」

僕がぼけっとレオを見つめていると、ドアが開いてあっという間に部屋の中に騎士が駆け込み、室内の人口密度が上がった。

「え……レオ……?」

ドアから来た訳でも無く一瞬で現れたが、まさか宮中で転移でもしたのだろうか?

「これを介して来た」

レオは床に落ちていたマジックバッグを拾って、未だ驚きから覚めない僕に微笑んだ。

「そんな事が出来るんだ……」

「ああ、魔力量を調整すればバッグ間での行き来が出来る」

そんな機能もあるのかマジックバッグ!!

本当にマジックを見てるみたいだな……僕程度の魔力量じゃ出来ないんだろうけど。

「メル……この女に何かされたのか?」

「え、あ……何か……」

レオの新たな一面に惚《ほう》けていると、部屋の惨状を目にしたレオにそっと話し掛けられる。

されたと言えばされた……? でも、レオが助けてくれたから未遂だったし……いやでもレオのスープ飲まれた……って子供じゃないんだから……。

「メル……言えない程の事をされたのか……?」

「えっ、いや、違うよ!?」

「何かされたのは私の方よ!!」

僕が言《い》い淀《よど》んでいたら床に落ちて砕けた食器が更にパリンと割れる音がしたけど、綺羅のつんざく様な叫び声に、レオは僕をギュッと抱き締めて声の方を向いた。

「っ……その男が私の事を襲ったのよ!!」

逞《たくま》しい胸板に抱き締められているから表情は見えないが、レオから放たれる殺気で綺羅が一瞬怯《ひる》んだ様子を感じ取れる。

恐れていた事態になり、僕は無意識にレオの腕を掴んでいた。

その手に、そっとレオの手が重なる。

胸元から顔を上げてレオを見ると、つい一瞬前まで放たれていた殺気が鳴りを潜め、いつものレオと目が合う。

「レオ、僕は彼女に何もして無い」

誰に疑われても、レオにだけは信じて欲しい。

レオさえ信じてくれれば、後はどうだって良い。

けれど、ほんの少し声が震えてしまう。僕はまだ原作の強制力に怯《おび》えていたんだろうか。

「そんなの、当たり前だろう？」

穏やかに言い、目を細めるレオは僕の目元に唇を寄せて、そこで自分が泣いている事に気が付いた。

レオの事は誰よりも1番信用しているし、疑う事なんてこれから先にも無い。

だけど、計り知れぬ恐怖心をどこかで感じていた。

前世の記憶を思い出してからの僕は、レオとヒロインが想い合う様になったら、2人を祝福して自分は身を引こうと思っていたのに、僕が自らレオから離れる事なんて到底出来なくて、レオと想いを重ねれば重ねる程に愛《いと》おしさが込み上げて、余計に離れ難くなってしまった。

そんな中で唐突に現れたヒロインであろう彼女に、心の何処かで恐れていたのかも知れない。

彼女にレオを譲る気は無いけれど、いつかこの世界の強制力は働くのだろうか、と。


「誰が何と言おうと、俺はメルを信じる」


涙で視界がぼやけるけど、レオを一心に見つめる。

いつもと変わらないレオの微笑みに感情が込み上げて声が出ないので、うんうんと首を縦に振りレオに抱き付くと、頭を抱き込む様に抱き締められて、安心感に包まれて肩の力が抜ける。

「メルくん！　レオ！」

バタバタと数名の走り込んで来る音が聞こえて、デイビットさんの声がした。

「……ったく、お前はメルクリスの事になるとどうしてそう、理性が無くなるんだ」

デイビットさんの後からジョシュアの声が聞こえて漸くレオの胸元から顔を上げると、そこには最初に突入して来た近衛騎士達とデイビットさん率いる魔導士団員、そしてジョシュアがアランを引き連れて部屋に入って来た所だった。

アラン久し振りに見たな……そういえば近衛騎士だったんだよな、アランって。

しかし、これだけの面子がこんな一堂に会するなんて凄《すご》いな……近衛の騎士団長に副団長までいるし、魔導士団の方も副団長も居るよ……やっぱりこれって、一大事……なんだよね。

「神子様にお怪我は？」

「無事です」

「安心しました」

不意に近衛騎士団長が僕達に声を掛けてレオが答えると、騎士団の皆さんの緊張が緩むのが分かった。

やっぱり僕、神子様扱いなんだ……。

レオが耳元で「メルに傷1つ付ける事も許す訳が無い」と僕にだけ聞こえる声で囁《ささや》いて、恥ずかしさとこそばゆさ、気まずさに視線を彷徨《さまよ》わせていると、デイビットさんが一歩踏み出した。

「キラ嬢。部屋から出ないようにとお約束しましたよね？」

「だっ……私、は……っ」

デイビットさんの声がいつもより低く、綺羅はいつも和やかな彼の言葉に、口をパクパクと動かす事しか出来ないでいる。

僕の背後に散らばる食器や引き裂かれたドレスを見て、デイビットさんは小さく溜息《ためいき》を吐いた。

「皆さん申し訳ない。魔導士団の不始末です」

「いえ、魔導士団だけの所為ではありません。王宮への侵入を許した近衛にも責任はあります」

くるりと振り向き出口付近に集結する近衛騎士団に深く頭を下げるデイビットさんに、近衛騎士団団長が歩み寄り肩をぽんと叩《たた》くとデイビットさんは顔を上げ、2人は互いに会釈を交わす。

「な………なんでよぉっ！！！　私は被害者よっ！！！　そいつは強姦魔《ごうかん》よ！！！！」

僕がレオの腕の中で騎士団の方々のそんな様子を眺めていたら、咆哮《ほうこう》の様な叫び声が轟《とどろ》き、室内に動揺が走る。


「俺の愛するメルが、そんな事をする筈《はず》が無いだろう」


そんな綺羅の咆哮に、良く通る声が室内に響いて、レオは僕を抱いたまま立ち上がった。

僕はレオに腰を支えられて体勢を整える。

辺りに散らばっていた食器の残骸はいつの間にか綺麗《きれい》さっぱり無くなっていた。レオが消したのだろうか？

綺羅はぽかんと呆気《あっけ》に取られた顔で、レオを見ている。

他の皆さんは僕達の関係に薄々気付いていた様子で、驚いている気配が無いのは喜んで良いのか、悪いのか……。

室内が静まり返る中一歩進み出ると、僕はもう1度、今度は皆に聞こえる様に言った。

「僕は彼女に危害を加えてなどいません」

きっぱり、はっきりと言い切る。

レオと共に生きると決めたからには、レオの隣に立つ努力をしなければならない。これはその為の第一関門だ。

最早彼女はヒロインでも何でもない。

彼女はこの世界では異世界人。

肩書は聖女でも無い。

ここはもう『君まも』の世界じゃない。

僕はヒロインに横恋慕しレオに斬られてしまうメルクリスじゃない。

自分の未来は、レオとの未来は、自分で切《き》り拓《ひら》かないと駄目だ。

「ぁ…………ぁ」

それまでドア付近に待機していた騎士の皆さんが綺羅を取り囲む様に部屋の中へ進むと、綺羅は怯えた様にレオを見るが、一瞬で目を逸らした。

……レオ、どんな顔して見てるの？

綺羅は焦った様子で、胸元が露《あら》わになっているのも気にせず、デイビットさんに駆け寄ろうとして走り出した格好のまま、ぴたりと止まった。

「えっ……？」

綺羅の向かう先を見ると、デイビットさんがさっと手を降ろした。デイビットさんが魔法で綺羅の動きを止めたのだろう。

「キラ嬢。君には話していなかったけれどね、そのドレスの胸元にあったリボンには魔導具が仕込んであったんだ」

「「えっ」」

デイビットさんの発言には僕も綺羅と同様に驚く。

あの切り裂かれたリボンに魔導具が……？　一体、どんな物だったんだろう。ビリビリになっちゃったけど……。

「そのリボンには魔王討伐の際にも使われた映像器具の縮小版の様な物が入っていて、キラ嬢に怪しい行動が無いか逐一見張らせてもらっていたよ」

「!?」

「はぁっ!?　そんなの聞いて無いわよ!!」

そんな事してたの!?

世界が違えば暴動が起きそうな事案なんだけど、この世界だから大丈夫なのだろうか……？

まぁこちらが異世界から召喚したでも無く、人が落ちて来るなんて稀《まれ》な事態だろうから、致し方無い対応なのかな。

一歩踏み出した状態のまま、こめかみに青筋を立て唾《つば》を飛ばしながら怒鳴る綺羅に、騎士達は一様に顔を顰《しか》めるが、デイビットさんはにこりと笑って話を進める。

「生理現象や入浴中は自動的に遮断される仕組みとなっているけど、不穏な発言があった場合には直様僕と副団長に知らせが入る様になっていた」

「なっ……なっ………」

まだ固まったままの綺羅は信じられないという表情で、動けないながらも震えている。

ずっと言動が筒抜けだったという事なのだから、衝撃が大きいのだろう。

「君にはまだスパイ容疑も掛けられているからね。当然と言えば当然だろう」

にっこりとデイビットさんが言うと、綺羅は口を金魚の様にぱくぱくと開けては閉じてを繰り返す。

「メルくんの言う通り、彼は彼女に何もしていない。彼女は自分で自分の衣服を切り裂き、さもメルくんに暴行を受けたかのように悲鳴を上げた。察するに、メルくんに罪を被せようとしたものによる行動と推測します」

デイビットさんはジョシュアに綺羅の行動を報告すると、ジョシュアは大袈裟《おおげさ》に溜息を吐いた。

「そのようだな」

「殿下」

ジョシュアは呆然《ぼうぜん》として身動きの取れない綺羅から嫌な物を見る様に視線を逸らすと、レオは僕の肩を抱き寄せてジョシュアに声を掛けた。

「……やる気か」

「許可が下りれば今直ぐにでも」

「……許可する」

…………な、なにをやるつもりなの？？？

「レオ……？」

不安になりながらレオを見ると、レオは僕の肩を抱きながら微笑み、もう片方の手を前に差し出した。

一体、何が始まると言うのだろうか……。

「えっ」

綺羅はデイビットさんの方を向いて固まっていたので視線だけでレオを見るが、何が起こるのか分からずに怯え、目を見開いている。

「総員、女の側から離れろ」

ジョシュアが室内に居る騎士団の面々に声を掛けると、一斉に騎士は綺羅の周りから離れ、デイビットさんはレオと綺羅の延長線上に位置する場地へ移動をした。

「なっ、なに？　……な、なん、なの？」

綺羅が不安そうに声を震わせ、誰に問うでも無く疑問を口にする。

僕にも何が起こるのか分からず、戸惑いながらレオを見ていると、レオの指先から淡い光が放たれ、レオの言葉と共にどんどんその光は大きくなる。

「■■■■■■■■■■■■■■■■■■■■■」

「……レオ……？」

綺羅を攻撃するつもりでは無い事は分かるのだが、レオの喋《しゃべ》る言葉が理解できずに僕は戸惑う。

「■■■■■■■■■■■」

「ねぇ!!　何なのよこれ!!　何でレオが私を……っねぇ!!　助けてよぉ！！！！」

「■■■■■■■■■■■■■」

綺羅は錯乱したように喚《わめ》くが、その場から動く者は誰一人としておらず、デイビットさんは無表情でレオの言葉を聞いている。

レオの喋っている言葉が呪文なのか何なのかも分からないのだけれど、レオが謎の言葉を唱える度に淡い光は大きくなり、綺羅の足元には円状に魔法陣の様な物が浮かび上がり、綺羅の身体を光が照らす。

その光景は元勇者を浄化した時に僅《わず》かに似ていた。

「……もしかして、異世界転移……？」

僕の呟《つぶや》いた言葉に、僕の肩を抱くレオの手が撫《な》でる様に少しだけ動いた。

……合ってる？

「■■■■■■■■」

「何でよ！！！　私はヒロインよ！！！　聖女になって、私がこの世界を救う筈だったのに……何で……何でアンタが！！！」

「■■■■■■■」

憎悪を隠す事無く、視線だけを僕に向けて睨《にら》んだ途端、レオの声が一段低くなり窓ガラスが割れたがレオは呪文を唱える事を止めず、綺羅の頭上の空間がぐにゃりと歪《ゆが》んだ様に見えた。

歪んだ空間が切り開かれて、綺羅に覆い被さる様に飲み込んで行くのを僕は固唾《かたず》を呑《の》んで見守る。

光に包まれているのに黒い空間に飲み込まれて行く様は異様で、ぶるりと身震いしてしまうがレオが僕の身体を引き寄せて強く抱き締めた。

「■■■■■■■■■■■」

「やだ!!　やだぁ！！！　たすけっ……」

とぷん、と魔法陣ごと異空間が綺羅を飲み込んだ。

「■■■■■■■■■■■■■■■■」

レオの言葉に真っ暗な異空間が瞬き、パァーッと光り輝くと、後に辺りは何事も無かったかの様に、綺羅だけが消えていた。

「完了した。今後異世界からこの国への異世界人召喚は出来なくなった」

レオのその言葉にジョシュアとデイビットさん以外が驚愕《きょうがく》する。勿論《もちろん》僕もだ。

「私の目からもレオニードの術式は完璧《かんぺき》に行われた事を保証致します」

次いでデイビットさんの言葉にまた室内が騒めく。

いつの間にかレオの胸元に抱き寄せられて頭を撫でられていた僕は、戸惑いながらレオを見上げる。

「……レオ、今のって……」

「今のは古代魔法だよ」

「……古代魔法……」

そんなの初耳だ。

古代と言うから古い魔法なのだろうか。

「アユムの浄化の際にあの異世界人と同じ波動を感じて、あの2人は同じ世界から来たと気付いたんだ」

「そんな事が分かるんだ!?」

「ああ」

驚きに目を見開く僕に、レオがそっとおでこに唇を寄せた。

「父と古代魔法から逆召喚の魔法陣を完成させて、あの異世界人を送り返したんだよ」

「元の世界に戻ったの……？」

レオは未だ目が飛び出さんばかりに驚く僕に微笑んで、今度は鼻にちゅ、とキスをした。

「いやぁ、僕はレオから預かった論文に目を通して、殿下に回しただけなんだけどなぁ……」

「父さんの太鼓判が無ければ殿下は許可してはくれなかったでしょう？」

いつの間にそんな論文を……きっと普通の人なら一生掛かってやっと理論を組み立てる事が出来るかどうか……とか、そういうレベルの話だよね……？

僕がどれだけ眠っていたのかよく分からないけど、その間に今は廃れて誰も使えないと言われている古代魔法で理論を完成させたって事なのか……凄過《すご》ぎるよ、レオ。

「まぁ、場合によるが……今回は僥倖《ぎょうこう》だった。追って連絡する。今日はもう2人は休め」

「はい」

僕がぽかんとしてる間に話が付いたのか、室内には僕達の他にはデイビットさんとジョシュアだけとなり、ジョシュアはいつもより上機嫌そうに部屋を出て行った。

「じゃあ僕も戻るよ」

「はい」

またね～と手を振りながら去って行くデイビットさんをレオと見送ったけど、僕はまだこの状況を夢現の様に感じていた。

やっと2人きりになりレオは僕をソファーにエスコートすると、悲惨な状態のテーブルの上を、ぱちんと指を鳴らして一瞬で片付けてしまった。

やっぱり、レオだったんだ。

「レオ、そんな事も出来たの？」

「普段から魔法ばかりを使って楽をしていると、自分で何も出来なくなるからと、父から使用を控えるように言われているんだが……今はメルを癒すのが最優先だから」

僕が目を瞬《しばたた》いて何が起きたのか把握出来ずにいる間に、レオは苦笑しながらまた指をぱちんと鳴らしてテーブルのセッティングを整える。

先程綺羅に食い散らかされたメニューが一瞬で蘇《よみがえ》って、僕がまた驚いていると密《ひそ》かに笑う気配がしてレオの方を向いたら、思わず笑ってしまったという様子で小さく咳払《せきばら》いをしていた。

「お腹空《す》いただろ？　沢山食べて」

「……ん、ありがと」

自惚《うぬぼ》れたくないけど、レオが何を思っているのか分かる。

絶対可愛いと思われている。経験から間違い無いと思う。

僕は俯《うつむ》きながら小さく礼を言うと、先程食べ損ねたレオ特製のスープを一口飲んだ。

「美味しい……」

いつも美味しいけど、今日のスープは五臓六腑《ごぞうろっぷ》に染み渡る様に感じる。

スプーンを無心に動かして一気に飲み干すと、ほぅ、と息を吐いた。

「おかわりはどうだ？」

「うん、お願い」

レオは僕の好きなオードブルを皿に取り分けて置くと、僕が置いたスープボウルにスープのおかわりを注ぎ足している。

レオは甲斐甲斐《かいがい》しく僕の世話をする。ジュースを注いでサラダも取り分けてくれている。

「レオはお腹空いて無い？　さっきの古代魔法で疲れてない？」

空腹に負けてがっついてしまったけど、レオもゆっくりご飯を食べる時間など無かったのでは無いだろうか？

「魔力は問題無いな。俺も食べて良いか？」

「勿論！」

古代魔法の魔力消費がどんなものかよく分からないけど、たった1人で人を異世界へと送り届けるなんて相当の魔力が必要だろうに、レオはそんな素振りを一切見せずに綺羅が座っていた向かいのソファーから立ち上がると、僕の隣に座った。

ん？　何で隣に？　と思ってレオを見る。

「食器は割れてもうこれしか残って無いんだ。一緒に食べよう」

「あぁ……ごめんね。彼女を止められたら良かったんだけど……」

綺羅によって破壊された食器の総額は一体幾らになるのだろう。考えるのも恐ろしい……。

「メルは何も悪く無いよ」

「うん……」

綺羅の行動は予想の範囲を越えていた、と思う。あれを止められるのは予知能力でも無ければ無理だよなぁ、うん。

「彼女、あの格好のまま元の世界に帰っちゃって大丈夫だったのかな……」

レオの力を全面的に信用しているので綺羅は日本に帰れたのであろうけれど、パーティーや結婚式でも着ないような派手なドレスな上に、胸元がビリッビリのあの状態で、ちゃんと家に帰れているのだろうか。

「あの女の所持品と共に送り返したから大丈夫だろう」

「あ、そうなんだ。なら大丈夫……なのかな」

紅茶を飲みながら微笑むレオに安堵《あんど》してサンドイッチを頬張る。

引《ひ》っ掻《か》き回して消えて行った迷惑極まりない子だったけど、女の子が酷い目に遭うのは後味が悪いもんなぁ……。

ジュースで流し込んで食べていた手を止める。

「調査の結果、どの国も召喚術を使った形跡は無く、数ヶ月間様子を見ても何をするでも無かったので間者では無く、無害だと判断された。魔王討伐後の処遇をどうするか決めかねていたそうだが、アユムと会った事で返還術を構築出来て向こうへ送り返す事が出来るようになったから、後はいつ送り返すか……という状態だった」

「そうだったんだ……」

過ぎてしまった事だからどうしようも無いけれど、彼女は一体何故この世界に来たのだろうか。

彼女がすべき事があった場合、もう呼び戻す事は不可能だ。

もし、それが彼女にしか出来ない事だったとしたら……。

そう思うと怖くなる。

「メル、大丈夫だ」

「レオ……うん。大丈夫だよね」

膝《ひざ》で握り締めていた手をレオに包まれて、握り締め合う。

あったかくて大きな手は、いつだって僕を安心させてくれる。

うん、魔王城だってレオと一緒に浄化出来たんだ。

レオとなら、なんだって乗り越えられるだろう。乗り越えてみせる。

僕の手ごとレオの手を持ち上げて手の甲に触れるだけのキスをすると、その上にレオも唇を寄せた。

「メルは俺が必ず守る」

「レオは僕が守るね」

2人笑い合うと、唇を寄せ合った。

＊

リーンゴーン

……鐘？

リーンゴーン

鐘の音がどこからか聞こえて来る。

鐘の音なんて、上京してからこの方聞いた事無いけど近所に結婚式場が出来たのか？

リーンゴーン

あーもぉー、折角の日曜日なんだからゆっくり寝かせてくれよ……。

「おい」

「殿下、直ぐに行きますからそれ以上近付かないで下さい」

「お前な……」

うぅぅ……煩いなぁ………。

「何時間待たせる気だ」

「ですから、もう間も無く伺いますので殿下が此方《こちら》にいらっしゃる必要はありません」

「そう言ってお前が来ないからわざわざ出向いているんだろうが！　こんな仰々しい結界を態々《わざわざ》張るな！　お前、城の警備を弄ったな？」

「父の許可は得ていますので。弄ったと言っても少々ですので問題ありません」

「問題あるわ！」

ん……？　殿下………？

「……はっ！」

一気に覚醒《かくせい》してガバッと起き上がると視界は薄暗い。

「メル、すまない。煩かったか？」

「おいこら」

「レオッ!?　大丈夫、大丈夫!!　ごめんなさい!!　寝過ぎたよね!?」

僕が起き上がるとレオが振り返って申し訳なさそうに眉尻《まゆじり》を下げるけど、それ今僕にする態度じゃ無いね!?　殿下にする態度だね!?

っていうか何か昨日も同じ様な光景見たっていうか、聞いたよ？　今日は何だか薄暗いけど、鐘の音が聞こえたという事はお昼、で良いんだよね？

この世界、我が国はお昼時に教会の鐘が鳴る。遮光カーテン等は無いので、カーテンを閉めていたって昼間は明るいのだが……寝惚《ねぼ》け眼で辺りを見渡すと謎が解けた。

道理で何だかジョシュアの声が少し遠い気がしたんだ……天蓋《てんがい》のカーテンが閉められていたのだ。

「レオ……その、天蓋を開けた方が……」

「メルの素肌を俺以外に見せる訳にはいかないから」

肩にちゅ、とレオの唇が降りて上掛けを掛けられる。

天蓋の外に聞こえるから!! いや、これは聞かせてる!?

要するに王太子が迎えに来たのに、ジョシュアには見せる訳にはいかん、出て行けとベッド上で僕達はのんびり寝ている訳ですね!?

「起きたのならさっさと来い!!」

昨日に増して苛立《いらだ》った足音を響かせて王太子様が部屋を出て行かれました……。

「やっと行った」

「レオ! 流石に不敬だよ……僕も謝りに行くべきかな……」

レオに掛けられたばかりの上掛けを剥《は》いで腰を上げようとした僕は、ぽすんと再びベッドに背を預けた。

「え……レオ?」

何で僕はレオに組み敷かれてるの……?

いや流石に今からしないよね!? 昨日も散々したよ!? レオが絶倫なのは知ってるけど、流石に王太子が激おこだから!!

「こんな扇情的なメルを俺以外に見せちゃ駄目だよ」

「ひぇ」

つつ……とレオの指が僕の顎《あご》先から首元を伝い胸元まで滑る。

恐る恐る視線を自分の胸元に下げると、あるわあるわ、キスマークのオンパレード。

そりゃあジョシュアには見せられませんよこんな身体。

「メルはここに居て?」

「ひゃぃっ!」

にっこりとそれはそれは良い笑顔で微笑んでちゅ、とキスをすると、レオは僕の髪を優しく梳《す》いて
ベッドから降りて、一瞬で服を纏《まと》い昨日も預かったマジックバッグを僕に渡した。

「何かあれば直ぐに来るから、良い子で待ってて」

「ひゅっ……」

さっきから僕はきちんと喋《しゃべ》れません。

腰を屈《かが》めて唇すれすれにキスして舌舐《したな》めずりするその仕草、レオのエロセクシーさがとどまる所を
知らなくて声にならない。

「行って来ます」

「い……って、らっしゃい」

叫び出したい心情を精一杯耐えてやっとの思いで言葉にすると、レオは満足そうに頷《うなず》き転移して姿

が消えた。

僕はゆっくりと上掛けを頭の上まで被る。

「…………………っ！！！！！」

ベッドの中でジタバタと悶《もだ》える。

ううう……レオをあんなにエロセクシーにしたのは誰だよ……。

あんな、あんなエロい子になっちゃって……。

「うぁぁぁぁぁぁ……っ!?」

声を押し殺して両足をジタバタしていたら、ドロリと覚えのある何かが漏れ出る感覚を足の間に感じた。

「うううううう!?　……っ!!」

体内に吸収し切れぬ程、沢山……しましたね。うん。

「んひぃっ！」

ベッドが汚れると思って思わず指で押さえたらずるんと指が押し入ってしまい、変な声が出てしまいました。

マズイ。

どうやら僕のエロスイッチが入ってしまったようです。

僕は先程からひたすら羞恥心《しゅうちしん》と闘っている。

ぐちぐちゅぐちゅぐちとかれこれ……15分は経っているだろうか。卑猥《ひわい》な音に羞恥心が募るばかりで、中々快楽を得る事が出来ない。

「……何、で……？」

ただ精神的、肉体的に疲労が増すばかりで達する事はおろか気持ち良くなる事も出来ない。

既に前はほぼ萎《な》えてしまっている。

指でレオがしてくれているみたいに中を掻き混ぜたり擦ったりしてみても、ちっとも気持ち良くならない。

僕の指がレオよりも短いから？　レオの長くて少しゴツゴツした指は、いつも器用に的確に僕を秒で腰砕けにする。

「…………ふっ、……っ」

レオとの行為を思い出しながら中の指を動かすと、またムラムラと欲が顔を出して萎え掛けていたモノが疼《うず》き出す。

だけど、やっぱり自分では中々気持ち良くなる事が出来なくて、疲れて動きを止める。

「あ、そうだ」

脳裏にある事が思い浮かんで、空いてる方の指ですっと空をスライドさせるとフォルダを開いた。

「ある……」

昨夜のレオと僕の10時間超えの超ロング動画が新たにフォルダに加わっていて、それをタップすると、記憶にほぼ無い後半の映像を見る。

『レオぉ……っひぃっ、ぁあああっ』

『メル……気持ち良い？』

『きもひぃいいいっ……！』

『俺も気持ち良いよ』

『も、らめぇ……っ、らめなのぅっ』

『メルのここはもっと頂戴《ちょうだい》っておねだりしてるよ？』

『んひぃっ!?』

『ね？　気持ち良いね、メル』

『……っ、……っ！』

　僕はレオの下でもう、あれですわ。アヘ顔寸前？　の白目剝《む》き掛けて口からは、何かもう色々溢《あふ》れているのにレオときたら、こんなヤバい顔面を見て、眉尻下げてーの頰緩ませてーので、腰振りながらも丁寧に僕の口元舐《な》め取ってるとか……いやもう分かってる。分かってる。レオの唯一の残念な部分は分かってるつもりだけども!!

『まらいく、いぐ、いぐぅううう――っ……』

『メル……っ……全部、飲み干してね？』

　びくんびくんと打ち上げられた魚の様に全身を痙攣《けいれん》させる僕をうっとりと眺めるレオは、僕のお腹をそっと撫《な》でて、それから僕を抱き締めると上半身を抱き起こして膝の上に乗せた。所謂《いわゆる》対面座位の状態だ。

『メル……』

『ふぁ……っ』

レオは僕を抱っこしたまま下から腰を突き上げていて、ベッドが激しく揺れ出す。

『────っ!!』

『メル、綺麗《きれい》だよ』

そんな訳あるかい！！！！

と突っ込みを入れそうになるのを我慢していたら、僕はいつの間にか止めていた指を動かしていて、僅《わず》かに気持ち良い所に触れた様で腹の奥が疼いた。

あ、これならイケそう……レオと僕の映像をおかずにするのは何だか忍びないけれど、今回だけだから！　とゆるゆる勃ち上がって来たモノを掴《つか》んだ。

その瞬間、コンコンと部屋のドアをノックする音が響いて、僕は心臓が止まるんじゃ無いかという驚きと共に呆気《あっけ》なく精を解き放っていました。

「くっ……ふっ……ふっ……っ」

僕は反射的に部屋の外に居る人物にバレない様に上掛けを被って荒い息を整える。

コンコン
その間にも、ノックは続く。

どうしよう。どうしよう。こんな状態で部屋に入って来られたら……あ、まずは返事か！　返事をしないと！

「は、はい！」

最悪、部屋の中に入って来られてもシーツで隠してしまおうと考えた僕は、上掛けを肩まできっちり掛けて部屋の外の返事を待つ。

「エヴァン様、お休みの所申し訳ありません。アラン・デュバイです」

思い掛けない人物の声に、僕は身体を起こした。

「……何かありましたか？」

ベッドから外へ声を掛けると、これまた意外な答えが返って来た。

「はい。殿下がお呼びですのでお迎えに上がりました」

殿下がお呼び、となっ？

殿下というとジョシュアとローランドが居るけれど、この場合はジョシュアという事で良いのだろうか。そのジョシュアが僕を呼んでいる？　何で？

ジョシュアは今レオと一緒に居る筈《はず》だから、僕に何か用があるんだとしたら、レオが迎えに来る筈だろうけど……呼びに来る暇も無い程忙しいのかな……ジョシュア、怒鳴りながらレオを迎えに来たもんなぁ……。

「エヴァン様？」

いかんいかん、今はアランだ。

「直ぐに準備します！　少し待って貰《もら》えますか？」

「畏《かしこ》まりました」

アランが短く返事をすると、僕は勢い良くベッドを飛び降りた。

「えーと、えーと、えーと……」

シャワーを浴びる暇は無い。

着替えなければならないと思うのに、右往左往と無意味な動きをしてしまう。寝坊した時とかって慌てふためく人と、妙に落ち着いてる人が居るけど、僕は前世から前者なんだよな……。

「そうだよ着替えが無いじゃん……うっ」

うろうろと動き回ったからか、お尻《しり》からどろりとレオの精液が溢れ出て来て、咄嗟《とっさ》に手をベッドに突いて下腹部に力を入れる。

「うう——……どうすんのこれ……」

ずっとお尻力ませて歩くとか出来るか……？　そもそも下着も外へ出られる様な着替えも無いし……アランに聞く？　レオ呼んで貰う？　焦れば焦る程頭が回らなくて、更に焦ってしまう。

「えー、えーと、えー……ぁっそうだ！　っ……」

ベッドに両手を突きながらお尻に力を入れてる全裸の僕は唐突に閃《ひらめ》いてお尻の力を抜いてしまい、またどろっと太腿《ふともも》を垂れるレオの精液に顔が熱くなる。

暫く魔力が大量に必要となる事は無いだろうし、レオには中で出すのは控えて貰った方が良いだろうか……。

「じ、浄化……っ、ぁ……成功だ」

宮中は魔法が使えない。

だが厳密に言えば、限られてはいるが生活魔法程度は使える。

攻撃魔法や転移魔法といった高度な魔力が必要とされる魔法に、用途不明な魔法等はどう判断されているのかは不明だけれど、魔導士団の包囲網に引っ掛かる魔法は使用出来ない……というのは昨夜知った。

浄化なら宮中でも使えるだろうし、レオの魔力が溢れる程ある筈だから、前の僕は1日1回程度しか使えなかったけど、今の僕なら浄化は朝飯前なんでは？　と思い付いて試してみたら、薄ら伝っていた汗が引いて、何だかスッキリした。成功した！

魔力が減った感覚は無いから、吸収し切れなかった精液が浄化されて無くなったと思われるんだけど……明らかに身体が軽い……どれだけ体内に…………いや、考えるのは止めよう。今は着替えだ着替え！　身体が綺麗になっても全裸では意味が無い。

「あっそうだそうだよこれがあるじゃんもーっ！」

僕は浄化が上手くいった事で気が大きくなったのか、ぶつぶつ言いながらレオが置いていったマジックバッグを探って着替えを取り出し、素早く着替えた。

下着がレースのスケスケなのはもう無視しよう。誰も見やしない。レオ以外。

「お、お待たせしました！」

髪型を整え忘れて手で押さえ付けながらドアを開けると、久し振りに見たアランは一瞬だけ目を瞠《みは》り、直ぐに真顔に戻った。

「では御案内致します」

「宜しくお願いします」

既に僕から背を向けて歩き出すアランの後を僕は慌てて付いて歩き出した。

＊

「っ！」

いきなり背中に衝撃が走り、僕は一気に覚醒《かくせい》した。

「……え？」

辺り一面真っ暗で何も見えない。

ガチャガチャと鍵《かぎ》を掛ける音がした後に、カツカツと慌ただしく立ち去る足音がした。

「は……え？」

身体を起こそうとして手を動かそうとするが何故か腕が動かず、まだ回らない頭で倒れ込んだまま、ぽかんと音のしたドアと思われる方を眺める。

「…………何で」

冷静になれ、冷静に……一体、何が起こっているんだ？

僕は倒れ込んだまま深呼吸を繰り返して、改めて腕を動かしてみるが、どうやら手首が縄で縛られているらしく、動く度に縄が皮膚に食い込んで鈍い痛みが走る。

冷静に記憶を思い起こそう。

「ええと……」

レオはジョシュアと部屋を出て行き、僕は1人で王宮内の部屋に居たら、ジョシュアが呼んでいるからと近衛騎士のアランに呼ばれて部屋を出た。

「その後の記憶が全く無い……」

僕は部屋を出て直ぐに拉致《らち》されたって事……？

この展開は一体何なのだろう。

「こんな展開、原作に無いよね……？」

少なくとも、原作小説には無い。

僕が見た小説、漫画、アニメ、実写にも拉致されるという展開は無い。

そもそも、今はもう未知の領域だから何が起こるのかは誰にも分からないのかも知れないが……。

「あ……ゲームにはあるのかな……」

ヒロインが攻略対象者と結ばれなかった場合のバッドエンドの展開を僕はプレイしていなかった。

この状況はヒロインにとってはバッドエンドもいい所なのではないだろうか。

攻略対象者と全く接触も無ければ魔王討伐はおろか、魔力さえ無く、軟禁状態で強制送還だ。

「……もう、僕には回避ルートが無い……」

今までも無理矢理な行動を自らは起こしてないのだが、何故か原作と随分違う未来に突き進んでいる。

これはもしかすると、今後は自分の行動次第で大変な騒動となってしまうのでは無いだろうか。

僕を害そうとする人……ローランド派の貴族……？　だがローランドには後ろ盾がほぼ居ないからこの線は薄いだろうか。

だとすると、政治的な問題では無い？　それとも僕を拉致して、聖魔法を手にしたい他国に取り込まれる……？

だが平和ボケしているこの世界で、国際問題になりかねないのに拉致してまで僕を手に入れようとする危ない賭けをする様な国があるだろうか。

レオを手に入れたいとか……？

「……駄目だ。分からない……」

それより、レオの報復を考える方が恐ろしいのではないかと気付く。

そういえばレオはもう僕が居ない事に気付いているんだろうか。

アランがもし巻き込まれたのだとしたら彼は無事なのだろうか……僕の所為で大変な目に遭っていないと良いんだけど……。

考えても分からないので、何とか上半身を起こして暗い中を見渡す。

暗がりに目が慣れて来たのでなんとなく分かって来たが、ここはどうやら小屋の様な建物みたいだ。

所々から微《かす》かな光が漏れているから、最悪蹴《け》り飛ばして逃げられないだろうか。

そんな事を考えていたら、遠くからカツカツと靴音が近付いて来ると、ガチャガチャと鍵を開ける音がして、僕は眩《まぶ》しさにドアから顔を背けた。

「起きてたのか、お姫様」

「……何で、貴方が……」

聞こえて来た声と言葉に、混乱しながらも僕はドアの前に立つ人物へと視線を向けた。

「アラン、さん……？」

「目覚めはどうだ？　神子様？」

ふん、と鼻息荒くギシギシと音を立ててアランが僕のもとに近寄り、身動きの取れない僕の足を跨《また》いで立つと上から見下ろされる。

ニヤニヤと卑下た笑みを浮かべるアランの顔は、手に持つランタンの灯に灯されてホラー感が増している。

アランが入って来る時にドアの隙間から見えた景色からして、ここは森の中のようだ。森の中の小屋とか更にホラーみが増すじゃないか……というか、それよりもだよ。

「何でこんな事を……」

「何でだと思う？」

これはイライラ系ホラーだな。うん。

人を連れ去っておいてニヤニヤしている目の前の男に苛立《いらだ》ちながらも考える。

アランが僕を連れ去る理由って何だ？

ジョシュア……は、無いだろう。多分。……多分。

アランの実家はローランド派なのか……？　駄目だ。ペーペー貴族の僕は派閥について詳しく無いのが悔やまれる……まさか自分がこんな目に遭うとは予想もしていなかったので、勉強不足が否めない。

「……レオ、ですか」

レオの強さと僕の溺愛《できあい》振りは貴族にも……最早平民、……多分、世界中に浸透している気がする。

あれですよ、中継のせ……お陰ですよ。

自惚《うぬぼ》れる訳じゃないですけれども、レオの唯一の弱点と言えば、僕。

レオをどうにかしたいと思ったら僕を手中に収めればどうにかなるだろう……というのは安直だろうけど、それしか無いのではないだろうか。

レオを言いくるめられる人なんて居たら教えて欲しい。

「当たり」

「……っ、ちょ……」

近い、近い近い！

アランがぐっと屈んで僕に顔を寄せて来る。

「麗しの姫の為にあいつを譲ってくれよ」

「……は？」

姫……？　姫って誰の事……？　王女は居ないし……。

「まぁ、お願いするまでもなく頂くんだけど」

「え……っ!?」

考えが纏《まと》まらず、僕が睨《にら》む様にアランを見つめ続けていると、彼は口の端を上げて笑い、いきなり僕のシャツをナイフで切り裂いた。

「なっ……なに、す……」

「王子様の溺愛する神子様を滅茶苦茶にしたらどうなるかしら？　との御所望だからな。諦《あきら》めてくれ」

「はぁっ!?」

訳が分からない！！！

誰が、姫？　誰なんだ？　いや、今はそれよりもこの場を切り抜けないと！

「…………溺愛っぷりは噂《うわさ》に聞いてたけど、凄《すさ》まじいな……」

「見るなぁ！！！」

切り裂かれたシャツがはだけて上半身が露わになるけど、後ろ手に縛られている為隠す事が出来ず、レオの付けたキスマークだらけの上半身をまじまじと見られてしまう。

以前の事もあり、見える位置に付けちゃ駄目と言い聞かせたら、見えない場所に付けるわ付けるわ……羞恥心《しゅうちしん》で涙が滲《にじ》む。

「……そんなにいいもんなのか？」

レオにとってだけだから！！！！！

僕の上半身を見てドン引きしつつも興味を持ってしまったらしいアランは、スラックスのボタンをナイフでぶつんと飛ばし、下着ごと一気に引き摺《ず》り下ろされた。

「っ！！！」

恐怖に僕の喉《のど》が引き攣る。

本能的にこれはマズイと悟る。

逃げないと……でも、動こうにもアランに掴《つか》まれ、身を捩《よじ》ると急に口の中に何かを突っ込まれた。

僕は驚いて吐き出そうとするが、アランに頭と口を押さえられて口の中身を吐き出そうとするのを阻止されて、上を向かされると無理矢理何かを飲み下させられた。

「大丈夫。気持ちよーくしてやるから」

「っ……ふざけるのも………っ!?」

ドクン、と心臓が飛び跳ねる様にバクバクしだし身体が一気に熱くなる。

なに、これ……？　まさか……。

「即効性の媚薬《びやく》……もう効いちゃった？」

アランは僕の抵抗が無くなると顔から手を放して、僕の太腿《ふともも》を掴み思い切り左右に広げた。

「パクパクしちゃって、早く欲しい？」

「やめっ……!!　やめろ！！！」

そっと撫《な》でられて嫌悪感に叫び小屋の中に僕の声が響く。

聞こえるのは、静寂だった。

「此処《ここ》は辺境なんだよ。うちの国からすこーしはみ出てる。だから王子様の結界も感知出来ない」

「そっ、んな、嘘……っ」

必死に足を閉じようと身を捩るけど、身体が熱くて思う様に動けない。頭もぼーっとして来た。駄目だ、逃げなきゃ……駄目なのに……。

「嘘だと思う？　なら何でお前の王子様は来ないんだろうな？」

「……う、そだ……はな、せ……っ」

アランがごそごそと下半身を漁《あさ》る様子に、自然と涙が溢《あふ》れる。

嫌だ、嫌だ!!　それなのに、身体が言う事を聞かない。

「たっぷり楽しもうな」

太腿を乱暴に掴み体重を掛けて腹部を圧迫してくるアランに、僕の呼吸は苦しくなり咳《せ》き込む。

「やめっ……」

ごほごほと咽《む》せながら尚も踠《もが》く僕の上半身に、更にアランの体重が伸《の》し掛《か》かってくる。僕の身体はびくともせず、媚薬で力の入らない身体は為す術も無い。

「やめろと言われてやめる馬鹿が何処にいるんだよ」

くくっと卑下た笑いを零しながら腹の上から退《ど》いて僕の足を割り開いたアランの指がぐいっとお尻《しり》を広げると、僕は全力疾走したかの様に心臓が苦しくて、息が苦しくて、涙で視界が霞《かす》んで来た。

「直ぐに気持ち良くなるから、な？」

なる訳が無い。

レオ以外に触られたく無い。

嫌だ、嫌だ、レオじゃなきゃ嫌だ。

舌舐《したな》めずりしながら自らの下半身を扱《しご》くアランから逃れようとするのだけど、身体は言う事を聞いてはくれない。

「やっ……め……!!」

アランが僕の脚を割り開き腰を引き寄せる。

「さぁ、お楽しみといこうか」

ニタニタと下劣な笑みに見下ろされて、僕は顔を背けて唇を噛《か》み締《し》める。それ位しか抵抗出来る術がなくて、更に涙が溢れる。

何とか魔法を使えないかと、ぐらぐらする頭をフル回転させて意識を指先に集中するが、腕を縛られていて上手くいかない。

レオ……。

レオの笑顔が脳裏に浮かんで、ぎゅっと瞳《ひとみ》を閉じると、何だかじんわりと身体が温かくなった気がした。

「……は？　……え」

瞼《まぶた》を閉じた瞬間、頭上から聞こえて来た戸惑う声に何があったのかと目を開けようとした瞬間、目を閉じていても眩しい程の光に包まれた。

「ひっ…………！！　ぎゃあああああ――――――！！！！！」

辺りをつんざく様な悲鳴に、身体は硬直する。

目を開けるが僕は未だに光に包まれていて、何が起こっているのか全く分からない。
悲鳴と何やらゴロゴロとアランがのたうち回っているらしい事しか分からず、戸惑いキョロキョロと辺りを見渡していると、不意に身体がふわりと浮かんで何かに包まれた。

「……レオ…っ」
「メル……遅れてすまない」

眩しくてぼやけた輪郭しか見えないけど、レオに間違い無い。
安堵《あんど》してレオに抱き付くと、息を詰めたレオの緊張が弛《ゆる》み、強く抱き締められた。
そうしてレオに抱っこされて抱き締められていると、段々光が薄らいで来た。どうやらレオに貰《もら》ったピアスや指輪が光っていたらしく、光がアクセサリー達に吸収されていくと辺りは元の小屋の薄暗い状態に戻り、僕の服は元通りになっていた。媚薬の効果も抜けたのか、頭も身体もスッキリとしている。

「…………嘘でしょ」

何があったのかと首を捻《ひね》って見ると、氷漬けになったアランが転がっていた。学園でご令嬢方を凍らせた時よりも遥《はる》かに分厚い氷に包まれている。

それよりも、だ。

………何かアランの股間《こかん》、真っ黒焦げになってない？？？

「ひっ」

僕は黒焦げのアランのそれを見て思わず自分の下半身を守る様にレオにぎゅっと抱き付いてしまった。ひゅんってなった。ひゅんって。

「すまない、メル……汚物を見せたな」

「お……あ……いや、えっと……あれって……やっぱりレオ……？」

レオは僕の頭を撫で撫でしながら、僕の視界にアランが入らないようにアランの身体を蹴《け》って転がした。ひぇ、あれ、割れたらどうなっちゃうの……？　え、生きてる、よね……？？？

「あれは……俺といえば俺だな……」

「どういう事？」

珍しく歯切れの悪いレオの答えに首を傾《かし》げると、レオは苦笑しながらそっと僕のお腹に触れた。

「ん？」

「……メルのここに、淫紋《いんもん》を入れた」

レオは僕の耳元に囁《ささや》く様に言った。

いんもん……？

いんもんて何だ……？

「……俺以外とは愛し合えない印だ」

「……あ……淫……ぁあ！」

淫紋ね！

あれか、妹の同人誌で見たやつか！

って、ぇえ!?!?!?!?

「メル……すまない。メルの許可無く入れた」

僕が目を瞠《みは》ってレオを見る。

僕はレオから視線を下へ下へと動かしてそっとレオの胸に手を突くと、服を寛《くつろ》げてツルツルのそこを見る。うん、ツルツル。何にも書かれて無い。

「俺以外の者がメルを害そうとした時にだけ浮かび上がる様にした」

僕の内心を汲《く》み取ってか、レオはそっと僕の下腹部に指を這《は》わせる。

すると、ぽぉっと微かに下腹部が淡い光を放った。僕のお腹がピンク色に光っている……！　妹の同人誌で以下略!!　さっきは色々と眩《まぶ》しくて下腹部のピンクの光は分からなかったよ……。

「メル……すまない」

レオが指を離すとピンクの淡い光はすぅっと消えた。

「レオ、別に怒ってないよ？」

眉尻《まゆじり》を下げるレオに告げると、レオはぱちぱちと瞬きした。あ、可愛い。至近距離で瞬きするとレオの長い睫毛《まつげ》で風が起こる。

「まぁ、確かに何も言わないでやられるのは……うん、まぁ……これがあったから助かったんだし。

レオがまた守ってくれたんだね」

「メル……!!」

ぎゅうぎゅうとレオが抱き締めてくるから、とんとんと背中を撫でてやる。

本当、これが無かったら今頃どうなっていた事か……ぞくりと背筋に悪寒が走る。

「……違うんだ、メル」

「へ?」

レオは僕を抱く力を弱めておでこを寄せる。

「本当なら直ぐにでも助けられたんだが……メルを一瞬でも怖がらせる様な事などあってはならないと言うのに……っ」

「レ、レオ……?」

ギリッとレオが歯を食いしばる音がして、忌々《いまいま》しげにアランを睨《にら》み付ける。

「その穢《けが》らわしい股間を消されたく無かったら、嘘偽り無く答えろ」

レオは僕を抱き抱えたまま、氷漬けになったアランの上半身を足で転がして此方《こちら》に向けた。

よく見ると、アランの口元だけ氷漬けになって居なかった。良かった……生きてる!

アランはひゅーひゅーと荒い息を吐き続けて言葉にならない喘《あえ》ぎを漏らしている。……何だか少し同情してしまう。少しだけね。

そんな僕の心情を読み取ってか、レオがアランを踏み締める。あ、やめたげて、ピシって亀裂が入ったから!

「お前の雇い主は誰だ」

「ヒュッ……ヒュ……ッ」

アラン可哀想に……怯《おび》えて声が……あ――すいません！　可哀想じゃ無いのでこれ以上踏んだら駄目ぇ！！！

僕は無言で必死にレオの胸を叩《たた》くと、レオはアランから足を外した。

「ヘッ……へ、ヘプ、ト、こぉしゃく、れ、じょ……」

ガチガチと歯を鳴らしながらアランが答える。

そうだよね、寒いよね。これ、今直ぐ解かないと死んじゃうんじゃ……。

それにしても、メリーウェザー嬢が黒幕か。

いやなんで？　ジョシュアの婚約者が……いやレオに気がありそうだったなぁ……だからってこんな騒動起こしてレオがどうなるか……分からないよねぇぇぇ……普通の令嬢に分かる訳……。

ん……？

僕は床に落ちている媚薬の入った瓶の横にあるハンカチに気付き、その刺繍《ししゅう》を目てふと思い付いた考えに、心臓がドクンと波打つ。

メリーウェザーのキャラクターは原作では特に目立った害は無く、悪役令嬢などでは無かった。最終的にヒロインはジョシュアを選ばずにレオを選び、ジョシュアはメリーウェザーと結婚をしているから、彼女が悪役令嬢になる必要は無い。

僕やローランドがこの世界に転生してるんだから、有り得ない事では無い筈《はず》だ。その可能性をどうして今まで考えなかったんだろう。

もしかして、メリーウェザーも転生者なのか？


「良い加減にしろレオニード！！！！！」


ビリビリと森の木々が震える程の大きな怒鳴り声に、僕の肩は大袈裟《おおげさ》に跳ねてレオにしがみ付いた。

びくりと跳ねた僕の肩を撫《な》でながらレオが小さく舌打ちをして、僕はここで漸く辺りを見渡した。

「えっ……………え……えっ⁉」

今更気付いたんですけど、何故か小屋の壁が無くなってい……る？

「か、壁………燃えて……？」

壁であったであろう木材が、プスプスと黒い煙を上げている……？

「メル、すまない。臭うな」

レオが手を目の前でさっと払う仕草をすると、壁の残骸《ざんがい》は消えて煙の匂いも無くなり、更に抱き込まれてレオの香りを吸い込む。ぁあ良い匂い。特に香水付けてる訳でも無いのに何でこんなに良い匂いなのレオって？　同じボディソープにシャンプーを使ってるのに……って現実逃避してる場合じゃ無い。小屋の周りをよく見ると、木の陰や茂みにも居るわ居るわ騎士様達が。

「レオ……その、先に殿下の方を……」

「放っておいて大丈夫だ」

いや大丈夫じゃなくない!?　と思ってもレオが大丈夫と言うなら大丈……夫……？

目を細めて遠くを見ると、白馬に跨《また》ったジョシュアが居る。

白馬の王子様を体現してるよあの人……こんなのスチルでも見た事無いよ……いや割と暗がりなのに何でこんなに眩しいんだよジョシュア。

ジョシュアは後方に居て、此処《ここ》からはよく見えないけど、その前には壁でも出来ているのか、騎士が体当たりしたり剣を振りかざしたり魔法を使って壁を突破しようとしている。レオがやったんだとしたら、多分その壁を壊すのは無理なんじゃなかろうか……。

小屋の周りに居る騎士達の足元をよく見ると、皆足を氷漬けにされて動けない様にされていた。

そして、入口だったであろう付近には、何故か腹這《はらば》いになって引き摺《ず》られている様な体勢のままで半分凍ってる人が数人団子になって固まっていて、思わず二度見してしまった。

ははーん、分かった気がする。

レオは直様僕を助けようとしたんだろうけど、ジョシュアが待ったを掛けた……といった所だろうか。あの腹這いの人達はレオにしがみ付いて止めようとしてくれたんだろうな……。

そして、更にジョシュアの奥には見覚えの無い騎士服の騎士達……ぁあ、隣国の騎士か。そうだ、ここは隣国なんだっけ。

「なっ……なん、なん……っ！」

僕が少しだけ遠い目をしながら物思いに耽《ふけ》っていると、アランは歯を鳴らしながらも呟《つぶや》き続けている。

この状態でまだ喋《しゃべ》れるなんて、流石攻略対象者、将来有望な近衛騎士といった所なのだろうか……普通の人間ならこんな分厚い氷漬けになんてされたら……うん、これ以上考えるのは止めておこう。

「レオ……この人……大丈夫じゃ無いんじゃ……」

「調整してるから問題無い」

何を？　とは聞ける空気では無いけど、死なないようだからスルーで行こう。それよりも、だよ。

「レオ、ちょっと降ろして？」

「このままでいいだろう？」

はい、逆らいませんよ。今逆らったらアランの命がきっと……ね……。

「ええと、そのハンカチが……」

レオの腕の中からハンカチを指すと、ふわりとハンカチが浮き上がりレオの手元に落ちた。

レオがハンカチを広げると、見覚えのある刺繍に目が釘付《くぎづ》けになる。

「見た事も無い色の刺繍だな」

「この刺繍……」

「かえ、へ……っ！　がえ……っ」

床に転がったアランが僕達を視線だけで捉《とら》えて、歯を鳴らしながらもハンカチを持つレオに歯向かう姿勢を見せる。余程このハンカチが大切と見える。大凡《おおよそ》メリーウェザーから貰った物なのだろうが、この刺繍、こんなに効き目があるとは……。

この刺繍糸《ししゆういと》に刺繍のハンカチは『君まも』が乙女ゲームになった際に、攻略対象者の好感度を上げる為にプレゼントをするアイテムだ。ハンカチに刺繍をする為に刺繍の腕を上げられるミニゲームをクリアしないと質の良い刺繍糸に刺繍の腕もゲット出来ない。

easy/normal/hardと3段階のレベルをクリアすると、そのレベルに相応した糸を貰え、刺繍の腕を磨ける。

そのミニゲームはリズムゲームだった。そう、音ゲー。音ゲー未経験だった僕は、それはもう必死にやり込んだ。

easyとnormalは何とかクリア出来た。だけどhardはもう、次元が違った。

音ゲー上級者でも苦戦するともっぱらの噂で、ネット上でも攻略は至難の業と書かれていた。腱鞘炎《けんしょうえん》になり掛けている手のマッサージをしながらも仕事の後はリズムゲーム特訓を繰り返し、見かねた妹の「やってあげようか？」の甘い誘いにも乗らずに僕はやり切りましたとも!!

クリア出来た時の爽快感《そうかいかん》ったらそれはもう！！！

……って、そうじゃ無い。

多分この世界には存在しないこのドピンクの刺繍糸で刺繍されたハンカチがここにあるという事は間違い無いのだろう。

メリーウェザーは少なくともゲーム版の『君まも』を知っていると。

「おい、そのハンカチの刺繍を詳しく教えろ」

「へ？」

急にジョシュアの声がして辺りを見渡すが本人は居らず、先程見付けた位置にまだ居る。馬上で腕を組みこちらを見ているジョシュアが。

「その刺繍糸はどんな色だ」

「えっ？」

僕が居る小屋と見えない壁に阻まれているジョシュアとの距離は約30ｍといった所だろうか？　何でこんなに離れているのに普通に声が聞こえるんだ？

「メル、ここ」

「……あ、これか……デイビットさん？」

きょろきょろと辺りを見渡して頭に疑問符を浮かべる僕に、レオが薄く笑いながら指差したのは見覚えの無いタイピンだった。多分魔導具なのだろう。この魔導具からジョシュアの声が聞こえているようだ。道理で隣に居るかのように聞こえる訳だ。

「ああ。父が離れた場所でも会話出来る様にと作った」

「便利だね」

携帯みたいだなぁと思いながらしげしげとタイピンを眺めていると、レオは僕の首筋に触れ、ネックレスに触れる。

「そうだな。今度これにも同じ機能を付けようか？」

「あ、良いね」

「お前ら良い加減にしないとどうなるか分かってるんだろうな」

「はい！　ええと、濃いピンクで沢山ハートの模様が刺繍されています！」

僕が慌ててハンカチを広げ端的に告げると、レオが僕の手からハンカチを抜き取り、親指と人差し指で汚い物を掴《つか》む様に腕を伸ばして、僕から遠ざける仕草をする。

「レオニード」

「はい」

「お前もそのハンカチを渡されていないか」

「いいえ」

「本当か？　忘れている訳では無いだろうな」

「メル以外に興味はありませんので」

「聞いた俺が馬鹿だった」

レオぉ！　正直に答えるのは時と場合によるから！！！

僕がハラハラとレオとジョシュアのやり取りを見守っていると、ああ、とレオが思い出した様に呟いた。

「殿下に王宮へ呼び出された時、殿下の婚約者殿にポケットへ強引に何かを押し込まれましたが、王宮に置いて帰りましたので何が入れられていたのか確認しませんでした。……が、手触りから布だという事は分かりました」

「確認をしろ、確認を」

「気持ちの悪い魔力を感じましたので。ああ、丁度この刺繍からも似た様な魔力を感じますね……禁じられている筈の魅了魔法の残骸が」

魅了⁉　ヒロインが渡すアイテムなのに魅了なの⁉　魅了って……確か婚約破棄物の定番で平民や下級貴族のヒロインが王子や側近達をメロメロにさせちゃうとかいうあれだよね……？

メリーウェザーはハーレムルートでも目指していたのか……？

ジョシュアとの婚約が危ういとか……？　レオにも袖《そで》にされて狙いをアランに変えたのだろうか？

「やはりか……」

唸《うな》る様なジョシュアの声に、彼もこのハンカチを貰《もら》ったのだと推測する。

メリーウェザーは一体何がしたいのだろうか。一応まだ王太子の婚約者であり侯爵令嬢でもある彼女がこんな軽率な行動を取って、ジョシュアと婚約破棄にでもなったら本末転倒では無いのだろうか？

「おい、そいつを拘束するから辺り一帯の魔法を解け」

そうだよ忘れてたよアラン！　生きてるよね⁉

バッと視線をハンカチからアランに移すと、いつの間にか口元も氷で覆われていて、鼻だけがひくひくと動いている。

……それより、何だか、焦げ臭いんだけど、大丈夫なんだろうか……その、色々と……。

「メル、そんな汚い物は見なくて良い」

「ぁ……うん……」

僕の視線を遮る様にレオの顔が迫って軽く鼻先が触れ合う。アランを汚物扱い……。

レオの魔法が解けたのか、騎士団がアランを取り囲んだ。

「レオ、もう降ろして？」

そろそろ居た堪れないのでレオに降ろす様に懇願すると、レオは頬をそっと撫でて僕を降ろした。

ジョシュアの方を見ると隣国の騎士団の人達と何やら話し合っていて、握手を交わすと此方《こちら》に向かって来た。

アランの氷も溶けたようだけど、下半身は未だ痛々しく焦げたままの様でぴくりとも動いていない。

……生きてる、よね……？

「……無様だな」

ジョシュアはアランを見下ろすと眉間《みけん》に皺《しわ》を寄せて小さく吐いた。

アランはもう呻《うめ》き声を上げる事も無く、大人しく魔導具で拘束された。

「お前達に話がある。馬車へ移動するぞ」

アランを拘束する団員達から僕達の方を振り返ると、ジョシュアは直様小屋を後にした。

「殿下、再度メルをあの様な目に遭《あぶ》わせる事があれば……」

「分かっている。今回は確実に炙り出す為にああするしかなかったが、もう方が付くからな」

「今後一切無き様にお願いします」

「ああ」

「約束を違《たが》えましたら如何《いか》なる手段も選びませんので」

「……ああ」

馬車に乗ってからシリアスな雰囲気が止まらないんですけど、只今《ただいま》僕は非常に視線のやり場に困っています。

「レオニード……」

「何でしょうか」

そのまま真っ直ぐ見れば気まずいし、かと言って露骨に視線を外すのも何だか不敬な気がするし……。

「いい加減にそれを降ろせ」

「無理です」

「お前も黙ってないで何とか言え」

「っ、は、はい！」

「殿下、メルを脅さないで下さい。メル、気にする必要無いからな」

「問題ありだが？」

馬車に乗った瞬間から僕はレオの膝《ひざ》に乗せられているので、向かいに座っているジョシュアとお見合い状態なんですよ……どんな拷問なんだろうかこれ……。

レオの膝から何度降りようと試みてもレオの腕ががっしりと僕の腰を抱き締めてね、こう……放さないんだよね……。

「ああ、そうですね。確かに問題ですね」

無表情になっているジョシュアの片眉《かたまゆ》が少し上がる。

レオが僕の腰に回した腕を放したので、直ぐ降りようとしたら、今度は僕の腰を手でがっしりと掴んだ。ひっと小さく悲鳴を上げてしまったのは仕方無いと思う。

「これで問題無いですね」

「問題大ありだ」

僕の腰をがっしりと掴んだレオは殿下と向き合っていた体勢から僕をくるりと回転させて、レオに抱き付かせる様にして引き寄せるとまた腰をがっしりと抱き締めた。

ジョシュアの突き刺す様な視線を視界で感じなくなったのは良いが、今度は背中に突き刺さる視線を感じるからプラマイゼロ。

「レオッ……降ろ――」

「駄目」

言い終わらない内に却下されました。

背後からデカめな溜息《ためいき》が聞こえる――――!

「それで、まだ何かあるんですか」

レオも負けじと大袈裟《おおげさ》に息を吐き出すと、王族相手とは思えぬ物言いをする。

ひぃっ！　ただでさえキレ気味なのに煽《あお》るのやめてぇ!!

「……お前達のお陰で古狸《ふるだぬき》達を一掃出来そうだ」

「そうですね」

古狸……？　僕には何の事かさっぱりなんだけど、質問する勇気が僕にはありません。このピリピリというかビリビリとした空気の中でこの2人の間に割って入る勇気が僕には、無ぃ。

「古狸を一掃した後は国の改革に取り掛かる」

「そうですか」

レオぉ！　もうちょっと興味深そうな返事してよ!!　背後から舌打ちが聞こえる!!

「お前達は領地で子供達に読み書きを教えているだろう」

「不定期ですが」

予想外の話の流れに、レオにしがみ付きながらも2人の会話に耳を傾ける。

え、何だろう。苦情？

いやでも無償だよ？　お金なんて取ってないから問題は無い筈《はず》だけど……。

「それを国内に広げて欲しい。2年以内に」

2年？　2年後に何があるんだ？　という疑問を解決する様にジョシュアが告げた。


「2年後に戴冠式《たいかんしき》を行う」

ジョシュアの言葉に僕はレオの腕をそっと叩《たた》くと、レオはやっと僕を膝の上から降ろしてくれた。

レオの隣に座り直して、前に座るジョシュアの言葉を反芻《はんすう》する。

戴冠式という事は、ジョシュアが国王の座に就くという事だ。

……でも、何で2年後なんだ？

「今回の件も含めて目下最大の膿《うみ》は排除する事が出来る」

膿……アランを唆したとされるメリーウェザーの事だろうか。それにしても、仮にも婚約者を膿って……。

「娘よりも問題は父親である宰相だが、奴の方も裏は大方取れているから、後は一気に失脚に追い込む。娘も今回の件に併せて婚約破棄に持ち込む」

僕が困惑してる様子を見てジョシュアが説明をしてくれる。

そういえばメリーウェザーの父親は宰相をしていたんだった。婚約者はまだしも宰相を失うとなると国は大変になりそうだな……確か国王は後宮に入り浸ってるんだっけ？　……大丈夫なのかなうちの国。

「宰相であるヘプト侯を始めとした上層部の膿を一気に出し切ったら、大多数の貴族が取り潰《つぶ》しとなる」

「えっ」

ジョシュアの言葉に咄嗟《とっさ》にレオの顔を見ると、レオは事情を知っていたのか、にこりと微笑まれた。

「最近少しだけ殿下の手伝いをしているから知ってたんだ」

「そうなんだ……」

連日、僕が寝ている間にジョシュアに連行されていたのは、そういう事情があったからだったのか。

侯爵を筆頭に後ろ盾であった貴族が居なくなるのだから、ジョシュアというか、国内が大変な事になりそうだ。

流石の国王も後宮から出て来ざるを得ないだろう。いやでも戴冠《たいかん》という事は……。

「王には速やかに退位して貰うつもりだが、国内が混乱しない様……まぁ多少の混乱は見越しているが、その前に国の立て直しの一端をお前達に担って欲しい」

「それで……」

「やってくれるな？」

「……はい」

有無を言わさぬジョシュアの眼力に肯定すると、王宮に戻るまでに詳しく話を聞く。宰相は既に逃げも隠れも出来ない状況にあるけれど、まだ裁かれずに宰相として正しく真っ当に働かなければいけないらしい。

一体どういう状況なの？　と思ってレオを見たら、にこりと微笑まれた。……ここは聞かずにおこう。

他の貴族連中は小物な上に監視を付けているから、2年は泳がせても問題無いそうだ。

メリーウェザーは直ぐにでも国内で1番戒律の厳しい男子禁制の修道院入りになるらしい。

レオはもっと厳しい罰を望んだけど、その修道院は1年を通して気温がマイナスから上がる事は無く、作物も育たなければ人も住む者は無く、1日1食の菜食で過ごし真冬に雪深くなれば道は塞《ふさ》がり、行商が辿《たど》り着《つ》く事が出来なければ、具無しのスープで雪が止むまで乗り切らなければならないらしい。

そんなの侯爵令嬢として育ったメリーウェザーに耐えられるのだろうか。いや、貴族令嬢じゃ無くても耐えられない場所だろう。そんな所に修道院があるとは今まで知らなかった。

どうやらメリーウェザーとは顔を合わせる事なく去ってしまう様だ。彼女が転生者だったのか、何がしたかったのかを知る事は出来ないのだろうか……。

「罪人用の修道院だそうだよ」

「ああ……」

僕がぼんやりと考えていたらレオが教えてくれた。

前から思ってたんだけど、レオって考えてる事を読む能力とかあったりする……？

「無いよ？」

ふふ、と笑いながらレオは僕の髪に指を絡めて優しく梳《す》く。

ほら、ほら！　何で僕の思考が分かってるの!?

「……今後俺の前でイチャつくなら報酬を減らすからな」

ジョシュアの手前、あまり私語をすべきでは無いかなと視線でのやり取りをレオとしていたら、ジョシュアがうんざりした様子で踏ん反り返って足を組み直した。

報酬？　……あ、魔王討伐の？　そういえばそんな物もあったな……まだ何にも考えてないや。

「2年で用意出来るんでしょうね？」

レオは既に申請してあるのか、またもや煽る様にジョシュアに問い掛ける。

レオ、この人が自分より身分が高いって自覚、ある？

「……2つなら――」

「3つ」

ジョシュアが苦虫《にがむし》を噛《か》み潰した様な顔で言うも、被せる様に威圧的なレオにやり込められる。

一体、何を求めてるの？

「3つです。3つ出来なければ――」

「あー分かった、分かったからその分の働きは見せろよ」

「はい。メルと2人謹んでお受け致します」

今度はジョシュアがレオの言葉を遮り、脇に置いていた資料を読み始める。

レオ、報酬3つも要求したの？　意外に強欲……。

それより、レオが欲しがる物って何だろう。レオは欲しい物は自ら手に入れる主義だろうし、自分で何でも買える程の財力はあるだろう。

「メル。2年後を楽しみにしてて」

また僕の考えを読み取ったレオは、僕の手を握って微笑んだ。

*

2年間は、本当にあっという間に過ぎて行きました。

「メル、疲れた？」

レオがそっと僕の顔を覗《のぞ》き込む。

前髪を後ろに流しいつもより色気3割り増しのレオに目線が合わされる。

「あ、ううん……色々あったなぁと思って」

「そうだな……あまりメルと出掛けられ無かったのは残念だな」

「毎日一緒に居たでしょ？」

「外野が煩かっただろう」

思い出した様に眉間《みけん》に皺《しわ》を寄せるレオに小さく笑いながらも、ゆったりとターンをしながら壁側の方へ進む。

今は学園の卒業式が終わり、卒業パーティーの真っ只中《まただなか》。

パーティーも中盤で楽団の演奏に合わせて卒業生達がダンスフロアで踊っている。

もう誰も僕とレオが男同士でずっと踊り続けていても何も言わないし近付く者も居ないが、兎に角視線が痛い。今直ぐ壁と同化したい。

僕とレオはジョシュアの依頼通り、2年間で国内全域へ学園に準ずる施設の建設を達成させた。

ジョシュアによる資金提供を元に、レオと共にまずはアトモス領とエヴァン領の改革に励んだ。

領民一丸となってのプロジェクトを立ち上げて、将来や災害時を見据えた施設の建築や、学生では無くても領民が無料で使える図書館の建設にも乗り出した。

元々、将来は領地に領民が払える範囲の授業料で、今ある学習塾を拡大したような、学園を元にした学校を設立するつもりだったので、それを基準にやれるだけの事はやった。

魔王討伐の時のように週末にレオと転移で各地を回り、土魔法とレオの強化魔法を応用してインフラ整備にも精を出した。ジョシュアの予想を遥《はる》かに上回る成果を出したらしく、褒賞が更に増えたらしいけど、僕は魔王討伐の褒賞の事もすっかり忘れていたので絶賛どうしようか悩み中。

レオは謎のお楽しみを増やしたかったそうだけど、流石のジョシュアでも無理らしく却下されていた。一体何を頼んだの……。


そして、明日は戴冠式である。


メリーウェザーと婚約破棄をしたジョシュアには国内外から令嬢達の熱い視線が注がれたが、当の本人は即位後10年は結婚するつもりは無いらしい。

本人曰《いわ》く「嫁に構ってる暇など無い」とのこと。

何と、学園に通い出したのは学ぶ為では無く調査の為だったそうだ。

何でも国内各地からやって来る生徒に話を聞くには学園は打ってつけの場だったらしい。

しかし王太子に話し掛けられて領地のあれやこれやをそう簡単に話すとは思えない……と思ったらデイビットさんの魔導具で姿を変えて聞き込みをしていたようだ。まさかとは思ったけれど、魔王討伐の時も現地での調査に当たっていたのだとか。

いや……国の為とはいえ、魔王討伐より聞き込み優先なの……？

その話を聞いた時は唖然《あぜん》としたものだけど、ジョシュアに「お前達でどうとでもなっただろう」とあっけらかんと言われて、僕はともかく、まぁ、レオなら……なんて思ってしまった。

やっぱり、原作で常に2人一緒に居たのは2人で各地を調査していたからなのかな。レオの転移を使えば直ぐに現地に赴けるから学園に通っていても負担は無いだろう。

何だかレオが僕とずっと一緒に居たから、ジョシュアやローランドに負担を掛けたのかと思うと多少の罪悪感が湧いたが、結果オーライという事にして下さい……と心の中で謝罪しておいた。

用は無くなったとばかりに2年前に飛び級で卒業したと聞いた時の女生徒達の落胆は今でも忘れられない。

忘れられないといえば2年前のあの日、王宮に着いた馬車から先に降りたレオに僕も続こうとした所、ジョシュアに引き留められた。

「レオニードが人類にとって善となるか悪となるかは、お前次第だ」

「へ？」

いきなりの発言に、僕は素《す》っ頓狂《とんきょう》な声を上げてしまったが、振り向き怪訝《けげん》な顔をするレオに手で大丈夫だと示してドアを閉める。

「お前に何かあれば、あれは魔王にでも悪魔にでもなる」

「それは……」

無い、とは言えない。

「勇者の時の様に……いや、世界を滅ぼす可能性もある」

「……」

考えれば考える程、否定出来なくて僕は言葉に詰まる。

「お前だけは何があってもレオニードから離れるな」

続いたジョシュアの言葉に、一体何を言われるのかと強張《こわば》っていた肩の力が抜けた。

「はい」

僕が力強く答えると、ジョシュアが軽く頷《うなず》いたのとレオが扉を開けたのはほぼ同時だった。

＊

王宮の城下が見下ろせるバルコニーにジョシュアとローランドが現れると、観衆から地響きの様な歓声が沸き起こった。

王冠を頭に載せたジョシュアの隣には金色に輝く王笏《おうしゃく》を持つローランドが並び立つその姿は、絵画よりも絵画の如く美しいのでは無いかと思う。眩《まぶ》しいもん。うん。

先程大聖堂にて戴冠式《たいかんしき》を無事に終えて王位に就任したのはジョシュアだけでは無い。なんとローランドも国王に即位した。

この日は新王即位とあって王都中がお祭騒ぎで、即位挨拶《あいさつ》の為にと特別開放された王宮の庭園には朝早くから場所取りの人でごった返し、王宮前の広場や歩道、屋根の上に登ってまでも2人の姿を見たいと民衆が集まった。

僕とレオは戴冠式に招待されていたので大聖堂で生で戴冠式を見る事が出来たんだけれど、それはそれは凄《すご》かった……。

ジョシュアが教皇に王冠を載せて貰《もら》った瞬間、ステンドグラスの光が王冠の宝石に反射してキラキラと眩《まばゆ》い程の輝きを放っていたし、ローランドの王笏も遠目からは細い物なのに圧倒的な存在感を放っていて、だけどジョシュアもローランドもその輝きに負けない程に、兎に角綺麗《きれい》だった。

小さくほぅ……と溜息《ためいき》を零してしまった僕に横から笑う気配がして横目で見ると、ジョシュアとローランドには目もくれずにレオは僕を見ていた。

前言撤回します。

大聖堂の荘厳な雰囲気の中で静かに笑うレオの美しさに勝る者はいない、と。

そんなこんなで戴冠式への出席を済ませた僕達は、王宮が見下ろせる鐘塔で身を寄せてジョシュアとローランドを見ている。

2人がバルコニーに出てから優に10分は経っているであろうけど、歓声が鳴り止む気配は無かったのだが、ジョシュアが徐に片手を上げた瞬間に大歓声がピタリと止まった。

「先程教皇より王位を授かった。これよりジョシュア・ユークレティス第1王子が本日より第1国王にローランド・ユークレティス第2王子が第2国王に就任した」

ジョシュアの言葉にローランドも手を上げて民衆に向かって振ると、また割れんばかりの大歓声に包まれる。

「ここ数年、国政に不安を抱いている者も多かっただろう。私達が即位したからには、民が決して飢える事の無い、子孫達が何の憂いも感じる事の無い未来を築いて行く事を誓おう」

ジョシュアとローランドがバルコニーから去っても大歓声が止む事は無く、新国王万歳！　第1国王万歳！　第2国王万歳！　と数時間に亘《わた》って響き続けた。


この2年間、忙しかったのは僕達だけでは無くジョシュアとローランドも休み無く働いていた。

僕達の仕事の進捗《しんちょく》を見にローランドが訪れる事もあったし、前宰相のやらかし（教えて貰えていないので何をやらかしたのか未だに分からない）の後始末にジョシュアは国内外を飛び回っていたし、議会の議員数の半分以上が居なくなったので、信頼出来て有能な後任の人選に王子自ら進んで領地まで出向いてスカウトしていたりしたそうだ。

だけどまだまだ時間は足りなく、これからも忙しく過ごす事になる2人は、いっそ2人で国王になれば良いのだという理由でダブル国王が爆誕したのであったそうな。そんな馬鹿な……。

「これは使える男だったからな。前から第2国王の考えはあった。あいつを臣下とするには惜しいしな」

と宣《のたま》うジョシュアにローランドは朗らかに笑っていた。

良いのかローランド、大丈夫かローランド。きっと骨の髄まで働かされるぞ……多分……。

まぁでもこの2人、案外喧嘩《けんか》もせず仲が良いみたいだから何とかなるのでは無いだろうか。多分。

「ここまであっという間だったというか、長かったというか……」

レオが買って来た屋台の串焼《くしや》きに齧《かじ》り付きながら、まだまだ収まらない喧騒《けんそう》をぼんやりと眺める。

「俺には長い2年間だった」

遠い目をしながら串焼きを上品に食べるレオ。唇に付いたタレを舌で舐《な》め取るその姿、堪らない。

「そうなの？」

「ああ、もっと早くメルと結婚式を挙げたかった」

そう言って僕の食べ終えた串を流れる動作で受け取り、僕の指に付いたタレを舐め取るレオの姿も堪らない。

「けっ……結婚は、ほら、やっぱり学園を卒業してからじゃ無いとね？」

「この2年で俺がどれだけメルの周りに付き纏《まと》う蝿《はえ》を燃やし尽くそうとしたか……」

レオは噎《む》せそうになった僕にマジックバッグからアイスティーを取り出して飲ませる。うん、今日も美味しい。

「……うん、まぁ、でも、明日だからさ……」

「ああ、メルの正装が楽しみだな」

うっとりとした笑顔で僕を見るレオに乾いた笑いが零れる。期待に応えられるだろうか……。いや、レオは大丈夫だと思うけど、他の人が……。

そうなんです。

昨日学園の卒業式、今日戴冠式で明日は何と、大聖堂で僕とレオの結婚式が執り行われるんです。

そして何とこの結婚式、全世界に中継されちゃいます……。

＊

「……胃が痛い」

鏡に映る自分の姿を見ては、キリキリと痛む胃を押さえるのは今日これで何度目だろうか。

「メル、水飲むか？」

「メル、大丈夫か？」

「ありがとう……兄さん」

大聖堂の控室で本日何度目かの溜息を吐いていたら、兄達が甲斐甲斐《かいがい》しく世話を焼いてくれる。

長男のエディはこの2年で領地を継いで子爵領主として義姉《あね》と日々領民の為に働いているし、次男のロンバルドは義姉である妻の実家の商会で新商品の開発に余念が無いそうで、常に新商品のアイデアを探しているんだとか。

そんな2人は幼い頃からひたすら僕に甘いレオを横で見ていたからか、自然と2人も僕を甘やかした。何故か3人で競う様に僕の世話を焼いていた様な記憶がある。

兄さん達2人には気恥ずかしくて中々レオとの交際の話を出来なかったんだけど、魔王討伐の後処理が落ち着いた頃に王宮で開かれた凱旋《がいせん》パーティーで久し振りに両家が勢揃《せいぞろ》いして、お揃いの薬指の指輪にロンバルドの妻シエラが目敏《めざと》く気付き、直ぐ様レオに聞くと、兄達夫妻にしれっと婚約指輪だと答えた。

パーティー会場でよもや大乱闘が起こるかと冷や冷やしたけどそんな事にはならなかった。良かった。皆成長したんだね……と思っていたら、兄達が2人でレオに何やら結婚を許す条件を出していたそうなんだけど、レオは飄々《ひょうひょう》とクリアして兄達は地団駄を踏んだそうな。

何をさせたんだろうとレオに聞いてみたら、僕の好きな所を兄達より多く言ってみろって……大人気ないというか……まぁ、俺の屍《しかばね》を越えてゆけ！　とかいって怪我とかするよりは良いのかな。一晩中僕の好きな所を言い合っていたそうで、兄達は目の下にクマを作って声を嗄《か》らしていた。道理でレオは朝からやたら甘えただったのかと納得した。一人寝させた事を詫《わ》びていたっけ。

そして、シエラといえば直ぐに婚約指輪のアイデアに飛び付き、商会で大々的に婚約指輪を売り出した所、平民の間で大ヒット商品となり、男爵や子爵令嬢達も食い付いてそれが伯爵、侯爵と流行《はや》っていき、今では王都でも婚約指輪を贈る風習が定着しつつあるそうだ。そんな破竹の勢いで売れる婚約指輪に新商品開発に余念の無いロンバルドが歯噛《はが》みして悔しがったそうな。

そんな兄を知り、レオが何やらロンバルドに助言をしたそうで、兄からお礼にと僕が好きなお茶やお菓子が沢山届けられたんだけど、レオに何をしたのか聞いても「もう少ししたら教えてあげる」とお預けされた。何か怖いんですけど。


「ふぅ……」

エディから渡された水を一口飲むと、緊張から渇いた喉《のど》が潤って少し落ち着いた。

「しかし我が家から大聖堂で結婚式を挙げる者が出るとはなぁ」

「確かに言えてる」

「僕も何でこうなったのか、今でもよく分からないよ……」

控室だけでもかなり豪華なインテリアで揃えられていて、ふかふかなソファーに腰を下ろすと両隣に兄達も座った。

「レオニードが大聖堂を指定した訳じゃ無いんだろ？」

「うん。レオは僕達の婚姻の許可を取っただけ」

我が国は同性婚が認められていないので、魔王討伐の特例として認めて貰えないかと僕も考えてはいたのだが、割とあっさり許可が下りたらしい。

「陛下が大聖堂の使用許可出してくれたんだっけ？」

「うん……それは頼んで無いんだけどね……」

「それで、中継も陛下が決めたと」

「うん……」

本当にどうしてこうなった？　と言いたい。

レオは魔王討伐の後処理を手伝う代わりに、僕との婚姻を国で認める様に交渉したらしい。

後からレオに聞いて目玉が飛び出る程驚いた。

王太子相手に見返りを堂々と求めるなんて……魔王討伐の褒賞で認めて貰うならまだしも、後処理の手伝いの報酬って……ありなの？　武将が戦の褒賞で姫を娶《めと》るとかあるから、そんな感じで僕達の婚姻も……と思ってたんだけど……。

ジョシュアが許可したんだからありなのだろう。うん。気にしたら負けだ。

そしてなんやかんやで大聖堂での結婚式を魔王討伐の時と同様に中継する事が決まっていた。

レオから聞かされた時は何のドッキリかと思った。けど、嬉《うれ》しさ半分悔しさ半分の苦笑を零すレオの言葉に事の重大さを知る。

「メルと結婚する事を世界中に認知させるのは良いが、メルの愛らしい婚姻衣装の姿を世界中に見せなければならないのは腹立たしいな」

そこ？　そこなの？？？

この2年、レオと国中を回って活動をしていると、なんとなくあのレオニード様の隣に引っ付いている（レオに腰を抱かれている）人、神子様なんじゃね？　的な視線を受ける事もあれば、高位の貴族からは直接聞かれる事もあり、国内では概《おおむ》ね批判的な視線を向けられる事は無かったけど、魔王討伐の姿しか知らない他国民には、前から世界的にも有名なレオが何故こんな平凡でしかも男と結婚するのか、と思われるんじゃ無いだろうか。よりによって何で中継なんて……。

とガッカリと肩を落としていた僕にジョシュアは何故かニヤニヤと楽しそうに笑っていた。

何なの、新手の嫌がらせ？

ローランドは苦笑しながら「力になれる事があれば何でも言って」と言ってくれたが、止めてはくれないようだ。くっ……ジョシュアを止められる者は居ないのか。

コンコン

控室のドアがノックされてエディが対応をすると、直ぐにドアは閉まった。

「メル、俺達はそろそろ式場に入るよ」

「メル、頑張れよ」

どうやら兄達を呼びに来た様だ。

ロンバルドは立ち上がると僕の肩をぽんと叩《たた》き、ドアへ向かう。

「うん。ありがとう」

立ち上がり、ドアに向かう兄達に手を振り見送ると控室は静かになった。

「メルクリス様……とてもお綺麗です」

そう言われても、正直乾いた笑いしか浮かばない。

「それでは私達は下がらさせて頂きます」

僕は消え入りそうな声でお礼を言うと、僕の着替えを手伝ってくれた侍女の皆さんは和やかな笑顔でお辞儀をして部屋から退室して行った。

それを見送り、僕はふらふらとソファーに近寄るとよろよろと座り込む。

もうこのまま眠っても良いかな？

俯《うつむ》く僕の視線に映るのは一面の白。

レース、フリル、オーガンジー、ありとあらゆる白、白、白……。

どうしてこうなったんだっけ……？

兄達が式場に向かって15分位経ってから司祭に呼ばれて、式場の前で待つ父と合流した所までは覚えている。

父と2人で無駄に天気の話なんかをして世間話で何とか緊張を紛らわせていたら合図があり、扉が開いた。

……その後の記憶が曖昧《あいまい》です。

大聖堂にぎっしりと立ち見まで居る来賓、壁際にずらりと並ぶ近衛騎士、そして、黒い騎士服を纏《まと》ったレオを視界に入れた瞬間、頭がパーンってなった。

戦闘の為に作られた物ではない、今日だけの為に作られた美しい騎士服を纏うレオが僕と目が合うと、花が綻《ほころ》ぶ様に微笑んだものだから、正気を失うのは致し方無いんじゃ無いかと思う。

式の後に参列していたローランドから「手と足が両方一緒に出てたね」とか、ジョシュアからは「誓いのキスが長過ぎる」と文句を言われたが、式の間頭の中はふわふわとしていた。

恋する乙女の如くレオしか見えなくて、ぽやーっとレオを見ていたら微笑むレオの顔が近付いて来て、目を閉じたら何故か腰を抱き寄せられて、あれ？　と思ってたら柔らかい唇に覆われてレオに身を任せていた。

あれ、中継されて大丈夫だったのかな……。

……終わった事は気にし無い様にしよう。

それよりもだよ。

僕は何でこんな格好してるんだろうか。

王家主催のパーティーが終わると、侍女の皆さんに部屋に誘導されて隅々まで磨き上げられてマッサージを施され、大きな姿見の前で着付けをされた。

何でウェディングドレスなの……？

しかも普通のウェディングドレスでは無い。

首元はレース素材の立ち襟で胸下から素材が切り替わってパールや緻密《ちみつ》な刺繍《ししゅう》で飾られていて、無知な僕でも凄《すご》く手が込んでいるのは分かる。そして腰から下が問題である。上半身は多分クラシカルな雰囲気で品がある。

僕はもう1度俯く。

これは無い。

下半身が前から見たら丸見えなのである。

フリルがふんだんに使われた紐《ひも》パンも丸見え。

サイドには控え目にフリルのスカートが足元まで段差でふわりと広がっているので、後ろから見れば普通のウェディングドレスに見えると思う。……多分。

これはあれなのか、レオが頼んだとかいう、あれなのか…………3つとか何とかの、あれなのか……？　そうなのか……？　こんなのが、まだあるという事なの……？

レオが僕限定で残念なのは分かっていたけど、王室に強請《ねだ》る報酬がこれなのは……どうなの…………いや、何が幸せなのかは人それぞれ……という事なのか……。

遠い目をしていると、コンコンと部屋をノックする音がした。

「はっはい！」

入って来る人なんて1人しかいないので、僕は慌てて立ち上がってベッドに居た方が良いのか出迎えた方が良いのか迷って、わたわたしていたらドアが開きレオが入って来た。

「…………」

「……レオ？」

レオがドアの前で固まっている。

どうしよう。これは迎えに行くべき？

そろりとふかふかな床の上をヒールの靴で歩き始めると、レオに近付く。

「レオ……？」

「メル……」

レオの声がほんの少し掠《かす》れて、頬に赤みが差している。

……もしかしてレオ、照れてる？

「メル、とても綺麗《きれい》だ」

「っ……あり……や、……布が、足り無いと思っ……！」

サテンの手袋でもじもじとせめて下着だけは隠そうとしたけど、あっという間にレオに抱き寄せられて僕の手はレオに繋《つな》がれた。

「メル、俺の最愛」

耳元でそっと、だけど熱が籠《こも》った囁《ささや》きで腰を抱き寄せられると、横抱きにされてベッドに向かう。

今更だけど、これって初夜……というやつなんだよね。

もう、レオを誰にも取られちゃう事は無いんだよね。

僕は、レオと一生一緒に居ても良いんだよね。

「メル」

「レオ」

レオは僕を抱いたままベッドに腰を下ろして、僕の顔に優しいキスの雨を降らす。

レオの逞《たくま》しく、安心する腕を無意識に握り締めると、レオは穏やかに微笑む。

「メル、愛してる。生涯メルの隣でメルだけを愛し続ける」

「レオ……僕も、愛してる。大好き。誰よりもレオが大好き」

涙声で搾り出す僕の言葉の1つ1つにレオは頷《うなず》き、だけど、ほんの少し困った様に眉《まゆ》を寄せた。

「メル……メルの憂いは全て払いたい」

「……レオ?」

そっと僕の頬にレオの手が添えられて撫《な》でられる。

「メルを脅かす恐怖全てから俺が守る」

「……レオ」

レオの親指がそっと僕の唇を押して、切な気に吐息が漏れる。


「メルはずっと、何に怯《おび》えているんだ?」


ひゅっと喉の奥が鳴り、息が荒くなる。

「昔、メルの領地でのお祭りで熱を出して倒れた事を覚えてるか?」

ドクドクと心臓が激しく鳴っている。

「………うん、覚えてる」

レオは思い出す様に目を細めて「あの日のメルも可憐《かれん》でとても愛らしかったな」とか言うけど、こちとら心臓飛び出そうなので何も突っ込めずに黙り込む。

「高熱が治まってからのメルは以前とは少し雰囲気が変わった」

「っ……」

僕の肩がぴくりと跳ねて、レオの手がそっと撫でる。

「ふとした瞬間に、何かに怯えている様に見えた」

「ぁ……」

どうするべきか。

今レオに『君まも』の話をする事が出来るのだろうか。

綺羅がこの世界に現れて事情を説明しようとした時には、何かしらの強制力的なものの所為で話せない様だったから、僕もレオには話せない可能性が高い。

そして僕と同じ転生者の可能性が高いメリーウェザーの話もあの事件の後から特に聞かない。

何かあればローランドから聞ける筈《はず》ではあるのだが、なにせあの一件以来レオが僕から常に離れないので、ローランドと2人きりになる事など事実上不可能だった。

そんな訳で僕は転生者の誰とも話す事が出来ない状態だ。


「俺では……まだ頼りにならないか？」


レオの腕の中で伏せていた瞼《まぶた》を上げると、眉根《まゆね》を寄せて僕をじっと覗《のぞ》き込むレオと目が合った。

「そんな事無い！　誰よりもレオは頼りになるよ？」

「本当？」

「うん、絶対、世界中の誰よりレオを1番頼りにしてる！　……いや、僕もレオばっかり頼りにしないで自分で出来る限り頑張る様にはしてるんだけどね？」

後半しどろもどろになりながら、そっと手袋を纏《まと》う手をレオの頬に添えると、レオは手袋越しに手を重ねて、その下にあるお揃《そろ》いの結婚指輪の感触をなぞる。

「俺はメルになら幾らでも頼りにされたい」

「レオ……僕もレオに頼りにされる、伴侶《はんりょ》になりたい」

「メルは既に十分俺の頼り甲斐《がい》のある伴侶になってる」

「そ、そう……？」

「ああ」

そうだ。

僕達は夫夫になったんだ。

【夫婦】の形は数多《あまた》あれど、隠し事をしていて本当の夫夫となれるのだろうか。

それで成立する夫婦もいるだろうけど、僕はレオに嘘など吐きたくは無い。

僕は口内の唾液《だえき》をゆっくり飲み込み、意を決して言葉を探す。


「僕には……前世の記憶があるんだ」

前世の話題を出す事は出来た!!

後は『君まも』の話が出来るかが問題だな……。

脳内でガッツポーズを取りながらファンファーレが鳴り響く幻聴を感じつつレオの様子を窺《うかが》うと、レオにとっては予想外の話だったのだろう。目を瞠《みは》るレオは僕の瞳《ひとみ》をずっと見つめている。

「………前世」

瞬きもせずに僕の瞳を見つめていたレオはたっぷりと間を置いてそう呟《つぶや》いた。

「うん。あのお祭りの日に急に前世の記憶を思い出したんだ」

「前世の記憶を……」

頬に添えていた手から手袋を外されて直接握り合うと、僕は小さく深呼吸を繰り返した。

「前世で、この世界の物語を読んだ事があったんだ」

ゆっくりと、レオの目を見ながら話す僕の声は震えていて、今にも泣き出しそうな情け無い声音に恥ずかしさが込み上げるも、もうワンステップ進めた事に安堵《あんど》の息を吐く。

「物語？」

「うん。あのね、前世で読んだ小説があって……」

＊

ゆっくりと、順を追いながら『君まも』のストーリーを話す僕に、レオは言葉を挟む事なく相槌《あいづち》を打ちながら最後まで聞いてくれた。

「……大体がこんな感じなんだ」

「……俺が、メルを斬る……？　あの異世界人と、俺が……？」

ビキッと何処かの何かにヒビが入る音がしたが、今はスルーします。

「ヒロインじゃなくて、何で僕が魔王討伐に参加する事になったのかとか、色々小説と展開が違い過ぎてて、僕にも未だに何が何だか分からないんだけど……」

「メル……」

もっと分かり易く説明出来れば良いんだけど……と思った所で、もう1人説明出来る人が居るじゃないかと気付いて「あっ」と声を上げた。

「あのね、内緒にしていて欲しいんだけど」

「ああ」

レオの手をぎゅっと握り締めて言うと、レオは勿論《もちろん》だと首を縦に振る。

「ローランド陛下も僕と同じ前世の記憶があるんだ」

ガシャ――――――ンと激しく何かが割れる音やら外から何か轟音《ごうおん》がしたけど、そちらを見る勇気は無い。

「いや、だからといってローランド陛下と何かある訳じゃ無いよ!?　そう、お茶に呼ばれた時に聞いただけで、それ以降はレオと一緒の時にしか会ってないから！　もしかしたらメリーウェザー嬢の事とか、僕より詳しいかも知れないし！」

僕はレオに抱き付く勢いで必死に捲《まく》し立《た》てた。

そんな事したら逆に怪しい気がしないでもないけど、外の雷鳴が鳴り止んだのでほっと安堵の息を吐く。

「……メリーウェザー嬢が聞いた事もない魅了系の魔法でアランを操っていたと報告を受けたが……」

「そう！　そう！　それは『ゲーム』の方で使うアイテムなんだよ！」

「陛下達には効かなかったそうだが」

「メリーウェザー嬢より2人の方が魔力が高いから効かなかったとか……？」

「それもあるだろうな」

レオはぼんやりと視線を彷徨《さまよ》わせながら思案に耽《ふけ》っている。

話せた……何で話せたのか分からないけど、強制力的なものが働く事は無かった。

もしかして、レオが結婚したからハッピーエンド……って事で話す事が出来た、とか？

「なぁ、メル」

「ん？」

ぼんやりと考え込んでいたレオが僕の瞳を見据える。

「俺にはその物語のレオニードが本当にメルを斬ったとは思えない」

そう言ったレオの瞳には何かを確信する様な意志があった。

レオは僕を抱え直して膝《ひざ》の上に乗せると、対面になって目を合わせて来た。

「メルは……その物語のメルは、武術の心得でもあったのか？」

「へ？　……いや、そんな事は……無いと思う……？」

急な質問にぽかんとレオを見て、記憶を手繰り寄せる。

……思い出す程の記述がほぼ無いんだよな、メルは……。

「ええと、物語での僕は本当に脇役で、メルクリスについて詳しい事は分からないんだ。作中でも、両親同士の仲が良いのは今と同じだけどレオとの会話は無いし、領地でもレオと一緒に勉強してなかったみたいだから、学園のクラスも僕は下の方のクラスだったんだよね」

「そうなのか」

レオはガーターで吊《つる》したストッキングから覗く僕の太腿《ふともも》を指でなぞりながら、また思案顔になる。

格好良い。レオは式の後から着替えをせずにいたのでずっと黒い騎士服で、いつも見惚《みと》れているが、今日はより一層女性のうっとりした視線を独り占めしていた。そんな格好良いレオの思案顔、堪らない。無意識なのか、撫で方が擽《くすぐ》ったい。そしてレオの手は大きいから、その、あそこに触れてしまいそうで冷や冷やする。

何考えてんだこんな時に、とは思うけれど、レオの手の熱が下着越しに感じる様な気がして視線をうろうろと彷徨《さまよ》わせると、レオが掛けているサッシュが目に入った。

結婚式の衣装は全てレオが用意してくれた。

僕も半分出すと言っても聞き入れては貰《もら》えなかったので、何か出来る事は無いかと考えて、思い付いたのは刺繍《ししゅう》。ゲームではやり込んだものの、現実で刺繍をやった事はないが、せめてレオのサッシュの刺繍をやらせてくれと頼んだ時のレオの嬉《うれ》しそうな顔は忘れられない。頑張った。言った手前、不器用な自分に何度挫《くじ》けそうになっても、レオの笑顔を思い出して頑張った。

「物語の俺は、人の話も聞かずに斬りつける冷酷非道な人間なのか？」

「……へ？」

レオがストッキングの中に指を滑り込ませながら言った言葉に、僕はぽかんと口を開いたまま固まる。

「物語のメルは、女性に乱暴を働く様な人間なのか？」

「ぁ…………」

レオの言わんとする事が分かった気がした。

「幾ら女性を襲おうとしていたとしても、いきなり斬るのは不自然な気がする」

「……確かにレオ程の腕なら、攻撃魔法もほぼ使えない僕だったら一捻《ひね》りだよね」

レオは幾らヒロインが襲われていたとしても、人を斬り付ける様な冷静さを欠く人じゃ無い。……いや、氷漬けに……うん。今は氷漬けの件はおいておこう。

「メルが襲われていたら容赦しないが」って聞こえたけど聞こえないフリをしました。うん、氷漬けだね。

「……でも、それ程レオはヒロインの事が……」

そう思い至ると、指先に触れていたレオのサッシュをぎゅっと握る。

「メル……」

レオの手が重なって、僕の指からサッシュを抜き取り、握り合う。

今まで主人公であるヒロイン目線でしか物語を見ていなかったから、レオに守られるヒロインが羨《うらや》ましいと思うだけだった。

だけど、冷静に考えればおかしいのかも知れない。

まず女性の立ち入りが禁止の筈の男子寮に何故ヒロインは来たのか。

レオならヒロインに何かしらの防御魔法なり魔導具なりを渡していそうだけど、そんなエピソードは無かった。

思えば、ヒロインと街に出掛ける様な事はあっても、レオが何かをプレゼントするなんて事も無かった。

『君まも』のレオと、現実のレオの雰囲気が違うのは分かっても、疑問に思う事など無かった。

ふと思い立ち、スチルを開く。

「メル……?」

急に何も無い空間で指を動かし始めた僕を、レオが不思議そうに眺める。

これ、どう説明すれば良いんだろう。

「ええとね、2年前にレオがうちに挨拶《あいさつ》に来てくれた日に、急に見られる様になったんだけど……」

「……何かが見えるのか？　……確かに微量の魔力を感じるな」

「これ、魔力でレオにも見られるのかな……あのね、ゲームって物になった時に条件をクリアすると、スチル……絵姿みたいなものが見られる様になるんだけど、何でかその姿絵が見られる様になってて」

この2年間でレオの魔力も身体にすっかり馴染《なじ》んでこのスチル達を指で操作しなくても見られる様になったし、アイコンの非表示も出来る様になった。

そうか、魔力が関係しているのかも知れないのか。

「メル」

「ん？　……っ」

スチルをスライドさせて見る。久し振りに見るけどレオの表情が現実のレオよりも作った笑顔の様に見えるのは気の所為なのか、それとも……と思案していたらレオに顎《あご》を取られ、舌を吸われた。

「んっ？　……っ、んっ……」

「……これが、俺なのか……？」

「ふっ？　ぇ……」

レオが僕の舌を吸いながら、僕の動作を真似て指を動かす。

すると、僕が見ていたスチルがスライドされてレオはどんどん他のスチルを見て行く。キスしながら。本当に器用だなぁ!?　そして見られるんだ!?

「……これは、拡大も出来るのか」

「ふぇっ？　……そんなほほ、へひるの？」

未だ舌を絡められているのに、レオは平然と画像を拡大して見ているけど、そんな機能あったの!?　知らなかったよ……。

「角度も変わるのか。妙な絵姿だが……」

「んん……っ」

本当に何でキスしながら普通に話してスチルチェック出来るの⁉

「……メル。やはり俺にはメルしか見えていない様だ」

「……ぇ？」

ぢゅるっと音を立ててレオの舌と唇が離れると、レオが満足気に微笑んでいた。

「これは、憶測の域を出ないものだが……」

「レオの推理だね」

頭の回転の速いレオの名推理、僕が思い付かない様な事も容易《たやす》く気付くかも知れない。是非とも聞きたい。

僕の目が期待に満ちていたのか、レオは小さく笑うとすっと空中で指を動かしてスチルの1枚目を表示させた。

スチルの1枚目はどのルートも共通で、主人公が日本から異世界へと転移して、レオニードと出会うシーンだ。

空から降って現れた主人公をレオが受け止め、事情を察知したレオはそのまま王宮へ主人公の保護を願い出る。

「これなんだが、俺は多分、メルに会いにこの広場に来ていた可能性がある」

「僕に？　え……でも、僕とレオは……」

ぽかんとレオを見つめながら困惑する僕に、レオは画像を指でスワイプして拡大させる。教えてないのにこんな事出来るんだから、本当に凄《すご》い。だから僕が全く気付かなかった事にもあっという間に気付いてしまうんだろうなぁ……としみじみと感動していたら、レオは自分の目をアップにしていた。

「ここを見てくれ」

「目？　…………ぁっ」

僕は目を細めてレオの目のアップを凝視すると、そこに人影が映っているのが確認出来た。スチルのレオの視線は、腕の中に抱き留めた主人公には無い。レオは、真っ直ぐに前を向いている。

「誰かを見てる……？」

「ああ、こうして……」

レオは画像の拡大を解除して画像を回転させて行く。某マップの様に画像は広場の様子を360度写していて、レオの視線の先で指を止めた。

「俺はこの子を見ていたんだ」

「……え、嘘……」

レオが指差す方を目を凝らして見つめると、そこには広場のベンチで本を広げ、驚いた様子でレオ達を見ている僕が居た。

「多分、俺はメルが広場に居たから同じ場所に居たんだろう」

「え？」

レオの言葉に僕は更に驚く。え？　何で？　だって、原作の僕はレオと仲良く無いのに？

「……それから、これも」

「えっ、まだあるの？」

レオは頷《うなず》きながら3枚目の画像を表示させる。2枚目はジョシュアとの対面の画像なので王宮に僕が居る筈《はず》も無いのだろう。

「…………ぁっ！」

3枚目はレオが王宮で引き籠《こも》ってばかりでは窮屈だろうと主人公と一緒に出掛けたが、逸《はぐ》れてしまい、ヒロインが街のゴロツキ共に襲われ掛けた所をレオに助けられ、壁ドンされるシーンだ。

壁ドンだからレオの視線は主人公にしか行かない筈なのに、僅《わず》かな流し目を辿《たど》ると……。

「ぼ、僕……？」

通りすがりなのか、歩いている僕は2人には気付いていない様子だ。

「これも……」

そう言ってまたスライドさせると今度は魔王討伐の為の、壮行会でレオと主人公がダンスをしているシーン。レオの視線はやはり微妙にズレていて……。

「…………僕、なのかな」

「ああ」

壁際にピッタリとくっ付いて顔は下を向いているけれど、これはメルクリスなのだろう。

僕が絶対に居ないであろうシチュエーション以外のシーンは、レオが見てるのはヒロインじゃなくて僕という事は……どういう事なんだ……？　え？　え？？？　頭がこんがらがって来た……。

「それから、これは……」

「ぁ……」

次にレオが表示したのは、メルクリスが主人公に襲い掛かった所をレオが助けて抱き締めるシーン。言い訳する暇も無く斬られるメルクリスの背中が僅かに映っているが、このスチルのレオは僕を見てはいない。

「メル、この女の部分が魔力で補正されている様だ」

「ほ……？　え？　魔力？」

次から次へと想定外の言葉が出て来て、もう頭の中はしっちゃかめっちゃかだよ!?

レオはそんな僕の混乱する頭をそっと撫《な》でると、スチルのレオが腕に抱く主人公に手を翳《かざ》した。

「……ええっ!?」

何という事でしょう。

主人公の姿が、僕の姿に変わってしまいました。

スチルの僕も今の僕同様に、動揺している感じです。

「えっ……え？　え、でも、僕、えっ!?」

慌てて床に倒れている僕の背中を見ると、そこには先程と同様に倒れている僕がちらりと写っているだけだった。

「魔力を感じたのはここだ」

「待って、待って……理解が追い付かない！」

レオはパニックになり掛けている僕を宥《なだ》める様に優しく頭や背を撫でてくれる。安心する！　安心するけど、頭が追い付かないよ!?

「……これは多分、俺が用意した人形だろう」

「……に、人形？　レオが？　何で？」

もう訳が分からなくて、矢継ぎ早にレオを質問攻めにしてしまった。

「……これから話す事は憶測の域を出ないものだから、可能性の1つとして聞いて欲しい」

「うん」

レオがこんなに念を押す可能性とは、一体何なのか……。

「物語の中のメルと俺は、共に幼少期を過ごして居ない。という認識で良いか？」

「うん」

「メルと何らかの事情で会えない俺は、禁断症状が出る筈だ」

「……？」

…………なんて？　今、禁断症状って言った？

レオの顔は至って真面目だ。もう1回言ってとは言えやしない。

「禁断症状だ」

あ、合ってたね。良かった良かった……って違う！！！

「禁断症状……って、ええと……？」

「俺にとってメルと会えない事は、多大なるストレスとなる」

「あ、うん」

流れる様に説明が続くので、取り敢《あ》えず最後まで聞く事にします。今考える事を放棄します。

「メルに会えない俺がしそうな事……あの絵を見て確信した」

「確信」

「俺は異世界人と異空間収納に保管していたであろうメル人形をすり替えて、メルに認識阻害の魔法を掛けて異世界人に見える様にしたんだろう」

ちょっ、ちょっ……！　待って待って待って!!

レオの言葉を1つずつ反芻《はんすう》する。

レオは僕と会えない寂しさから、僕そっくりの人形を作る。

僕に襲われた(?)主人公と、異空間収納に保管されていたメルクリス(人形)を交換して、メルクリス(人間)に認識阻害の魔法を掛けて、皆には主人公と思わせる。

そうするとその場に居るのはメルクリス(人形)と主人公(中身はメルクリス(人間))とレオニード……という事か。あ、レオに付いて来た近衛騎士が数人後ろに居るんだった。

っていうか、この工程を秒で出来るか………………出来るんだろうな、レオなら。うん。光の速さでやり遂げるだろう。

そもそも……そんな人形を作ってレオは…………いや何も考えまい、考えまい！！　大丈夫そんなレオを丸ごと愛しているんだ僕は！！！！

「メル、大丈夫か？」

「うん……何とか……」

控え目に頷くとレオは最後のスチル、主人公にプロポーズをするレオのシーンを表示させた。

「……ぁ……っ！」

先程と同じ様にレオが主人公に手を翳すと、その姿も僕に変わった。

「物語の俺も、メルを愛していたという事なのだろう」

「……ほ、んとう……に……？」

あまりの衝撃に声が掠《かす》れて、指先が震えている。

こんな事ってある？

こんな都合の良い夢みたいな話、あって良いの？

そして、主人公は一体どうなったんだ？

僕とレオは……だって、僕は主人公に……でも、そういえば斬られた時も会話のシーンはほぼ無かったから、メルクリスの本当の気持ちは分からないままで……。

「メル」

ハッとして目の前のレオを見る。

レオの瞳《ひとみ》の中には泣き出しそうな僕が映っていて、喘《あえ》ぐ様に息を吸い込む。

「メル」

「レ……オ」

「メル、俺は何があってもメルだけを愛しているし、メルを守り抜くと誓う」

「レオ……」

「この先、どんな事があったとしてもメルを愛し守るから、どうか俺を信じてくれないか」

「ぁ……っ」

レオの瞳には僕だけが映って、レオの頬に触れると、微かにレオの吐息が漏れる。

「信じる……レオを信じて愛し抜くよ。僕もレオを愛し、守るから……だから……」

だから、絶対に離さないで。

涙で滲《にじ》んで掠れた言葉だけどレオに力強く抱き締められて、ちゃんと届いたんだなぁと思い、僕もレオの背中に腕を回し抱き締めた。

truth……？

俺の人生が終わったと思ったのは、5歳の頃だった。

「……も……もう、レオとは会わない……レオと、絶交する」


メルが震える声で言う言葉を、瞬時に理解する事が出来なかった。

「メル？　何かあった？　俺は何かしてしまったか？　顔を見せてくれないか、メル……っ」

焦り、ドアノブを持つ手に力が入るが、鍵《かぎ》の掛けられたドアが開く事は無い。

「……ジャン、何があった？」

俺の後ろで控えている家令のジャンに状況の確認を取ろうとしたが、ジャンも困惑の表情で何があったのか分からない様子だった。

「坊ちゃんはいつもの通りに門前でレオニード様をお待ちになっていたと思うのですが、先程急にお部屋へとお戻りになって……お声掛けしても返事は無く……」

ジャンの言葉に、俺が到着するまでの数分間でメルに何かが起こった事を察する。

いつもメルは門の手前で俺を出迎えてくれていた。たまにお寝坊さんのメルを起こす時はご褒……今はおいておく。

今日は寝坊する事なく、メルが出迎えてくれる筈だったらしい。

それなのに、俺と縁を切ると泣いている。

今直ぐにメルを抱き締めて涙を拭《ぬぐ》ってやりたいのに、それが出来ない焦燥感に苛《さいな》まれる。

「メル……何があったんだ？　俺に話してくれないか？」

「レオとは……っ絶交、したの！　もう、会わないの!!」

部屋の中から聞こえて来る悲痛な叫びに、俺の心も悲鳴を上げる。

メル、俺の全て。そんな事、冗談でも言わないでくれ!!

「メル……」

このドアを開けようと思えば、秒で簡単に開けられる。

けれど、メルはそれを望んでいない。

メルが、俺を拒絶している。

「……メル、明日、また来るから……」

ドアの前で努めて落ち着いて言うと、後ろで成り行きを心配そうに見守っていたジャンやエヴァン家に古くから勤めるハウスメイド達に合図してメルの部屋を離れた。

「……誰もメルに何があったか見ていないのか」

「……はい。申し訳ありません……坊ちゃんは勝手に門から離れる事はしませんので、私共も安心だと……」

ジャンや侍女の話だと、部屋に走り去るメルは青白い顔をしてはいたが、暴行を受けた様な気配は無かったらしい。

「……メル……一体、何が……」

明日になれば、きっとメルも落ち着いて話をしてくれる。

そう願いながら、エヴァン家の屋敷周りを調べて異常が無い事を確認すると、俺はメルの部屋を見上げた。カーテンがきっちりと閉められたメルの部屋を、どの位眺めていただろう。

辺りは陽が落ちて来たが、街の方は賑《にぎ》やかな気配に包まれている。今日はエヴァン領での豊穣祭《ほうじょうさい》にメルと一緒に参加する予定だった。去年は家の用事で俺が参加出来なかったから、メルの仮装をずっと楽しみにしていた。それなのに……どうしてこんな事に…………。

陽が落ちて来てもメルの部屋に明かりが灯る事は無く、俺はもう1度屋敷の周りを調べて結界を念入りに張って帰る事にした。

「あれは……」

先程は気付かなかったが、門の上に何か布切れの様な物が載っている事に気付き、俺は跳んで門の上にある布切れを手に取った。

「……羽……？　これは……」

メルの部屋を見上げ、布切れを見る。

オーガンジー素材のそれは、一見葉っぱの様な形に見えるが、これは妖精《ようせい》の羽を模しているのでは無いだろうか。メルは確か兄のお下がりで妖精の衣装を着ると話していた。

それが、何故こんな所に千切れて置かれているのか。

「メル……」

そっと羽の残骸《ざんがい》の埃《ほこり》を払い、胸に抱く様にして仕舞い込み、俺はエヴァン家を後にした。


それから1月《ひとつき》、毎日エヴァン家に通い詰めたがメルは部屋から出ては来ず、突然母方の実家の領地に療養として旅立ってしまった。

メルは両親にも何も話さないらしく、誰の言葉にも聞く耳を持たず、家を出たいと言ったそうだ。

その時の俺の絶望感は、言葉に表す事は出来ない。

そんな俺を見兼ねた父が引き摺《ず》る様にして王宮に引っ張り出し、王子の遊び相手にした。

何をしても、何を見ても、何も感じ無い。

メルが居なければ、メルの笑顔が無ければ、生きている意味など無い。

だけど、何をするでも無く息をするだけの俺を、王子は連れ回して扱《こ》き使ったので、ひたすら無になり作業する事が出来たのは良かったのだろうか。

王子に連れ回される合間を見て、メルに気付かれない様に療養地まで様子を見に行った事があった。

親戚《しんせき》の子供とメルが笑い合う姿に、何度嫉妬《しっと》心を燃やした事だろう。何度、メルの前に駆け寄って抱き締めたかっただろう。

メルに、いつでも手紙を待っている。そう伝えてもらったけれど、ついぞメルから手紙が届く事は無く、療養地から戻る事も無かった。

「…………メル」

15歳になり、学園に通う事になった俺は10年振りにメルに声を掛けた。

前とは違っても、それでも、学友として1からまた関係を修復出来ないだろうか。

「残念だったな、王子様」

……そんな浅はかな希望は、会釈をして逃げる様に去って行ったメルの背中を眺める俺を嘲笑《あざわら》う様な殿下の言葉に、打ち砕かれた事を思い知った。

「あんなちんちくりんの何処が……」

殿下は最後まで言う前に、俺から視線を逸らした。

「悪い、悪かったからその凶悪な殺気を抑えろ」

「2度目はありませんので」

メルに避けられた絶望感は拭えないが、今日から毎日身近でメルの姿を見られる。

日々、作り出した己の分身を通してメルを見守っていたけど、やはり生身で目の前のメルに会える幸せは何物にも代え難い。

それなのに、俺のこの密《ひそ》やかな幸せが悪魔の様な女に壊される事になるとは、この時の俺は気付きもしなかった。

＊

「お前のその覗《のぞ》き、バレた時に逆に嫌われないか」

日課となっている己の分身が見ているメルの行動を日記にメモしていると、殿下が表情を取り繕う事無く不快感露わに尋ねて来た。

「風呂《ふろ》とトイレは覗いていませんし、メルに何かあってからでは遅いので」

「あいつに一体何があるというんだ」

心底不思議で堪らないという顔の殿下を無視して、メルの行動を事細かに書き記す。

何故メルが自分を避ける様になったのかは、結局未だに分かっていない。

何かがあったのは確かなのに、それを分かってやれないもどかしさをこの12年間抱え続けている。

メルは他の人には普通に対応をする。笑うし、冗談を言い合ったりもしている。

けれど、その笑顔は俺の大好きな笑顔では無く、1人でいる時はいつも寂しそうに何処か遠くを見ている。

メルが何を思い俺と決別する事を選んだのか、何度と無く学園でメルに話し掛けようと試みたが、どれも失敗に終わった。

メルが俺以外の奴に笑い掛ける度に、メルを攫《さら》って閉じ込めてしまいたい衝動に駆られる。

「メル……」

書き終えた文字をなぞり、分身の見ているメルの姿を追い、思い浮かべるのは、俺に笑い掛けてくれるメルの笑顔。

また、あの笑顔を俺に見せてくれはしないだろうか。

メルが笑ってくれるなら、何だってする。

メルを守れるなら、何だってする。


「資料整理が終わりましたので今日は失礼します」

「相変わらず仕事が早いな」

デスクを片付けて立ち上がると、殿下の机に資料を置いて殿下付きの近衛騎士アランに引き継ぎ、執務室から出てある場所へ向かう。

今日は天気が良い。そんな休日をメルは大抵公園で過ごす。まだ早い時間だからいる筈《はず》だ。

「……メル」

目的地に着くと直ぐにメルを見付けた。

いつものベンチで本を読んでいたのだろう。陽射しが気持ち良くて眠ってしまった様で、メルの膝《ひざ》の上でパラパラとページが捲《めく》れている。

そっとメルの隣に腰を下ろすと結界を張る。この3年間で何度かメルに近付けたのは、この方法だけでだった。

至福のひと時を誰にも邪魔されたくは無い。

20㎝程空けて隣に座った俺は横目でメルを覗き見る。

うとうとと首が縦に船を漕《こ》いでいる。今直ぐメルの肩を抱き寄せて眠り易くしてやりたい衝動を抑えながら、その愛らしい寝顔を堪能して、メルの膝の上に載っている本に視線を移す。

メルは大抵この本を読んでいる。昔、メルとよく読んだ冒険譚《たん》の1巻だ。

既に完結していて10冊出ているのに、メルは俺と2人で読んだこの1巻を飽きる事無く何度も何度も読み、そして、切なそうに目尻《めじり》を下げる。

メル、メル……どうしたらメルを笑顔に出来る？

俺では駄目なのか？

「……ん」

「っ！」

メルの首が俺の方へ大きく傾き、その拍子に膝の上に載っていた手も滑り落ちて、俺の手の上にメルの手が重なった。

嗚呼《ああ》……!!　12年振りにメルに触れられたというのに、嬉《うれ》しいのに、悲しみが襲い来る。

こんな事故的な接触じゃ無くて、メルに触れたい。

手の上に感じるメルの温もりを噛《か》み締《し》めながら今日の日記にこの出来事を絶対に書かなくては……

そう思った瞬間、キン、と耳鳴りの様な音がした。


「!!」


瞬時にメルの結界を3重に重ね掛けすると、そっとメルの手を取り、膝の上に乗せる。

「……レオ……」

「っ……!!」

メルが、メルが、俺の名を呼んでくれた……。寝惚《ねぼ》けていたとしても、その事実に俺の心は破裂しそうな程高鳴る。

なのに、その感動を邪魔する邪悪なまでの膨大な魔力に、後ろ髪を引かれる思いでメルの側を離れ魔力を感知するその位置へ向かった。

そうして、空から落ちて来た女を受け止めると、女は俺の顔を見るなり胸を押し付けて来て、直様投げ飛ばしたくなった。

こんな姿、メルには見られたく無い。そう願いながら視線を移すと、目を見開いて驚いているメルと目が合い、逸らされた。

最悪だ。最低最悪だ。今直ぐこいつを振り落としたい。駆け付けた騎士に引き渡してメルのもとに行きたいのに、この女、気絶する振りして俺にしがみ付いて離れない。

この女、いっその事……。

殺意が湧き掛けたが、父が駆け付けて来て少し落ち着いた。危ない。メルになんて物を見せる所だったのか。

女を無理矢理引き剥《は》がしてもう1度メルの座るベンチを振り返ると、そこにもうメルの姿はなかった。


「……異世界人、という事か？」

「はい。恐らく」

父と殿下に事の詳細を説明して、その後の事は父に任せたが、翌朝、更に俺を不愉快にさせる殿下の言葉に今度こそあの女への殺意が湧いた。

「……この1晩で、あの女に付けた近衛騎士2人と閨《ねや》を共にした様だ」

「薬でも使ったんですか？　それとも精神系や魅了系の魔法？」

「いや…………ただ、あの女の手管に落ちたそうだ」

盛大な溜息《ためいき》を吐き出しながらこめかみを押さえる殿下の言葉に、昨日異空間を突き破り空から落ちて来た女の事を思い浮かべる。

普通の、大人しそうな女だという印象だった。

否、初対面で胸をこれでもかと押し付けて、ベタベタ触れて来た時点で、阿婆擦《あばず》れの気はあったか。

「俺にもやたら触れようとして来たから、離宮へと遠ざけたが正解だったな……」

「何やら異世界の不思議な避妊具を使っている様で、何かしらの目的で性交をしている可能性もありますが……今の所、その線は薄いと思われます」

父は女が持っていたという、男の性器に装着して性交をすると、高確率で避妊が出来るというスキンとやらを指先の魔力を通して浮かせている。

使用済みらしく、半透明の筒状の入れ物には吐精したと思われる異物が含まれていて、俺の眉間《みけん》の皺《しわ》は濃くなる。

そのスキンとやらが入っている箱を取り上げようとしても、何故か女しか触る事が出来ないようで、使用済みの物しか持ち出せなかったそうだ。

「彼女も仕組みを分かっていないそうなんですが、中身が何故か減らないそうです」

「……このままあの女を王宮に置いておくと、被害が拡大するのでは？」

俺としてはメルに害が及ばなければ他はどうでも良い。けれど、父の手前尤《もっと》もらしい心にも無い事を言う。

「まだあの女の安全性が確認出来ない内にはな……」

「様子見、ですか」

大きな溜息を吐く殿下に、父と俺で殿下の生活・活動圏内に頑丈な結界を張り身を守る魔導具を殿下付きの近衛騎士にも渡した。

それから1週間足らずで10名もの近衛騎士が異世界から来た女と閨を共にした。


「なんなんだあの女は……!!」

デスクの上に置かれていたティーカップが、ガシャンと派手な音を立てて、ソーサーごと動く程に拳《こぶし》で叩《たた》き付けると、殿下の側に控えていた近衛騎士の肩がぴくんと跳ねる。

「何なんでしょうね。本当に……」

父は遠い目をして報告書の束を意味も無く、パラパラと指で弄《もてあそ》んでいる。

「父さんが見ても騎士達の身体に影響は無い様ですね」

「そうなんだよね……毎日毎日被害者……被害なのか……？　まぁいいや、それで致してしまう騎士が増えて行くから、そろそろ業務に支障が出て来てるよ……」

謎の女との性交によって騎士の身体に何か良からぬ薬や魔術の類を使われていないかと、父を始めとした魔導士達が隅々まで検査に当《た》たったが、何1つとして身体に異常は見られなかったらしい。基本残業をしない父が、最近は残業続きで疲れが溜まって来ている様だ。

「娼婦《しょうふ》より酷いやり口だな」

「普通の町娘みたいな子にしか見えないんですがね……」

「地味な見た目であの手管というギャップなんでしょうか」

「やはりあの女は異世界人なんですか？」

「他国からのスパイの線は限り無くゼロに近いし、あの妙な出現方法に魔力……ただただ性欲旺盛《おうせい》な女性が異世界から現れた……」

宰相の質問に答える父は、異世界人て皆ああなの？　と遠い目で紅茶へ次々に砂糖を投入している。

「見目が良い男が良いのかと、近衛を外して騎士団の男を警備に当たらせても、あっという間に10人も……」

見目麗しい近衛騎士が次々に謹慎処分されて行く中、歳《とし》若い女なので中年のガタイの良いむさ苦しい男なら大丈夫だろう、と騎士団から騎士を派遣して警備に当たらせたが、そちらも翌朝には……という状況なので、アトモス領に居る女性騎士を特別派遣してやっと被害が収まった。

「間者の類では無いでしょうが、これ以上王宮に置いておくと、いつ殿下に被害が及ぶとも……」

「私があの女に籠絡《ろうらく》されると？」

「いえいえ！　ですが、あの女の方は殿下を気に掛けている様子ですし……」

宰相が言うには、異世界人と思われる女は、聴取の度、1度しか対面していないのに殿下に会えないのかと、しつこく聞いてくるらしい。

「因みにレオにも会いたいみたいなんだよね……」

「私は2度と会いたく無いですが」

あの女が現れた日以降、俺があの女に会う事は無かった。他国の間者なら追放するなり処分するなり対処法もあるが、異世界人となるとその対処は異なって来る。

「いっそ牢《ろう》に入れるか」

「もしあの女が聖女であった場合に問題が起きます」

「痴女の可能性の方が高いんだがな」

殿下と宰相の会話に父が紅茶を吹き出したので、ハンカチを差し出す。

「魔導具を着けさせて塔にでも入れて置けば良いじゃ無いですか」

「それは考えてみたんだけど、異世界人には魔導具の効きが悪いみたいでね……」

あの女が現れた翌日、近衛騎士に被害が出たので既に魔導具を試したそうだが、直ぐに何の意味も無い事が判明したらしい。

「……学園の寮にでも入れるか」

「は？」

唐突な殿下の提案に部屋の温度が下がる。

あんな女をメルに近付けさせる？　冗談じゃ無い。

「アトモスの女性騎士をずっと王宮に派遣させる訳にもいかない。学園ならばお前が側に居れば済む話だ」

「……は？」

更に部屋の温度が下がり、宰相が肩を摩《さす》り出し、父はポットのお湯を入れ直すように指示を出している。

「お前ならあの女が側に居ても平気だろう。レオニード、あの女の見張り役兼、護衛役を命ずる」

ティーカップが割れて紅茶がデスクにシミを作ると、宰相が「ひっ」と小さく悲鳴を上げたが、今はそんな事どうでも良い。

不敬だとしても構わない。殿下を睨《にら》み付けるが、顔色を変える事なく紅茶を一口飲む。

「お前程、この任務に適任の者は居ないだろう？」

「…………」

「報酬はきちんと用意する」

「その言葉、くれぐれも忘れないで下さいね」

取って付けた様な提案に言質を取った俺は、殿下の執務室を後にした。


「我が息子ながら、まるで魔王みたいでしたね」

「お前の息子が何処までやれるか、お手並み拝見と行こうじゃないか」

「まぁレオなら大丈夫でしょう」

「だと良いがな……」

レオニードには伝えて居ないが、あの女は昨夜女性騎士の目を盗み、正反対の位置にある離宮に居るローランドの寝所に侵入寸前の所を捕らえられた。

幸いローランドに被害は無かったが、これ以上あの忌々しい女をこの王宮に留め置く事は出来ない。

昨夜の一件で直ぐにあの女を叩き斬ってやっても良かったが、ローランドが無事であった事と、ローランドに止められてあの女は首の皮一枚繋《つな》がった。

「私の物に手を出そうとしてタダで済むと思うなよ」

宰相とデイビットも居なくなった執務室で1人呟《つぶや》くとジョシュアも立ち上がり、部屋を後にした。


「女子は男子寮には入れないんですか？」

淡々と話す俺の説明を聞き終わった女の第一声に、こめかみに青筋が立つのが自分で分かる。

「入れない」

「無理矢理入ったらどうなります？」

「退学」

「退学かぁ……そしたらまた王宮に戻れますか？」

「戻れない」

「じゃあ学園でやるしか無いのかぁ……」

何を、だなんてこの女相手にまともに会話をする気にもならず、合図をして部屋に招き入れた人物を2人横に並ばせる。

「お前の相手はこの2人だけだ。生徒に手を出したらお前の命は無いと思え」

「ふーん……」

目の前の女は抑揚の無い声で俺の隣に並んだ男2人を、値踏みする様に眺める。

俺が娼館で見付けて来た男娼の2人は元貴族なだけあり、所作は良いし、見た目も良いのでスカウトをした。破格の報酬付きで。

「まぁいっか。で、貴方はいつやらせてくれるの?」

「この2人以外に手を出したら、即刻牢に入れる」

俺と女の噛《か》み合わない会話に、隣に並んだ男2人が戸惑っている様子が見えるが、構う事なく女に用意された寮の部屋へ転移すると、部屋の説明をして最終確認をする。

「2人は用があればこの魔導具で俺と連絡が取れる。この部屋を出なければ、後は好きに過ごして構わない」

男2人には魔導具のブレスレットを渡していた。契約魔法が施されていて、俺以外が外す事は出来ず、契約違反する事があれば家族を含めて命は無いと伝えてあるので、2人に関しては特に懸念事項は無い。

2人が昼間を過ごす場所は寮の中に異空間を作り出し、当座の生活に必要な物は揃《そろ》えた。

女は魔法が効きにくいとの報告があったので、俺の魔法も効かないのか試してみたが、俺の魔力が上回る為か正常に魔法は作動していたので、女の身に着ける衣服全てに監視魔法を施しておいた。

部屋にも結界を張っておいたので、夜中に外を出歩くという心配も無いだろう。

メルがこの女の毒牙《どくが》に掛かるなんて事は、何が何でも阻止しなければならない。

殿下が望む様な対処方法では無いだろうが、そんな事は構わない。

メルをこの女の視界に入れるのだって許したく無いし、メルにもこの女を視界に入れて欲しくは無い。

メル……あの日、女を受け止める俺を驚いて見ていた。あの後、俺が女を抱えたまま立ち去ったのをメルに見られていないだろうか。

メルはこの女をどう思っただろう。

今の所メルが積極的に女性と接触を図る事は無いし、婚約者も居ない。

だが、メルに婚約者や恋人が出来る可能性はゼロでは無い。

メルの隣に俺以外の女が居る未来なんて、耐えられる気がしない。

でも、メルから離れるという選択肢が俺には無い。

だからいつか、メルとまた以前の様に笑い合いたいと切に願う。

その為にもメルに降り掛かる厄災は全て俺が取り除く。

＊

「本日教師が不在の為、C組と合同で授業を行う」

魔法の授業の為に使用する学園所有の森の中で、教師の声に2つの塊に分かれた生徒達は、お互いに向き合い礼を取る。

A組の自分とC組のメルが同じ授業を受けられるなんて、夢の様な話に俺の心中は踊り出しそうに騒いでいる。

「見て……あれが噂の氷の貴公子……」

「本当に笑いもしないんだな……」

「あんなに令嬢達に囲まれてるのに、愛想笑いさえしないとかどうかしてるよ……」

「あの横に引っ付いてるのが噂の異世界から来た女？」

「氷の貴公子が面倒見てるって噂は本当だったんだ」

C組の生徒達とは10m程離れてはいるが、声を潜めた囁《ささや》きが風に乗って耳に届く。耳は良い方だ。聞こえていないと思って話しているらしいが、筒抜けだ。

メルには誤解の一切を受けたくないし、鬱陶《うっとう》しい事この上無いので、周りに取り囲む女生徒達にはひたすら無視を決め込んでいる。

勿論《もちろん》入学時には殿下の警護が最優先で、他の生徒と私語をする気は一切無いと言ってある。女生徒達はそれを了承しているので、俺が無視しても気にする素振りは無い。貴族男性としてどうかなんて知った事では無い。彼女らも家の為に、形だけでも殿下の側に侍る俺に取り入るパフォーマンスさえしておけば良いという者が大多数なので、俺からの返事は期待していないだろう。

入学時、俺はメルと違う組である事を知り同じ組に編入しようとしたが、殿下がそれを許さなかったので、現在血を吐く思いで己の分身にメルを追わせている。折角メルと同じ学園に通っているのに、メルと顔を合わせられない苦行を強いられているので、今回の合同授業は幸運以外の何物でも無い。

そうか、教師が来られなければ良いのか……。

「おい、くれぐれも教師に危害を加えるなよ」

「一体何を仰《おつしや》っているんですか」

殿下が教師の方を向いたまま俺だけに聞こえる声量で呟く。

「このままC組の教師が全員居なくなると面倒だからな」

「何の事やら分かりかねます」

「お前は本当にあいつが絡むと……はぁ……」

最後まで言わずに殿下は溜息《ためいき》を吐くと、教師の声に従い森の中で距離を取りながら広がった。

メルの側に行きたいが、異世界人にメルの存在を認識させたく無い。メルをこいつの歯牙《しが》に掛けさせる訳にはいかない。絶対に。

昼食は今まで殿下とその婚約者と共に食堂の王族専用スペースで取っていた。そこからだと、メルも食堂を利用するので食事風景が見られる。メルの愛らしい食事風景を見るのが何よりも楽しみだったのに、今はこのある意味危険な女を一般生徒からも遠ざける為に、授業以外はなるべく殿下と両サイドを固めて昼食も王族用の茶室で取っている。

メルが直接見られない怨《うら》みが募るのに、この女は呑気《のんき》に殿下の婚約者と仲良くなって学園生活を満喫している様だ。

「何でしたっけ……えっと……メリクリ……？　いや違う……ええっとぉ……あ、メル？」

「……何の事だ」

女がいきなりメルの名を呼んだ瞬間、近くに居た生徒が驚きの声を上げた。どうやら眼鏡が突然割れたらしい。

「氷の貴公子の氷が唯一溶ける相手、とか？」

肩下にある顔が俺を見上げて口角がにぃ、と上がる。今直ぐ殺しても良いだろうか。

「……婚約者殿だろうな」

俺の殺気を押し留めるかの様に、殿下が口を挟む。殿下に視線を向けると、ふいと逸らされた。

「お前は俺達以外を見るな」

「俺様キター」

「誤解を招かないか、その発言は……」

メルを見るな。メルが減る。メルが汚れる。これ以上余計な問題を起こすな。そういう意図で言ったのだが、遠巻きに俺達を見ていた生徒が騒つき、どうやらメルにも誤解をされたと気付いて激しく後悔をする。今度は教師の眼鏡が派手な音を立てて割れた。

＊

「メル……」

メルの蒼白《そうはく》になった頬にそっと指先で触れると、ひんやりと冷たくて掌《てのひら》で包む。

指先から少しずつ慎重に魔力を込めて流し込むとメルの頬は少しずつ赤みを取り戻し、荒かった呼吸も段々と落ち着いてきた。

暫くそうしてメルに魔力を送り込んでいると、呼吸はすぅすぅと穏やかな寝息に変わり、俺はベッド脇に座り、上掛けから覗《のぞ》くメルの手を取り握る。

トクントクンと感じられる脈が嬉《うれ》しくて、そっと指先に唇を寄せるとメルの手をベッドに戻して寝顔を見つめ、先程の出来事を思い返す。


メルの組と合同の防御魔法の授業で、学園の森に出現する筈《はず》が無い領地でも中々見ない巨大な魔獣が現れた。

俺と殿下は異世界人を警戒したが、あいつも巨大な魔獣の出現に驚き、いつもの飄々《ひょうひょう》とした態度は鳴りを潜め他の生徒よりもショックを受けている様に感じられた。

異世界人を殿下に任せて結界を張り、生徒達を避難させ魔獣と対峙《たいじ》しようとしたのだが、結界を張る寸前に魔獣が一気に飛び上がり、メルの前に地鳴りと共に降り立った。

驚いたメルは可哀想に腰を抜かしてしまい、ぺたりと座り込んでその細い肩を震わせた。

俺は直ぐに動いて魔獣を斬ると、その足元には巨大な、魔獣の体積分はあろうかという魔素溜《だ》まりが出来ていた。魔素溜まりを放置しておくとそこから魔獣が出現する。ましてやこんな大きな魔素溜まりだ。また巨大な魔獣が現れるかも知れない。だが、今はそれよりメルが大事だ。

俺はメルに駆け寄ると、放心しているメルの肩を抱き寄せた。

「メル、怪我はしていないか?」

「ぁ…………ぁ、レ…………」

メルはまだ緊張が解けないのか、俺の腕の中で小さく震えている。

「メル、もう大丈夫だ」

「……レオ……あの、ありが……」

「レオニード!」

腕の中のメルをそっと覗き込んだ瞬間、メルの指先が淡く光っている事に気付いたが、異世界人がこちらに走って来たので、メルを抱き抱えて奴の視界から遠ざけようとした途端、メルの身体から力が抜けるのを感じ、俺の腕の中でメルが意識を失ったのと、異世界人が魔素溜まりを浄化したのはほぼ同時だった。

「口を割りましたか」

メルを救護教員に預け、殿下に借りた騎士にメルの警護を任せると、王宮の殿下のもとへ向かった俺は開口一番に尋ねた。その態度に殿下は深い溜息を吐きながら答えた。

『何故かは知りませんが急に力が漲《みなぎ》ったんです！』……だ、そうだ」

「…………俺に尋問させて下さい。必ず吐かせます」

メルが倒れる寸前、聖魔法を発動させる予兆を見せた。指先が淡く光っていたのは、魔獣を浄化するという聖魔法に違いない。他のどの属性でも無かったのは俺が確認済みで、父と殿下には報告済みだ。

数日前、領地での魔獣討伐に仕方なく異世界人も連れて行った際に、目を離した隙に妙な魔力の気配を感じたらあの女が聖魔法らしきものを発動させた。何をしたのか問い質《ただ》しても、知らぬ存ぜぬで押し通した。あの魔力は何だったのか。

「待て待て待て。気持ちは分かるが待て」

お前がやると拷問になるだろうが、とぶつぶつ呟《つぶや》きながら、殿下はデスクの上に山積みになった資料を漁り、１枚の紙を差し出した。

「……これは隣国の秘宝では？　……これを持っていたんですか？」

「いや、身体検査では見付からなかったが、他にも隠し持っている可能性は高い」

その資料に描かれているのは、隣国に古くから伝わる妖精《ようせい》の力を閉じ込めた腕輪だった。

隣国には妖精が住んでいて、妖精に好かれた者は贈り物をされる事があると言われている。今はもう妖精が見える人物も居なくなり、妖精からの贈り物は隣国では秘宝扱いされていて、腕輪はそのうちの１つとして文献で読んだ事がある。

「これでメルの魔力を奪い取ったと？」

「一瞬の事で俺も自信は無いが……お前の方があやつから位置的に近かったのに、わざわざ回り込んでメルクリスの背後に向かった。相当近くに寄らなければならない理由があるとすれば、これだな」

殿下は資料を指差してまた息を吐く。

この腕輪は他人の魔力を自分に移せる能力のある物だった。

数日前も何かしらの秘宝を使ったのだろうか。

「……それと、先程デイビットから齎《もたら》された悪い知らせがある」

「何でしょう」

殿下はじっと俺を睨《にら》み付ける様に見て、暫くそうしていると視線を下げて深い深い溜息を吐くとゆっくりと顔を上げた。

「魔王が復活するらしい」

＊

「直ぐに下がらせてやるから、せめてその眉間《みけん》の皺《しわ》をどうにかしろ」

礼服を整えられている殿下の後ろに控える俺の顔を鏡越しに見ると、パーティーは始まってもいないのに疲労感溢《あふ》れる表情をしていた。

殿下もここ1月程は睡眠時間を大幅に削って働いていたので、俺の表情を指摘している自分の目付きも普段より大分鋭くなっている事に気付いていない様だ。

かくいう俺も、そんな殿下に扱《こ》き使われてこの1月ろくにメルの顔も見られていない。

「宰相が他国も絡んだ奴隷の密売や財宝の窃盗に関わっている」

そんな話を聞かされたのは1月前だった。

以前から、きな臭い噂話が王宮内で実《まこと》しやかに囁かれていたが、殿下は水面下で独自調査を行っていた。

「宰相の噂はまぁ両手で数え切れない程ありますから、今更驚く事もありませんが……漸く殿下も表立って動く決心をなさったのですね」

父であり宮廷魔導士団団長でもあるデイビットと殿下が俺の寮部屋に集まり、密談が行われていた。

「ああ。魔王討伐で出来る限り情報収集も行う」

「魔王討伐は殿下にとってはついでみたいですね」

あの合同で行われた防御魔法の授業の際に、学園の者の前で異世界人が恐らく宰相が手に入れた隣国の秘宝でメルの聖魔法の魔力を奪い、魔素溜まりの浄化を行った所為で、あの女が聖女扱いされ噂は広まってしまった。

魔王復活の兆しが現れた事で、あの女を正式に聖女扱いしなければならなくなり、最低最悪な事に、魔王討伐の旅に殿下とあの女と共に出なくてはならなくなった。

「それはレオニードに任せる」

「任せてやって下さい」

俺は一言も発していないが、魔王討伐を一任されたらしい。分かっていたが、殿下は最後の最後まで俺を扱き使うつもりらしい。

「あの異世界女の処分もあるからな。お前にもしっかり働いて貰《もら》うぞ」

「メルに害が及ばなければ、如何様にも」

「レオ、メルくんと話は出来たの？」

「それはまだ禁句だ、デイビット」

父の言葉に殿下が食い気味に返すと、父はごめんごめんとクッキーを頬張り、俺は無言でティーカップを傾けた。

殿下の婚約者の調査の方も徹底的に行った所、親子揃《そろ》って黒だと判断された。

殿下は幼い頃から宰相の不正に気付いていたが、幼い殿下に発言権は無く、今までは証拠固めや基盤作りに力を入れていた。殿下の婚約破棄も目前といった所だろう。

魔王討伐が終われば、一気に国が変わる。

俺とメルの関係は、変わるだろうか。

「メル……」

煌《きら》びやかな会場の隅で俯《うつむ》き縮こまっているメルの姿に、胃の奥がぎゅっと締め付けられる気分になる。

今、会場の真ん中で殿下とにこやかに踊っているのは、本来ならメルだった筈だ。

俺も魔王討伐のメンバーとして聖女扱いされた異世界人とダンスを求められ本来ならリードする立場だが、一切の配慮をせず踊り切ると異世界人を近くの者に引き渡す。

メルを魔王討伐の旅という危険な目に遭わせずに済むのに越した事は無いが、それでもあの女のした事には虫唾《むしず》が走る。メルの魔力を奪った罪は償わせなければならない。

「……メル」

殿下と異世界人のダンスに注目が集まる会場中央から気配を消して、壁際のメルのもとに向かいそっと耳元で囁《ささや》く。

「……レオ？」

パッと俯いていたメルが顔を上げ、辺りをキョロキョロと見渡す。

気配を、姿を消しているのでメルに俺の姿は見えていないが、そっとメルの指先に触れるとメルの肩がびくんと跳ねる。そして、戸惑い気味ではあるが俺とメルの指が絡み合った。

物音1つ立てずにバルコニーへ転移をする。

会場の喧騒《けんそう》から一気に静かなバルコニーに出ると風が少し肌寒く感じる。離したくは無いがそっとメルの指先から手を離すと、するりと何の障害も無く指が離れて行くのが堪らなく切ない。

「メル。寒く無いか？」

「……うん」

急に連れ出されたというのに、メルは怒る事も動揺する事もなく俺の言葉に１つだけ頷《うなず》き、そろそろと視線を俺に合わせた。俺の視線とメルの視線が重なり合い、見つめ合う。

何度この光景を夢に見ただろうか。

あの日からずっとずっと、こうしてメルと向き合いたかった。

けれど、何度も何度も拒絶されている内に俺は知らず知らず臆病《おくびょう》になっていた様だ。メルにこれ以上、拒絶されたく無いと。

「身体はもう大丈夫か？」

「うん……あの、レオ……ニード様が運んでくれたって聞いて……お礼、出来てなくて、その……ごめんなさい……」

やっとメルと向き合えたのに、直ぐに逸らされてしまう瞳《ひとみ》に、他人行儀な呼び方に、胸がじくじくと痛むのを感じる。

普段なら怪我をしたって、稽古《けいこ》で撃ち合いになったとしたって全然平気なのに、メルの一挙手一投足に全身がこんなにも過敏に反応してしまう。

「そんな事は気にしないでくれ。俺はメルが無事ならそれで良いんだ」

「っ……ぁ……うん、ぁっ、いや、ありがとう……ございます」

バッと下ろされたメルの頭に、そんな事をさせたかった訳じゃないんだと肩を支えて視線を合わせると、気まずそうにそろそろと目を逸らされて、また胸が苦しくなる。

「メル……様なんて付けなくて良いから、前の様にレオと呼んでくれないか」

「でも……レオ……は、侯爵家の嫡男で、僕は子爵家で身分が違い過ぎるし、王太子の側近だってもっぱらの噂で、今回だって王太子と聖女様と……貴方に僕なんかが易々と話し掛けて良い訳が……!?」

メルの言葉に涙声が混じり、俺は堪らなくなって、支えていた肩を抱き寄せ、思い切りメルを抱き締めた。

メルは聖魔法を発動した時の事を覚えていない様なので、父と殿下と話し合い、メルの力だという事は伏せる事にした。

だから今は、メルがそんなに気に病む事は無いんだ、と伝える事が出来なくて、ただメルを抱き締める。

「レッ……レオ!」

「メル……そんな風に言わないでくれ……」

何度、こうしたいと夢見て来ただろう。

焦って俺の腕の中で踠くメルの頭を掻《か》き抱《いだ》く様にして力を込めると、メルと俺の身体はぴったりと密着して、メルの抵抗する力が抜けて行く。

「……僕が今日来てるって、知ってたの？」

「いや。だが、俺はメルが何処に居たとしても見付けられるから」

「……子供の頃もレオはそう言ってたね」

力が抜けたメルの頭をそっと解放し、おでこが付きそうな程顔を近付けると、メルが小さく困った様に笑う。

昔、メルと別れたく無くて、あれこれと言い訳をしてはメルの側を離れようとしない俺に、困った様に笑っていた頃と同じ顔だ。

「俺には……」

言葉を続けようとした所で、会場の中から歓声が聞こえる。どうやら殿下と異世界人のダンスが終わったらしい。

「……レオは行かなくて良いの？」

ずっと望んでいた腕の中のメルが意地悪な事を言う。

バルコニーの側に人の気配を感じたので、メルを抱いたまま転移した。


「……ここは……？」

「王子宮の庭園だ」

「えっ」

「殿下に許可は取ってるから、心配は要らない」

一面薔薇《ばら》に囲まれた迷路の様な庭園の真ん中に、ぽっかりと空いた小さなスペース。

その中に転移するとメルの腰を抱き腕を取り、指先で音を鳴らす。

「……演奏が聴こえる」

壮行会の行われている王宮の会場から今居る王子宮は距離が離れていて、会場で楽団が演奏する音が聴こえる筈《はず》も無いのだが、殿下から王宮内で魔法を使う許可を得ている為、こうして魔法を使っても支障は無い。楽団の演奏が2人にだけ聴こえる様にした。

「愛しい人、俺と踊って頂けませんか？」

取っていたメルの腕を引き寄せて指先に軽くキスをすると、目を瞠《みは》ったメルが観念した様に小さく息を吐き、子供の頃のままの瞳で俺を見つめた。

「喜んで」

その一言に、全身の力が漲《みなぎ》って、魔王討伐なんて一瞬で終わらせてメルのもとに帰ろうと胸に誓った。

*

「いつまで見てるつもりだ」

宿の窓辺に腰掛けてメルに貰ったハンカチを眺めていたら、ベッドに横になって書類を読んでいた殿下から呆《あき》れた様に溜息《ためいき》を吐かれた。

「いつまででも眺めていられます」

そう答えると殿下はバサリと紙の束を置き、ツカツカとこちらに近寄って来たので、持っていたハンカチを異空間収納に収める。

「あいつが渡して来たハンカチの刺繍《ししゅう》に呪いが組み込まれていた」

「何の呪いでしょうか」

「魅了だ」

殿下の返事につい鼻で笑うと、殿下も鼻を鳴らしてベッドに腰掛ける。

あの壮行パーティーでの夜、メルと12年振りに会話をしてダンスを踊り、メルのお手製刺繍入りハンカチを貰った。そればかりか、メルは魔王討伐に向かう俺を心配してくれた。

『レオが誰よりも強いのは知ってるけど……レオはまだ学生なのに……騎士団がいるのに、何でレオが危険な任務に就かないといけないの？』

俺を心配して泣き出しそうになるあのメルを思い出すだけで、胸に熱いものが込み上げる。

俺の事を案じてハンカチに刺繍をしてくれたメルを想うと愛しさでいっぱいになり、早くメルのもとに帰りたくなる。話したい事が沢山ある。したい事だって、数え切れない程ある。

『メル……直ぐに帰ってくるから、その時にはまた、こうして会ってくれないか？』

『レオが無事に帰って来たら、幾らでも会うから……』

ダンスの勢いに任せてメルを抱き締めたら、弱々しいけれど抱き締め返してくれた。それだけで気力が湧く。俺はメルの為に魔王討伐へ向かう。

そんな素晴らしい想い出を胸に旅立ちたかった俺のもとに、殿下の暫定婚約者であるヘプト侯爵令嬢が、無理矢理に護衛を突破して会いに来た。

曰《いわ》く、徹夜で俺と殿下の為に刺繍をしたので受け取って欲しいという事だったが、渡される前から奇妙な魔力を感じて殿下に合図を送り、令嬢が戻ると直ぐ父にハンカチの鑑定を頼んで旅立った。

そんな禍々しい刺繍とは大違いの、メルの拙いが一生懸命刺したのであろう刺繍は幾らでも見ていられる。

パーティーの翌日には旅立ち早1月が経つ。

直ぐにでもまだ現れていないという魔王の核を探し出して屠《ほふ》って帰りたかったが、殿下の件の方が時間が掛かりそうで、1日に何ヶ所も転移しては聞き込みを繰り返している。

異世界人は連れ回して問題を起こされては面倒極まりないので、必要な時以外は宿に軟禁状態にしてあるが、男娼《だんしょう》も居るからか特に文句を言う様子は無く、見張りの騎士に任せて任務に集中している。

「証拠も集まったし、そろそろ魔王を討伐するか」

王都に居る父と繋《つな》がっていた魔導具の映像の先で、父が笑う気配がした。

「本当に魔王討伐がついでになっていますよね」

殿下は返事の代わりに笑うと、父は苦笑を零しながら映像を切った。

ついでついでと言ってはいるが、別に舐《な》めて掛かっている訳では無い。失敗すればメルにも危険が及ぶ。失敗は許されない任務なのだから全身全霊で挑む。

早くメルに会いたい。

その一心でほんの微かに感じる魔王の核を探し出し、浄化の必要も無い程、跡形も無く消し去った。

＊

「メル」

いきなり目の前に現れた俺を見て、目を見開き口をあんぐりと開けて驚くメルはとても可愛らしく、抱き締めてしまいたかったが我慢した。

「レッ……レ……レオ……？　え、あ、パレード……え？」

窓は閉められているが、外は騒がしい。

今日は殿下と俺達の魔王討伐隊が凱旋《がいせん》するので、そのまま王宮までの道程をパレードして見せ物になる所だったが、俺は王都に入る直前で殿下に分身を押し付けるとメルの部屋に転移した。凱旋パレードなんてやってる場合では無い。一刻も早くメルの無事な姿をこの目で確かめたい。メルの声を聞きたい。

「凱旋パレードには俺の身代わりが出ているから問題無いよ」

「身代わり？」

「ああ」

ぱちぱちと瞬きを繰り返しながら俺を見上げるメルが愛おしくて堪らない。

「昨夜は急に用件を押し付けてすまなかった」

「ううん。あの人混みだと、レオが居ても見えなかっただろうし」

昨夜はメルに寮の部屋に居て欲しいと手紙を出しておいたので、こうしてメルが部屋で待っていてくれていた。

メルが俺を待っていてくれた。

この事実だけで、天にも昇る様な心地だ。

「同室の奴も居るのか」

「あ、うん。パレードとかは興味無いみたいで……」

部屋の中に気配を感じ、ドアの方を向く。

メルの寮部屋は相部屋で、同じ子爵家の生徒と2人で1室を使用している。

その事実を知った時は嫉妬《しっと》に狂いそうになった。

共同スペース以外は小さな個室で分かれているとはいえ、メルと同じ部屋で暮らすなんて喉《のど》から手が出る程に欲しい権利だ。

「レオ……？　疲れてる、よね？　部屋に戻って休んだ方が……」

「いや、メルの顔を見たら疲れなんて吹き飛んだから大丈夫だ」

メルが俺の心配をしてくれている。それだけで荒《すさ》んだ心が癒される。

「っ……そんな事……あの、レオが無事で良かった」

「メル……ありがとう」

もじもじとシャツのリボンの裾《すそ》を弄っていたメルの指先を我慢出来ずにそっと取り手を握ると、ゆっくりとメルが握り返してくれた。

「そんな……お礼はこっちが言う方なのに……皆を守ってくれてありがとう。お帰りなさい、レオ」

「ただいま、メル。俺はメルが守れればそれで良いんだ」

メルの瞳《ひとみ》が薄らと潤んで、俺を見上げる。

「レオは……ずっと……変わらないね」

メルの両手を包み込んで、未だ潤んだメルの瞳を見つめる。

「俺はずっと変わらないよ。昔から、これからも俺はずっとメルを愛してる」

メルだけに誓う様に、囁《ささや》く様に告げた。

「………レオ……っ」

「メルが俺の事を嫌いになっても、俺はずっとメルが大好きなんだ……メルの迷惑にはなりたくは無いが……」

遂《つい》にメルの瞳から零れ落ちた雫《しずく》を指先で拭《ぬぐ》うが、また直ぐに指先が濡《ぬ》れて行く。

「迷惑、なんて……」

「メルを好きでいる事を、許して欲しい」

メルの邪魔はしないから。

最後は俺の声も掠《かす》れた様になり、メルが勢い良く首を左右に振ると、涙がぽたぽたと落ちて床にシミを作る。

「邪魔なんか、レオが、そんな訳、無い……」

「メル……」

胸元を震わせて堪える様に言葉を搾り出すメルを前に、俺の我慢はとうに限界を超えていたらしく、次の瞬間にはメルを抱き締めて自分の部屋へ転移していた。

「……へ？」

いきなり変わった景色にメルは驚いて涙が止まり、辺りをきょろきょろと見渡してから俺を見上げた。

「俺の部屋だ。いきなり連れて来てすまない……」

「レオの部屋……」

メルの言葉に俺が頷《うなず》くと、メルは興味深そうに視線をちらちらと部屋の中へ向ける。

メルにあてがわれた下級貴族向けの寮部屋は2人1部屋だが、侯爵家の俺には個室があてがわれている。

部屋の広さも家具のグレードもメルの部屋とは大分変わるので、物珍しそうに、だが不躾《ぶしつけ》にならない様にと顔を動かさず、視線だけをきょろきょろと動かしていて大変に愛らしい。

「メル、ソファーに座って。直ぐに茶を出すから」

「あ、うん。あ、いや、お構い無くというか僕がやるよ。レオは疲れてるでしょ？」

「疲れて無いから大丈夫だ」

未だ遠慮がちなメルをソファーにエスコートして座らせると、異空間収納の中から茶器と食器を取り出し紅茶を淹れる。

いつかまたメルと一緒にお茶をする事が出来たらと、いつも準備万端にしていたのが役立った事を顔には出さずに噛《か》み締《し》めながら、メルの好きなクッキーも皿に盛り付けて出す。メルは目を瞬いて今度は俺とテーブルの上に視線を行ったり来たりさせている。

嗚呼《ああ》…………可愛過ぎる。

鼻をすんすんとさせて紅茶の匂いを確かめてはまた目を瞬かせ、皿に載ったクッキーを見てはへにゃりと眉尻《まゆじり》が下がるメルの一挙手一投足を見逃したく無くて、メルと視線を合わせる様に椅子の高さを魔法で調整するとメルと向かい合わせに座った。

「これ……僕が好きなのだよね」

「ああ。……いつでもメルとこうして過ごせる様にといつも用意して……」

言いながら、この言い方ではメルの負担になるだろうかと思って言《い》い淀《よど》んだが、メルはほんの少しだけ泣きそうな顔で笑い頭を下げた。

「レオ……ありがとう……今まで、ごめんなさい」

「メル……顔を上げてくれ」

メルの肩に手を置くと、おずおずと顔を上げたメルと視線がかち合う。

ハンカチを取り出してそっと目尻《めじり》にあてがうと、メルが「あ」と声を上げた。

「これ、持っててくれたんだ……」

「毎日このハンカチを眺めてはメルの事を思い出していた」

メルが刺繍《ししゅう》を刺してくれたハンカチは殊更大切に扱っていた。ハンカチは汚れを拭《ふ》く物なのだろうけれど、汚れ1つ付けたく無くて、休む前に眺める時以外は異空間収納で丁重に保管していた。

「ぁ……う……そ、そっか……」

「ああ」

紅茶を一口飲み恥ずかしそうに俯《うつむ》くメルの耳が微かに赤く染まっていて、頬がだらしなく緩むのを感じる。

手持《ても》ち無沙汰《ぶさた》にサクサクとクッキーを小さな口で頬張る姿は、永遠に見ていられる。寧ろ見ていたい。

「メル……あの日……」

今ならあの祭りの日の事を聞けるかも知れない。

そう思った瞬間、部屋の中に鈴の音が響いた。

「……魔法？」

「ああ……父さんだ」

「デイビットさん？」

メルの問いに頷くと、ポケットから取り出した魔導具から父の声が聞こえて来た。

『レオ～メルくん～、お取込み中の所ほんと～に申し訳ないんだけど、そろそろ殿下が手に追えなくなりそうなんだよね～』

申し訳なさそうな父の声に、小さく息を吐き出す。

「分かりました。直ぐに向かいます」

『ありがとう～。メルくん、今度は僕ともお茶会しようね～』

「え、あ、はい！」

話し掛けられると思っていなかったのか、メルは焦って俺を見つめてきた。微笑み、頷くと父に向けて返事をした。勿論《もちろん》そのお茶会には俺も参加する。

ぷつりと魔力の気配が途絶え、魔導具を仕舞うとメルが立ち上がる気配がした。

「あの、お茶ご馳走様《ちそうさま》でした」

「メル。ここで待っていてくれないか。直ぐに戻るから」

「え、でも……」

メルの手をそっと取り両手で包み込む。

「無理にとは言わない。けど、メルが良ければ待っていて欲しい」

「レオ……」

仕事に忙殺されて、帰って来た時にメルがいたらどれ程嬉《うれ》しいだろうか。勿論、仕事なんて直ぐに終わらせる。

「これ、中の物は好きに使って構わないし、部屋の中も自由に過ごしてくれ。浴室も、眠ければベッドで寝ていてくれても良いから」

「…………分かった、待ってる」

マジックバッグを渡す俺の必死な様子にメルは困った様に眉根《まゆね》を下げ、小さく苦笑した。

「じゃあ行ってくる」

「行ってらっしゃい」

メルの見送りに泣きそうな程叫び出したい気持ちを抑えて俺は転移をした。


「……動き出したか」

殿下の執務室で書類を捌《さば》いていると、俺の寮部屋に踏み入る気配を察知した。

「あいつは本当に男子寮に入り込んだのか……」

「はい」

「警備の見直しが必要ですね」

父が溜息《ためいき》を吐きながら新たな書類の作成をするのを横目に、執務室の白壁に俺の部屋の中が映し出され、それを見ていると部屋の中にノックの音が響き、入口の方に映像の向きが変わりドアの方へ近付いて行く。

「これはメルくんの視界？」

「はい」

俺の部屋の中にある遠隔上映の出来る映像機がメルの魔力を感知し、メルの視点が執務室にある映写機から壁に映し出される仕組みになっている。

子供の頃に試作機を作り改良を重ねて視界の切り替えが自由に出来る様になった。

「何であいつの視界なんだ。俯瞰《ふかん》で見る方が良いだろう」

「殿下、それは言いっこなしですよ」

メルの姿を不用意に見せたく無いし、メルの許可無く盗み見の様な行為をするのは遺憾ではあるが、必要な捜査なので仕方が無い。必要最低限の情報を得られれば良いのだからメルの姿は見えない様にしている。

父と殿下のやり取りを尻目《しりめ》に映像を眺めていると、メルがドアを開け予想通りに異世界人が現れた。

『お邪魔しまーす』

『えっ』

女は驚くメルの横をすり抜けて俺の部屋に無断侵入し、俺は自然と舌打ちをしていた。

いつもなら俺の許可した人物しか入れない様に魔力操作をして結界を張っているが、今はその結界を緩めている。

しかし、俺の不在を狙って来たのは予想外だった。

『ここは男子寮ですよ!?　女性は立ち入り禁止で……』

『私ここの人間じゃないから従う義務なんて無いし』

『え!?　そんな……ちょっ……』

ずんずんと部屋の中へ進む異世界人に慌てたメルが声を掛けるが、異世界人は意に介する事なくソファーに腰掛けると、メルがマジックバッグから取り出したばかりのクッキーを勝手に貪《むさぼ》り始めた。

傍若無人な異世界人の行動に困惑し、部屋の中に女性と2人きりにならないように退出するべきなのか、しかしそこは俺の部屋で、この女を1人にするべきでは無いのかと、困り果てておろおろしているメルの姿が俺の部屋にある鏡に映り、また舌打ちが出る。

「レオ、ストップストップ！　我慢して！　お願いだから！」

即座に転移してメルのもとに戻ろうとした俺を、父が必死で抱き留める。

今直ぐメルを抱き締めて安心させてやりたいのを堪えて、映像を食い入る様に見つめる。

「しかしお前が居ないと知りながら、何故お前の部屋に来たんだ？」

「……メルに危害を加える可能性があります」

「メルくんが居るって知ってたって事？」

「内通者か……」

1人思い当たる人物が頭に浮かぶ。

近衛騎士で新たに殿下の婚約者付きとなったアラン・デュバイは今回の捜査で、度々引っ掛かる行動を取っていた。大方、ヘプト侯爵令嬢の手足となって動いていたのだろう。

今回もそうであるのだとしたら、メルに何かあればタダでは済まさ無い。

『あの、レオは出掛けていますので……その、出直して頂いた方が……』

『待つわよ』

『いえ、部屋の主《あるじ》が居ないのに中へ入るのは……その、聖女様であっても……』

『私とレオの仲だから大丈夫よ』

『それは……その……そもそもこの男子寮は女性の立ち入りは禁止ですので』

メルがしどろもどろながら、たとえ聖女と持《も》て囃《はや》された相手であっても、そんな奴よりも俺を気遣ってくれているという事に胸が熱くなり、今直ぐにでもメルを抱き締めたくなる。

そして猛烈にあの女に殺意が湧く。俺でさえやっと話せたばかりだというのに、あの女はぬけぬけとメルに高圧的な態度で話している。

『煩いなぁ……だから何なのよ。レオニードは私の物になるんだから構わないわよ』

『……え？』

「レオ！　レオ!!　お願い落ち着いて！！！　殿下！　殿下も見てないで助けて下さいよ！！！！！」

「無理だ。お前にしかその殺気には近寄れん」

一気に爆発的殺気を放った俺に、父が必死にしがみ付き、殿下は感情の無い声で返している間にも、映像の中では異世界人が立ち上がり、メルにどんどん近付いて来る。

メルは後退《あとずさ》りしているが直ぐに距離が縮まり、異世界人に腕を掴《つか》まれ引っ張られているようで、寝室のドアが開き勢い良くベッドに飛び込んだ様子を見ると、あいつに投げ飛ばされたらしい。

「父さん。これ以上は無理です」

女の叫び声が聞こえたと同時に俺は制止する父を振り切り、執務室から転移した。

*

「きゃあああああ————————！！！」

絹を裂くような悲鳴に、バタバタと数人の足音がする中部屋に辿《たど》り着《つ》くと、ハッとして息を呑《の》む。

「…………レオ？」

いつも朗らかに笑みを絶やさないデイビットが、息子の部屋に慎重に足を踏み入れながら恐る恐る声を掛ける。

「はい」

きょとんと何が起きたのか分かっていない様子のレオニードは、手に抱えていた物をベッドに恭しく置いてデイビットを見つめる。

「っ……それ……あ……ああぁぁ～……」

そろりそろりとベッドに近付くデイビットはベッド上の状況に気が付くと、気の抜けた声を上げながら崩れ落ちた。

入口には悲鳴を聞いて駆け付けた家人達が、こちらの様子をはらはらと見守っている。

「父さん？」

「レオ………作ったの？　それ……」

「はい。でもメルの可愛らしさが全く出せて無いので不完全です」

「一瞬、本物のメルくんかと思ったよ……」

デイビットはのろのろと立ち上がると、レオニードの横に辿り着いた。

見てはいけない物を見てしまってはいやしないだろうか。

ベッドの上に寝かされているメルクリスの等身大の人形を見て、デイビットは背筋に冷や汗が流れ落ちるのを感じた。

「僕の服だとやはりメルには大きいですね」

レオニードはメルクリスの人形に服を着せようとしていた様だけれど、メルクリスとレオニードは5歳児で既に体格が違っていたので、レオニードの服ではぶかぶかになってしまい全裸のままだった様だ。

この様子を乳母が見て、叫び声を上げたらしい。

うん。叫ぶわ。デイビットは乳母に同情しつつ、震えそうになる声を小さく息を呑んで整える。

「…………そうだね。レオの昔の服の方が合うかなぁ」

「まだ残っているでしょうか」

「あー、どうだろう……ああ、大丈夫みたいだね」

ちらりとデイビットが入口付近に目を向けると、慌てて出て行く乳母の後ろ姿が見えた所だったので、メルクリス人形は全裸の現状からもう直ぐ脱するだろう。

「……人形、だよね？　メルくん本人を連れて来て無いよね？」

そっと手を伸ばしてベッドに寝かされているメルクリスの人形の指に触れようとして、デイビットの手はレオニードに遮られた。

「父さん。僕が嫌がるメルを無理矢理連れて来るとお思いですか」

「思ってません!!」

サッと手を腰の後ろに組んで、首をブンブンと力の限り振り5歳児の息子を相手にするは宮廷魔導士団副団長である。

「レオ？　デイビット？　何があったの？」

そこに、遅れて妻のアンナが部屋にやって来た。

「アンナ……！」

デイビットは焦る。

いや、人形を作る事は何も問題では無い。

仲良しの友達に会えなくなった息子が、その友達を想って人形を作る。有り得なくは無い。

その人形が本物そっくり過ぎて恐ろしいのは、問題だろうか？

だって、この人形、全裸の身体部分もまるで人間……え？　綿？　布？　皮膚に見えるよ？　睫毛《まつげ》も1本1本が絶妙に人間味あるし、これ、髪の毛……付いてるの……？

僕の息子、犯罪犯してないよね……？？？

隠すべきか、隠さずべきか悩んでいたら、あっという間にアンナはベッドに辿り着いてしまった。

「…………」

アンナは不思議そうな表情から一転、ベッドの上の様子を見るや否や、ぐらりと身体が後方に倒れた。

「アンナ！！！！」

慌ててアンナを抱き留めると抱え込み、またきょとんと目を瞬いてデイビットの腕に抱かれるアンナを見るレオニードを振り返る。

「レオ……そのメルくんのお人形は誰にも見せたらいけないよ。良いかい？」

神妙な様子のデイビットに言い聞かせる様に言われ、レオニードはベッドの上のメルクリス人形を見て、入口で中の様子を窺《うかが》う家人達、両親を見遣《みや》る。

「分かりました」

レオニードはその後、乳母が持って来た数年前に自分が着ていた服をメルクリス人形に着せると、恭しく抱いて異空間の中へ収納した。

その翌日、レオニードはデイビットに連れられてジョシュアに引き合わされた。

そういえば、あの時以来に見たな、メルクリス人形……。

デイビットは映し出された映像を見ながら、十数年前の記憶を思い起こす。今でも思い出せば手に汗握るあの記憶。

あの子、あれからずっとメルくん人形作り続けてたの？　我が息子ながら怖い。色んな意味で怖い。

「デイビット……」

「殿下、聞かないでやって下さい」

「あいつ、あれで何して――」

「殿下」

デイビットは映像を見ながら口が引き攣っているジョシュアを横目に、息子の暴走を止められるのは、最早メルクリスしかいない事を確信している。

映像の中では、息子の寮部屋の寝室でメルクリスを抱き抱えているレオニード、レオニードに斬られ倒れているメルクリス人形の進化版、そしてその周りを近衛騎士数名が取り囲んでいた。

＊

「聖女様！！！」

アランを始めとした近衛騎士が、騒がしく勝手に入室する。

高位貴族用の部屋で狭く無いと言っても、そこは学生寮の1室なので、鎧《よろい》を着た騎士が10人も突入すればあっという間に寝室は密集空間となる。

「……せ、いじょ、様……？」

先陣切って寝室に入って来たアランは、室内の様子に戸惑いながら、俺の腕の中に収まる聖女へと声を掛けた。

「…………」

「突然の事に驚いて声も出ない様だ。ここは俺が始末するから、殿下へ報告に行ってくれ」

「え、あの、しかし……」

俺の腕の中でぴくりとも動かない様子に戸惑うアランに視線を向けると、奴はびくりと一歩後退りし、ベッドの上で血を流し倒れているメルを一瞥《いちべつ》して室内に居る騎士に合図を出すと部屋から出て行った。

俺は騎士が寝室を出て部屋から立ち去った事を確認すると、外したばかりの部屋の結界を再び戻した。

「メル、もう大丈夫だ」

防音魔法が作動している事を確認すると、腕の中で身動きせず視線をキョロキョロと彷徨《さまよ》わせるメルに声を掛け、名残惜しいが抱き締めていた腕を解く。

「レオ……近衛騎士の人達、僕の事を聖女様と間違えてたけど……」

メル、直ぐ終わるから俺に合わせて。

俺は部屋に転移して、直ぐメルに合図を出していたので、メルは何も言わず俺の腕の中で待っていてくれた。

「魔法でメルがあの異世界人に見えるようにしたから、あいつらにはメルが異世界人に見えた筈《はず》だ」

「えっ……え、でも、聖女様は……？」

「異空間の中に居るから大丈夫だ」

「異空間……？　人が入っても平気なの？」

「理論上は問題無いな。……それより、メル……すまない」

見つめ合っていたメルからそっと視線を外す。不思議そうに俺の視線と一緒にベッドに目を移したメルは「ひぃっ！」と悲鳴を上げて俺にしがみ付いて来たので、もう一度メルの肩をしっかりと抱き寄せる。

「レッ、レッ……レオ!?　こ、これ、これ……ぼ、ぼぼ、ぼ……僕!?」

「メル……これは俺が作った人形なんだ」

「人形!?」

ベッドの上から目が離せないながらも、ぎゅうぎゅうと思い切り抱き付いてくるメルをしっかりと抱き寄せ、5歳の頃とは違うメルの抱き心地を堪能しつつ、ベッドの上のメル人形に魔力を送る。

「えっ、あ、レオ……？」

人形から流れていた血液の様な物が止まり、斬った箇所が淡く光る。メルは俺と人形に視線を行ったり来たりさせて、その光が収まりぱっくり裂けていた部分が塞《ふさ》がると「凄《すご》い……」と小さく感嘆の声を上げる。

「……昔、初めてメルの人形を作った時に父に注意されて、この人形が快く思われない事は分かっていたんだが……」

「へ？　え……と……いつ？」

俺の告白にメルは目をぱちぱちと瞬いて人形に目を向ける。

「5歳だ」

「5!?」

驚きに目を見開くメルに苦笑しつつも、俺は異空間収納の中から初めて作ったメルの人形を出すとメルがまた小さく悲鳴を上げ、申し訳なくなる。

「……5歳で作ったの？」

「ああ」

「凄い！　凄いね、流石レオ！」

「……怒らないのか？」

「えっ……？」

「勝手に作って……不快に思うだろう？」

「あ……でも、レオだし、その……」

メルは俺に思い切り抱き付いている事に気付いて、恥ずかしそうに手を緩めながら俯《うつむ》く。

「ん？」

「……話し掛けてたりしたの？」

「ああ……夜寝る前にその日あった事や、メルに話したい事を人形に話していた」

そっか、ぽつりとそう呟《つぶや》いてメルは俺の手を取り握った。

「レオ、本当にごめんなさい。僕がいきなりあんな態度を取ったから……」

「メル……何があったのか話してくれないか？」

メルの手に自分の手を重ねると俺を見上げるメルの瞳《ひとみ》が潤んだ。メルが頷《うなず》くと溢《あふ》れた涙が零れ落ち、俺はその目尻《めじり》に唇を落とした。


「メルくんごめんねぇ……いきなりあれを見せられたら驚くよねぇ……」

メルが泣き止み落ち着いた所で、またしても殿下と父の横槍《よこやり》が入り、メルを連れて殿下の執務室へ転移をした。

「いえ……デイビットさんも……あの……知ってるんですか……？」

「いやぁ僕はあの子が5歳の頃に1度見たきりだったんだけどね……まさか今も作り続けてるとは思わなかったよ……」

「デイビットが5歳の時点で俺のもとに息子を送り込んでいて良かったな。まだうだうだと部屋に閉じ籠《こも》っていたら、今頃あいつはあの人形に話し掛けるに止まら――」

「あー！　メルくん久し振りだよねぇ！　ほら、座って座って!!」

父が殿下の言葉を遮りメルに椅子を勧め、俺はメルにお茶と菓子を出す。

殿下が早速茶菓子に手を伸ばすが、バチッと音がして小さな火花が飛び散り殿下は慌てて手を引っ込めた。

「お前な……」

「殿下のお菓子はそちらにあるでしょう」

殿下を見ずにメルに菓子を勧めると、メルは引き攣った笑いを浮かべながらそっとカヌレを皿から取り、一口齧《かじ》った。

「美味しい？」

「っ……ん」

もぐもぐと咀嚼《そしゃく》しながらこくこくと頷く小動物の様に愛らしいメルに緩む頬を抑えられないが殿下の視線が煩いので、話を進める事にする。

因みに異世界人は後で聴取を取る事にし、このまま異空間に放り込んでおく事が満場一致で決定した。

「メル、あのお祭りの日……ヘプト侯爵令嬢が来たんじゃ無いか？」

「っ!!　……な、何で……っ」

俺の言葉に小さく咽《む》せたメルに紅茶を渡すと一口飲み、ふぅと息を吐く。いちいち可愛い。

「ヘプト侯爵令嬢が怪しいと捜査が入った時に思い出したんだ」

そう言いながら異空間収納の中から取り出した物を見てメルは僅《わず》かに首を傾ける。嗚呼《ああ》、可愛い。

「これは祭りの日、門の近くで見付けた」

小さな白い羽をじっと見ていたメルはハッと視線を俺に合わせ、俺は小さく頷く。

「メルが着ていた妖精《ようせい》の羽、で良いか？」

「……うん。白い羽だから、多分、そうだと思う」

メルが記憶を思い返すように慎重に返事をする。この羽にはヘプト侯爵令嬢の魔力が薄らと感じられた。子供の頃はまだ未熟で、この羽に僅かに残った魔力の残滓《ざんし》に気付けなかった事を悔やむ。

「……あの日、門でレオを待ってたら、いきなり空からヘプト侯爵令嬢が全身真っ白な布に覆われた人に抱き抱えられて現れて……」

メルの話を聞き終わり、侯爵令嬢への殺意が湧く。隠しもしない殺意（メルには伝わらない様配慮済み）に殿下が呆《あき》れ父は苦笑を零し、メルは話し終わって喉《のど》が渇いたのか冷めた紅茶を一気に飲み干し、ほぅ、と一息つく。可愛い。

要約すると、あの祭りの朝1人で俺を待っていたメルの前に、ヘプト侯爵令嬢が謎の人物（布を纏《まと》って顔も隠していた事から、この人物も表に出せない人物なのだろう）を従え急に目の前に現れ、自分は将来王妃になる者で、殿下を支える事になる俺の友人として、子爵令息のメルは相応しく無いから、今直ぐに会うのを止めろと自分勝手な主張をした上に、戸惑うメルの着ていた衣装の羽をむしり取り音も無く消え去ったらしい。

メルの肩をそっと抱き寄せ頭にキスを落とすと、俺の腕の中でメルの耳が赤く染まる。今直ぐ2人きりになりたい。

「その全身布人間はヘプト侯爵家の術者なのかな」

「大方、攫《さら》って来たんだろう」

「羽には何も？」

「あの女の魔力の残滓しか残って無かった」

「まぁ……どっちにせよ証拠もあるし、あの女がどう言い訳するのか楽しみだな」

凶悪な悪人顔で笑う殿下を見せない様にメルの視界を遮りつつ、話は一気に纏まった。

「という訳で、父上と母上には隠居して頂きます」

あれから数日も経たずに両陛下の退位は抵抗も無くあっさりと決まった。既に平和ボケし腐敗しきった王宮内部に両陛下は見て見ぬ振りをし、務めを放棄し悦楽に興じた。

この2人は宰相の手配した、他国から攫って奴隷として連れて来た者を後宮で囲っていた。陛下は年端も行かぬ男児ばかりを、王妃は年若い見目の良い男達を揃《そろ》えていたとか。

その享楽を提供してくれた宰相に全てを任せ、否、全てを押し付けていた事を認め、殿下の指示に全て従うと誓約書に記した。

王宮内部を一気に叩《たた》くと国内は大混乱になる。殿下が即位し落ち着くまで、宰相は制約の魔導具を全身に施されて、寝る暇も無い程、腐敗した貴族達の後片付けに奔走し休み無く働く事になるだろう。

そして、俺はメルと結婚をする。

*

「けっ……けっこ……ん……？　僕と、レオが……ですか？」

頭の中に疑問符ばかり浮かんでいるであろうメルが目をぱちぱちと瞬いている。抱き締めたい。

「あの異世界人は残念ながら平民間での人気が高いんだ」

「貴族以外から生まれる聖女というのは総じて人気になるものだよね」

「あいつはこの世界の人間では無いから、平民という訳でも無いが、人気があるのは確かだな」

メルは俺達の雑談混じりの言葉を真剣に聞きながら、ふんふんと頷いている。思い切り抱き締めたい。

アラン達は異世界人を襲ったメルが俺に斬られたと思っている。現に俺とメルが執務室に転移する前に俺の指示通りにアランが殿下に報告に来ていた。そのアランも、殿下の婚約者や異世界人とも繋《つな》がっているので、異世界人と共謀してメルを罠《わな》に嵌《は》めるつもりだったのだろうが、俺がメルを斬った事で計画は狂う筈。

「これから我が国は騒がしくなる」

「騒がしく……？」

「陛下には退位して頂き、俺が即位する」

「えっ、ぁっ」

殿下の言葉にメルは声を上げて、ハッとして慌てて両手で口を押さえて俺の方をちらりと見た。今直ぐに抱き締めたい衝動を抑え、メルに向かって頷く。

「話を続ける」

殿下が俺達のアイコンタクトを無視して話を再開する。メルは慌てて殿下に視線を戻して、両手をぎゅっと握り締め膝《ひざ》の上にぴんと腕を張って乗せる。きつく抱き締めたい。

「今いる腐敗した貴族連中にも大半が王宮から消えて貰《もら》う事になる。それにより王宮は暫く騒がしい状態になるから、今あの女の本性を世に公表すると国中が大混乱に陥るのは想像に難しく無いだろう」

「……はい」

メルは殿下の言葉に頷いたり目を瞬いたりと、この数秒で色んな表情を見せる。その可愛い表情が全て殿下に向けられていると思うと胸が張り裂けそうで、殿下にメルの顔が見えない様に抱き締めて隠したい。

「そこで、だ。先程レオニードがお前に使った認識阻害魔法を継続しつつ、レオニードとあの女を結婚させて表舞台から姿を消して貰う事にする」

俺の内心に気付いているのかいないのか、殿下の口調が早くなる。

「ええと……僕は聖女、様の振りをすれば良いという事でしょうか？」

「ああ」

メルが困惑しながらも意図を理解してくれた。抱き締めて頭を撫《な》で回したい。

「メルには伝えていなかったが、あの女はメルの能力を奪い聖女と偽った」

「……へ？」

殿下とメルのやり取りに割って入ると、メルは俺の言葉に口を開けて固まった。嗚呼そんな顔も可愛くて、抱き締めて頬擦りしたい。

「あの日、そんな事が……」

メルが倒れた合同授業のあった日の真実を話し終えると、メルは目を白黒させている。

「初めはこの件を国が落ち着いてから国民に報告して処理するつもりだった。あの女がこの様な行動に出るとは思わなかったが……結果、こちらの良い方に転がったという所だな」

「そ、そうなんだ……」

「メルとの結婚は後日改めてし直す予定だが、あの女を直ぐに表舞台から降ろす為に結婚式を挙げたいんだ」

「魔王討伐の功績としてお前達の同性婚は認める方向で行くから、心配するな」

「へ、あっ、はい」

俺は立ち上がり、メルの足元で片膝《かたひざ》を突くとメルの両手を包み込む。

「メル」

「ひゃい！」

メルは俺の行動に困惑して噛《か》んでしまい耳まで赤くなっている。抱き締めて2人きりになりたい。

「こんな事になってしまい申し訳ないが、俺が愛するのは後にも先にもメルだけだ。あの異世界人の代わりではあるが、俺はメルとの結婚式だと思っている」

「レオ……」

メルの瞳《ひとみ》が困惑に揺れ、次第に潤んで行く。

「メル。愛している。俺と結婚して生涯を共にしてくれないか」

俺の言葉にメルの瞳から大粒の涙が零れ落ち、唇が僅かに震えている。

「……っ……はい」

メルが応えてくれた瞬間、堪らずメルを抱き締めた。決してもう2度と離さない。愛しいメル。

＊

「ねぇ、デイビット。レオは世の女性の為にもお針子になるべきなんじゃ無いかしら？」

母がレースを眺めたりうっとりと生地に触れたりしながら、しみじみと父に語り掛ける。

「そうだねぇ。でもレオの力がここまで発揮されるのは、メルくんが着るという前提があるからだからなぁ……」

メルの周りをくるくる回り、ほぅ……と感嘆の溜息《ためいき》を吐く母を微笑ましげに眺めながら父が言うと、母はまた1つ大きな溜息を吐いた。

メルと結婚式をするにあたり、メルの衣装は全て俺が作る事にした。

普段から人形に着せる衣装を手作りしていたのでそう難しい事では無かったし、念願の結婚式にはメルの魅力を最大限活《い》かせるドレスでなければならない。それなら、己が作れば良いのだという結論に至った。

「そうなのよねぇ……勿体《もったい》無いわぁ……宝の持ち腐れよ……」

そうして母はまたメルの周りを1周してはほぅ……と息を吐く。

「本当にレオくんの手作りなのねぇ……素晴らしいわぁ……」

「何でも出来るのは知ってたけど、服まで作れるなんて流石レオくんだね」

メルのご両親もメルの身に纏う衣装に興味津々で見入っている横で、父は乾いた笑いを零した。

目の前の大きな鏡には真っ白なウェディングドレスを着たメルが映っている。

今日は俺とメルの結婚式。

公には俺と異世界人の結婚式となっている。

半年〜2年後を目処《めど》に、国が落ち着き次第、最近即位して慌ただしい陛下から国民に異世界人の所業が公にされる予定だ。そこで俺とメルの婚姻の発表もする。

同性婚の許可されていない我が国での俺達の婚姻は魔王討伐の褒賞として特別に許可を得た。

これは俺が政略結婚しても子を生《な》す事が困難だとされている事も1つの要因である。

父はその魔力の高さから母が子を宿すのに婚姻してから10年も掛かった。男女の魔力の均等が取れていないとそれだけ受精率が下がると言われている。

この国、引いては世界には俺と魔力の釣り合う令嬢は居ないので婚姻した所で子は望めないし、そもそも俺がメル以外に触れる気が一切無い。

議会ではそれでも俺の魔力を継ぐ子を作るべきだの、王族以外には認められていないがハーレムの様に側室を何人も娶《めと》って子作りに励めだのと煩い貴族連中は居たが、それならメルを連れて国を出ると言い黙らせた。

「しかし、生地から作るとはねぇ……」

「糸も作ったなんて信じられる？　凄《すご》いわよねぇ……」

「しかも1月足らずで作ったのよね？」

「採寸もせずに！」

「「「凄いねぇ〜〜〜」」」

メルは自分の周りを取り囲む両親達に苦笑しながら、鏡越しで俺に視線を寄越《よこ》した。

「皆さん、そろそろ式場へ移動する時間なのでは？」

「え？　まだ大丈——」

「あー、アンナ、そういえばお義父さんが話があると言っていたよ」

「あら、そう？」

「じゃあ私達も行こうか」

「そうね。じゃあまた後でね、メル、レオくん」

「うん」

「はい、後ほど」

父が母の背を押し、メルの両親も後に続いて控室から出て行った。

「メル」

「……レオ」

はにかむ様に笑うメルを思い切り抱き締めたくなる衝動を何とか耐えて、隣に立つとメルが俺の方を向く。

「メル、とても綺麗《きれい》だ」

「複雑だけど……レオも、凄く格好良いよ」

苦笑しながらもメルは俺の全身を眺め、ほぅと小さく息を吐いた。

「本当？」

「うん。世界1格好良いと思う」

「メルは世界1綺麗だよ」

俺の言葉にメルは耳まで真っ赤にさせて俯《うつむ》いてしまう。嗚呼《ああ》、愛らしい。脳内では今直ぐにでもメルを連れ去り誰にも見せたく無い気持ちと、今直ぐメルと式を挙げ夫夫になりたい気持ちがぶつかり合う。

「っ……そ、れは……ど、どう、かな……ドレスは世界1だと思うけど……」

「ドレスよりもメルの方が綺麗だよ」

「っ……」

メルは持っていたブーケで顔を覆ってしまった。メルの愛らしさ美しさは何をしても損なわれない。素晴らしい。

「メル、愛してるよ」

「っ……ぼくも……あいしてるよ」

何故か声を潜めて告げるメルが可愛くて口付けたくなり顔を近付けると、慌ててメルが手を顔の前でクロスさせる。

「けっ、化粧が落ちるってば……っ」

「直すから問題無いよ」

メルの手をそっと取ると腰を抱き寄せる。ちゅ、と音を立てて口付けると、メルは首筋までほんのり紅く染まっていて、今直ぐ抱き締めたい衝動を何とか耐え、化粧直しを済ませてメルの手を取り式場へ向かった。

＊

俺とメルの結婚は1年と待たずに世間に公表された。

それというのも異世界人を愛しているという目で見られるのは虫唾《むしず》が走るし、新婚だというのにメルと一緒に過ごせないのは我慢ならなかった俺が、結婚式翌日から半年も王宮に姿を現さなかったので、王都の貴族街の端にひっそりとある隠れ家を陛下の命を受けた父が必死に探し当てて、メルを味方に付け説得してきたからだ。

そして、翌日に渋々メルを伴って執務室に顔を出すと、普段より五割増しのクマを隠すことなくこちらを睨《にら》む陛下に迎えられたのだ。

「……寝てるなら連れて来なければ良いだろう」

陛下の視線は俺の腕の中ですやすやと健やかに寝息を立てて眠っているメルを一瞥《いちべつ》してから、机の上に直ぐ戻された。

「俺とメルは新婚ですので片時も離れていたくないもので。大体陛下が暇を出してくれたんでしょうに」

メルを執務室のソファーに寝かせて異空間収納から出したブランケットを掛けると、防御魔法を重ね掛けする。

本音を言えば、あと半年程は寝室から出たくはなかった。更に言うならもう一生寝室にメルと籠《こも》っていたい。

「限度があるだろう限度が！　お前は新婚をなんだと思ってるんだ……」

「俺とメルは離れていた時期もありましたので、半年でも足りないです」

「箍《たが》が外れるとこうも……」

「まぁまぁ陛下。こうしてレオも来てくれた事ですし」

陛下の長い溜息を背後に受けながらメルの髪を優しく梳《す》くと、机に積み上げられた資料を取り、手早く仕分けて行く。

「やっぱりレオが居ると居ないとでは作業効率が変わるよね」

「父さんは団の方は良いんですか」

「副団長が優秀だからねぇ。今の所、僕達が出動する様な案件も無いし」

「そうですか。母さんは元気ですか」

「うん。ユリアさんと頻繁にお茶会する様になって毎日楽しそうだよ」

「それは良かったです」

俺とメルの結婚前の関係性に気を遣ってか、お互いの母親は学園時代から友人同士であったので以前は頻繁にお茶を一緒にしていたが、5歳のあの日以降は会う頻度を減らしていたそうだ。それが、俺とメルの結婚を機に最低でも週に2度はお茶を共にしているらしい。

母達に気遣わせていた申し訳無さと見守っていてくれた感謝を込めて、茶菓子を転移魔法で提供したら非常に喜ばれ、最近はメルと並んでよくお菓子を作るようになった。

甘いお菓子よりも甘やかなメルの笑顔に、陛下からの追跡魔法が付与された督促状が表向きに所在している館に何度も届いているのを感知してはいたが、無視していた。そろそろ行くか、と思っていたのも忘れ、メルと一緒に居るのに何故王宮に行かなければならないのか？　そもそも俺はまだ正式に王宮で働いている訳でも無い、と、心ゆくまでメルとの新婚生活を満喫していたのだ。

「あ、あの子達の顛末《てんまつ》話す？」

「聞かない選択肢はありますか」

「聞け」

興味など全く無かったが、陛下に無理矢理聞かされて陛下の元婚約者と異世界人の処遇を知った。

宰相に関しては我が国の内情を知り過ぎている為、国外追放は出来ず、処刑ではなく認識阻害と従属の魔法を掛けて、ヘプト侯爵家は取り潰《つぶ》しとするが宰相には引き続き今の職務に従事させる事となった。その妻にも契約魔法を施し、清貧な生活を送る様にさせている。

宰相の娘は宰相夫人よりも悪事は多岐に亘《わた》っているものの、規模は小さいものが大半だった。また王太子の婚約者であった頃から既に男を寝所に引き込んでおり、アランや数名の近衛騎士に、奴隷として攫《さら》って来た者とも無理矢理関係を持っていた事も明らかになった。貴族として処女性は昔より厳しくは無いが、婚約相手が王家の場合は別だ。

何より、メルを傷付けた事は絶対に許せない。

異世界人と共にこちらは奴隷従属の契約魔法を掛けられて、強制労働者のもとに慰み者として送られたそうだ。宰相と妻が受けた魔法よりも拘束力が強い従属魔法で、少しでも抵抗すれば死にたくなる様な苦痛に襲われるらしい。

異世界人が持っていたという避妊具の使用は認められず、妊娠しても劣悪な環境、過酷な待遇に1年と保《も》たない者が多いそうだ。

そしてその避妊具は研究に出されていたが、最近試作品が出来上がり評判も良く、貴族には夜会で評判を広めて回り、花街では試作品として配っているが、概ね好評で製品化が待たれている。

「楽に死なれるよりは良いと思います」

「……そうか」

陛下は控えの間に居る文官を呼ぶと、俺の仕分けた書類を渡して立ち上がった。

「謁見の時間ですね」

「ああ」

父も立ち上がり陛下に付き従う。

近衛騎士もかの令嬢により人数が減り、新たな騎士の育成を騎士団長達が担当する事になったので、その間の陛下の護衛を父が担当する事になったそうだ。

「ん……」

「メル？」

殿下が立ち上がった拍子に椅子が音を立て、眠っていたメルが眠そうな瞼《まぶた》を開いてぼんやりとこちらを見ている。

「…………え、え？　えっ？」

此処《ここ》が寝室じゃ無い事にメルは直ぐに気付き、次いで目の前に陛下と父がいる事に気付いて、驚いてソファーから落ちそうになった所を俺が抱き留めて立たせる。

「メルクリス・エヴァン」

「メルクリス・アトモスです陛下」

「……メルクリス・アトモス」

「は、はい！」

「明日からレオニードの秘書として採用する」

「はい！　………秘書……？」

寝起きにいきなり陛下に辞令を下されて、困惑するメルの頭を撫《な》でていると陛下に睨まれた。

「明日から今までの分扱《こ》き使うから覚悟しておけよ」

「メルと一緒ならいかようにも」

礼を取るとメルも俺に倣って頭を下げる。

「ふふ、メルくん。明日から宜しくね」

「あ、はい！」

ひらひら手を振る父は、カツカツと音を立てて歩く陛下の後ろに付いて執務室を出て行った。

「メル。明日からもずっと一緒だから安心して」

「秘書って、そんな簡単な仕事じゃ無いよね？　大丈夫なのかな……」

「俺がいるから大丈夫だよ」

「うーん……そうだね」

俺を見上げて笑うメルを抱き締めて、その柔らかくも甘い唇に口付けた。

＊

「…………ぅ……？」

何だか、長い夢を見ていたような…………。

それにしても僕、いつ寝たんだっけ？　それにしては何だか締め付けられて、というよりすっぽりと温かい何かに抱き締められている様な……ああ、また眠くなって来…………。

「メル、起きた？」

「ぁ……レオ？」

そうだよ。この安心感はレオしか居ないじゃ無いか。

ええと…………そうだ、そうだ。僕とレオは結婚式を挙げたんだ。それで、僕の前世の事をレオに話して……そうそう、原作のレオもメルと相思相愛だったんじゃ無いか、って安心したらこう、眠気が……。

「…………初夜は!?」

「っく……」

レオの胸板に顔を押し付けながら叫んでしまったら、レオが僕の事を抱き締めたまま震えている……？　いや、これ、笑ってる？

え、どうしよう！　初夜に爆睡!?　レオがどれ程初夜を楽しみにしてたか分かってたというのに……僕は結婚初日から何て事を…………それなのに、レオが笑ってるのは何故？　もしや怒りが笑いに変わっちゃったとか？？？

「メル。大丈夫」

「……ぇ？」

レオの震えが収まり頭上でちゅ、と音がした。頭にキスした？

「メルが眠ってからまだ20分だよ」

「本当!?」

っていうかですね、レオに抱き締められていて視界目一杯レオの胸板なんですよ。部屋の中の景色さえも見えないので、今が何時頃なのかも分からないんですよ。

「わ」

ごろんとレオが転がってベッドに横になっていた僕達は体勢が変わり、仰向けになったレオのお腹の上に僕が跨《また》いで座っていた。

「初夜はまだ終わってないよ？」

「ひぇっ……」

僕がレオを見下ろしているのに、薄ら微笑むレオの色気よ。

「ん？」

レオの視線が僕の顔から下に降りて行きじっと見つめている。何を？

「ぎゃ！」

そうでした、今の僕は下半身丸出しのとんでもドレスを着せられてるんでした!!

「くっ……」

両手で慌てて前を隠すも、レオがまた震えながら笑ってるぅ！　レオが震えるから揺れてバランスが取れなくて僕もゆらゆらしちゃうし、お尻《しり》に何だか硬い物が当たってますが!?　揺れてその硬い物にお尻擦り付けちゃうんですけど！

「メル」

「はい！」

くつくつと笑い続けるレオが手を伸ばして僕の頬を撫でると、お腹の辺りがゾクゾクとしてしまう。

「たっぷり、初夜、楽しもうね」

「…………はい」

なにその喋《しゃべ》り方、怖いんですけど？　と思ったけど、僕には頷《うなず》くしか選択肢が無かった。

そうして、レオと僕の長い長い初夜が幕を開けた。

「メル、よく見せて？」

「う……」

レオが目を細めながら僕を見上げている。

おずおずと前を隠していた両手を退《ど》けるとレオがその手を取り、手袋をするすると外して爪先に口付ける。

ちゅ、ちゅ、とリップ音を立てて行き、そして舌先で舐《な》め始めれば、それだけで僕の下半身が疼《うず》いて行く。

「メル、綺麗《きれい》だよ」

「うう……レオは格好良いよ……」

僅《わず》かに反応した下半身に顔が赤くなるのが分かり俯《うつむ》くけど、レオは僕の指を舐めながらシミが付いてしまったレースの下着を優しく撫でるから、喉《のど》の奥がひゅっと鳴る。

「ん……っ」

さわさわとフェザータッチで触るから背筋のゾクゾクが止まらない。

「気持ち良い？」

「あっ、ぅ、ん」

気持ち良いけど、もっと確かな快楽が欲しくて自然と腰が揺れてしまう僕を、レオが下から指を舐めながら眺めているこの状況なんなの。

「どうして欲しい？」

「も、も……っと」

「もっと？」

レオが上半身を起こし僕の頭を抱える様にして、顔中にキスを降らせる。

「もっと………気持ち良くして……」

最後の方はぼそぼそと小さな声で、聞こえるか聞こえないかも分からない程の声量で懇願する。

「んっ」

口付けが深いものに変わり、いつの間にかレオのスラックスは緩められていて、僕の下半身に下着越しにぴったりと添えられていた。

「んんっ、あっ」

レースの下着越しにレオの熱くて硬いモノが擦り付けられ、いつもと違う感覚に腰がブルブルと震えるのを感じる。

レオの身体が密着して下半身の圧迫感が増し、下着の中で窮屈になってはみ出してしまいそうなそれを出したくて堪らない。

「ん、レ……オぉ、ぁっ」

「可愛いな、メル」

レオの手がドレスの胸元に伸びたかと思うと、レース越しに今度は乳首を的確につつく。否、レースで擦れて先程からむずむずしていたからそこは既に膨れていたのだろう。

「やぁっ、ぁ、ぁっ」

布とは僅かに違うレース越しの快感に、もっともっと腰が揺れていると、レオの指が後ろに伸びて来て、お尻をそっと撫でる。

先程から緩やかな快感ばかりで達する程では無い。けれど行為の快楽を知っているから、身体は疼いて仕方が無い。レオが欲しくて仕方が無い。

「ひぅっ」

レオが僕の下着をずらすと後ろに指がゆっくり入って来て下半身が期待に震え、レオの先程よりも硬くなったモノに縋《すが》る様にお腹を寄せる。窮屈な下着を外して欲しいのに、レオは悪戯な笑みを浮かべては口付けるだけ。

「メル、愛してる、メル……」

「レオぉ……僕も、愛してる」

熱に浮かされた様に囁《ささや》き合いながら、蕩《とろ》ける様な口付けを繰り返し僕の腰が持ち上げられると、先端があてがわれゆっくり降ろされて行き、知らず知らずのうちに僕の息は上がる。

「レオ……？」

まだ3分の2収まったかな？　という所でレオは腰を持ち上げたまま僕を見ていた。立派な長さがあるのでね、そう簡単に全ては収まらなくてね、僕はレオの肩に手を置いて息を整えていたらいきなりレオのつむじが眼前にあった。

「ひぅ――――っ！」

レオがいきなり胸に吸い付いてきて、僕の頭は真っ白になる。

「ん……沢山出たね」

僕の頭も真っ白だけど、レオの顔も真っ白になっていました。

そんなのエロい顔で舐めないでぇえええええ！！！！

*

「……もしかして、これもレオが作ったの？」

「これも？」

窓の外がいつの間にか暗闇から白み始めて陽の光を感じる様になってから随分経った頃、1度も浄化せずであらゆる水分で凄《すご》い事になっているのに未だ着させられたままのドレスをぼんやりと見ながらぽつりと呟《つぶや》いた。

見事なウェディングドレスを作ったレオなら、このドレスも作れるんだろうなぁと思った所で、はたと気付く。

「あ、あれは夢か」

「夢？」

夢の中のレオが服を作り出したのはメル人形に服を着せる為であって、現実のレオはメル人形を作ってないから刺繍《ししゅう》も経験が無いはず。何か夢ではやたら凄いゴージャスなドレスを着せられていた様な……そして、やたら長い夢だった様な気もするが、今はもうそのドレスの部分しか思い出せない。

「さっき見た夢の中でも僕とレオは結婚式しててね、レオが僕のウェディングドレスを縫ってたんだよね」

「……俺が……メルのドレスを……？」

僕の言葉にレオは驚き、考え込む様に目を瞑《つぶ》る。

そんなレオもとびきりセクシーなのだが、そろそろこのあらゆる水分を含んで重くなったドレスを脱ぎたいです。その前に、そろそろ、抜きませんか……。

「レオ？」

「メル、ありがとう。無ければ作れば良いんだ。何でそんな簡単な事に気付かなかったんだ俺は……」

「どう……致しまし……んぁっ！」

カッと目を見開いたレオは晴れやかな笑顔で、僕にリップ音を立ててキスをすると鼻歌でも歌い出しそうな表情で再度下から突き上げてきて、あ、これもしかして言ったらいけなかったかも知れない、と思っても後の祭り。

初夜後、というか初夜が１週間続いた場合何て言えば良いんだろうか……まぁ王宮から出た後、レオと共に移り住んだ王都の屋敷のクローゼットの中には言わずもがな、レオのお手製服がずらりと並んでいました。下着から何まで、全てです。ねぇ、ずっと僕とベッドの上いたよね？　途中眠ったりしたけど、え、レオ、寝た？　寝てないの？

レオはあっという間に生地や糸までも作り、裁縫道具などにも拘《こだわ》って新商品を開発し更なる富を築くと、商会を作ってそこで平民にも手が届く価格で販売したら、売れに売れて爆売れ。今はレオの従《い》兄弟《とこ》が商会長を務めてくれて頑張って切り盛りしています。

その生地や糸の生産はなんとアトモス領で討伐された魔物からしているらしく、出来た生地や糸は普通のものよりも丈夫だとかで、最初こそ貴族なんかからは「魔物の服だなんて……」と忌避されていたものの、安くて丈夫だと平民の間で大流行となり、今では貴族の間でも流行り始め、他国からの打診もあり輸出の検討もしている。


「メル、愛してるよ」

「レオ、愛してるよ」

号令かの様に始業のタイミングで交わされる囁きに初めはドン引きしていた職務室の方々が、仕事が始まると一瞬前の甘やかさが鳴りを潜め、途端に仕事モードになるレオと僕にその視線を変えたのは直ぐだった。

なにせレオの仕事の速さは異常で仕事の終わりが早い。レオの扱う内容は特秘事項が多く誰でも簡単に職務に就けるものではないので、今まで人数も少なく残業や徹夜は当たり前だった部署なのだが、レオが長として就任してからは一切の残業が無くなり、他の部署にも効率化を推し進め、王宮で働く文官達の健康状態も向上すると文官達の家族から感謝された。お礼の品がレオに届いたりするのは日常茶飯事である。

陛下達も随分と仕事が楽になった様で、最近ではうちの職務室に冷やかしに来る。主に兄の方が。

「お前なら転移で一瞬だろ。わざわざ長期休暇を取る必要あるか？」

「転移はせずに馬で移動をするので」

「そこが分からん。普段は効率効率と煩い癖になんでそこは時間の掛かる馬なんだ」

「移動手段もメルとの愛を育む時間なので」

「だからと言って2月丸々《ふたつき》休む奴があるか！」

「重要な仕事は既に終わらせていますし引き継ぎも済んでます。仮に何かあれば宿に連絡出来る様、副室長に連絡先は渡しています」

「世界1周ね……」

トントンと机を指で叩《たた》きながらジョシュアは自分で淹れたお茶を飲むと、茶葉の入った缶を1つ懐に入れるのを僕は横目に見ながら縮こまる。

ここでは茶を淹れるのは自分で、というルールなので、陛下だろうとお茶を飲みたければ自分で淹れろ、なのである。

そして2月の長期休暇の原因といえば僕なのだ。

昔半分冗談で言った国内旅行の話をレオは覚えていてくれて、国内は結婚前に大方回ったので、国内から世界へと規模を拡大して夏季休暇と併せて休暇を取り、新婚旅行も兼ねて旅に出る事になった。部署の皆から反対されるかな……と思いきや、誰も反対しなかったのには驚いた。前は夏季休暇を取る暇さえ無かったらしいからなぁ……うん、有り難く休ませて貰《もら》おう。

「メル」

「ありがとう」

レオに手を引かれて馬に乗ると、腰を抱かれて身体が密着する。

お尻《しり》が痛くならない様にとレオが開発したシートの上はふかふかで座り心地も良い。

世界旅行だけど身軽な装いなので家令や使用人達は皆心配そうだけど、身の安全なら世界1大丈夫だろうし、荷物は全て異空間に収納してあるから、着替えもお土産も心配しないで旅に出られる。こういう時は異世界最高！　と思う。魔力が無ければ使えないけど。

「じゃあ行って来ます。お土産買って来るね」

「留守は任せた」

門の前にずらりと並んだ使用人達に挨拶《あいさつ》をすると、レオは馬を走らせた。

馬は直ぐに王都を越えて街道を進む。

まだ陽は昇っておらず薄暗いから、獣でも飛び出して来そうな雰囲気だが、怖くは無い。

「レオ」

「ん？」

馬の走る音と風で木の葉の揺れる音を聞きながら、レオの心音を感じ腰に回された腕を握る。

「凄く幸せだよ」

「もっとだ」

「え？」

頬にレオの頬を感じて頬擦りすると、喉元《のどもと》で笑う気配を感じる。

「これから、メルはもっと幸せになるよ」

「レオと2人で、だね」

「ああ、ずっと2人一緒だ」

「うん」

顎《あご》を取られて唇が触れる。

不思議とレオと一緒なら大丈夫と思わせてくれるし、まぁ実際大丈夫なんだけども。

ずっと大好きで、これからもずっと大好きなんだろうなぁ。皺《しわ》くちゃのおじいちゃんになっても、ずっとレオが大好きな自信も不思議とあるし、レオの愛も疑わない。

これから先の未来は何が起こるか全く分からないけど、レオと2人ならなんだって乗り越えて行ける。

「「愛してる」」

これは、転生したら大好きな幼馴染《おさななじみ》に斬られるモブ役だった筈が、大好きな幼馴染に溺愛《できあい》されて結婚までしてしまった、僕のお話。

永遠の誓いを何度でも

日付が変わって数刻経った頃、俺の腕の中ですぅすぅと穏やかな寝息を立てているメルを眺めれば、自然と目尻が下がる。我慢し切れずにそっとメルの柔らかな頬に唇で触れると「んぅ……ふふ……」と可愛らしい寝言が聞こえて、知らず知らずのうちに口角が上がる。

何も身に纏《まと》っていないメルの肩に上掛けを掛けるとメルはもぞもぞと身動《みじろ》ぎし、俺の喉元にメルの柔らかな髪が擦れ、ふわりとメルの匂いが鼻腔《びこう》に広がり、俺は大きく息を吸い込みより深くメルの香りを堪能する。

嗚呼《ああ》、幸せだ。

週末という事もあり、普段よりも長く、深く愛し合ってメルに無理を強いてしまった事を反省しつつ、メルの身体に回復魔法を掛ける。

メルの体内に俺の魔力を注ぎ込み続けて早数年が経った。

メルの体力は以前よりも格段に上がり、俺と愛し合う回数も時間も増えて、気絶する様に達して眠りに就くという事も少なくなった。だが、メルを相手に萎《な》える事を知らない俺が相手なので、最後の方にはメルを息も絶え絶えにさせてしまう事が多々ある。

今夜もメルが荒い息のままに潤んだ瞳《ひとみ》で俺を見つめて、恥ずかしそうに俺にしがみ付いて来た時は危なかった。

それはもう、とても危険だった。

何度だってメルの要求に全身全霊で応えて愛し尽くすつもりだが、そうしてしまうとメルが体力の限界を超えてしまうので、理性を抑えるのに必死だ。

結婚してからは週末の休み前になるとメルがいつもより求めてくれる事が増えて、俺は嬉《うれ》しい反面、日々理性と戦っている。

前世の秘密を打ち明けてからのメルは、今までの不安が消えて心から穏やかに俺との夫夫生活を送っている様に思う。

俺はそんなメルを更に支える頼れる夫となるべく、常にメルの事を考えて生きて行く。

今も眠っているメルの顔中、いや、全身に余す所なくキスしたいのを我慢して、眠るメルの妨害をしない様に視線を天井へ向けて魔力をほんの少しだけ放出する。すると、ただの寝室の天井が映っていた俺の視界いっぱいにメルに教えて貰《もら》ったフォルダがずらりと表示された。

大聖堂での挙式後の初夜にメルからこの謎の画像や映像の事を打ち明けられた時から、俺にもメルと同じものが見られる様になった。

確かな事は分からないが、このフォルダ内の画像や映像は魔力が高いからと言って見られる物では無い様だ。メルより魔力の多い俺も、メルに打ち明けられるまではその存在に気付かなかった。

それが、俺とメルの魔力は今や何度も交わり合い、混ざり合って血族の様に類似しているので、今まではメルにしか見られなかったこのフォルダの中のデータが俺にも見られる様になったのではないかと推測している。

若《も》しくはその存在を正しく認識出来れば見る事が出来るものなのかも知れない。

初めてその存在を認識した時に微量な魔力を感じたが、メルを介する事できちんと見る事が出来たので、あるいは両方の因子が必要なのかも知れない。

何かしらの強い力で制御されている様で不気味ではあるが、どの道これからも俺とメル以外見る必要が無いし見せたいとも思わない、寧ろ誰にも見せたく無いのでその点が詳しく解明されなくても問題は無いだろう。

そして、メルに1通りの使い方を教わると俺1人でも簡単にフォルダの中の操作が出来る様になった。

今では、少しの間でもメルと離れなくてはならない時にはこのフォルダ内の様々なメルを見る事でメル不足を補給していて、特に王宮での定例会議に1人で参加しなくてはならない時は大変に重宝している。

何が悲しくてメルと離されてまで王や重鎮達と長々と下らない会話を続けなければならないのか。会議なら議題の討論だけすれば良いものを、未だに王や俺に自分の娘や果てには孫をどうかと勧めて来て、やたらと話を延ばそうとしてくる輩《やから》が増えて来ている。初めは王達に勧め、2人の反応が薄いと話がこちらに飛び火して来る。メルというこの世の幸せを全て詰め込んだと言えよう大事な伴侶《はんりょ》を迎えたばかりの新婚だというのに、煩いことこの上ない。メルにやっかみを言う様な奴が現れない様に目を光らせてはいるが、これ以上煩わせる様なら国王達が止めても排除……いや、メルを連れて国外にでも何処へでも行こう。

父はまだまだ領主を続けるし、後継は親戚《しんせき》筋に幾らでも候補が居るから問題無い。

そんな事をつらつらと考えながら会議に参加していると装いつつフォルダの中のメルを眺めて心を鎮め、癒されている。第1国王の視線は無視をしてメルを堪能する。本当に素晴らしい機能だ。

そして今夜も目当てのフォルダを見付ける。

エヴァン子爵領での結婚式の日だ。

フォルダを開いて動画の1つを再生させると、この日の為、メルの為だけに誂《あつら》えた特別な衣装に身を包んだ俺の伴侶であるメルが蕩《とろ》けんばかりの笑顔を俺に向けていた。

国王主導の下に王都で俺達の結婚式は大聖堂で大々的に執り行われた。

魔王討伐をやり遂げた俺とメルの国内初の同性の結婚式は華々しく国内外に広められ、魔導具を用いて世界各国に中継された。メルの姿を世界中の人間が見てると思うと腹立たしいが俺とメルの同性結婚を認めた国王が煩いので、業腹ではあるがメルの映る場面を少なくしろと念を押し、魔導具に細工を施してメルの顔だけが不鮮明に映る様にした。

厳かな雰囲気の中でメルと永遠の愛を誓うのも良かったが、メルは非常に緊張をして肩の力が入り過ぎた上に俺を見た瞬間から記憶が曖昧《あいまい》だったらしい。なので、初夜を終えてから新たにフォルダの中に収められた大聖堂での挙式の映像を一緒に見た。

俺としてはメルの一挙手一投足全てが可愛くて堪らないのだが、メルは始終顔を手で覆って己の失態を嘆き顔が青くなったかと思いきや真っ赤になったりとコロコロ変わる表情はとても可愛い。俺にとっては何も失態では無いし綺麗《きれい》で可愛くて堪らないが、メルは恥ずかしくて堪らないとベッドの中でごろんごろんと転がっている。そんなメルも果てしなく可愛いが、悶《もだ》えるメルを慰めるのに俺は再びベッドの中でメルへの愛を朝まで沢山囁《ささや》いた。

『メルクリス　私の全て　永遠に変わらぬ愛を君だけに』
『レオニード　私の全て　永遠に変わらぬ真心を貴方だけに』

大聖堂よりは小さいが、光が射《さ》して温かな雰囲気の教会でメルははにかんだ笑顔で俺と手を取り合い、共に宣誓を述べる。

大聖堂の挙式から1週間に及ぶ初夜後に俺達はエヴァン子爵領でも結婚式を挙げた。

初めはアトモス侯爵領で1度だけ結婚式を執り行うつもりだったのだが、国王がどうしてもと大聖堂での挙式を捩《ね》じ込んで来たので、どうせなら両方の領地で結婚式をすれば良いじゃ無い、とは母親達の意見だった。メルと何度も結婚式が出来るなんて素晴らしい提案をしてくれた母と義母上《はは》には感謝してもし切れない。親族だけのささやかな挙式だが、俺達はこの小さくも愛に溢《あふ》れた教会でより深い愛を誓い合った。

大聖堂でのメルは黒1色の装いの俺と対になる様な真っ白いジュストコールだった。

純白のジュストコールの胸ポケットにはアクセントに俺色のチーフを挿したメルと横に並び立ち愛を誓い合えた喜びは一生、いや、永遠に忘れない。

そしてメルの領地であるエヴァン子爵領での結婚式で俺は黒いジュストコールを着用して小物類は全てメルの色を纏《まと》った。そしてメルは背後から見れば普通の白いジュストコールを着ている様に見えるのだが、前から見ると下衣はトラウザーズではなく太腿《ふともも》が三分の一も隠れない短い丈で、まるで下着の様に見える。

これは普段から贔屓《ひいき》にしている馴染《なじ》みの仕立て屋と打ち合わせをしていた時にデザイン画の提案をされて、即採用をした。隣に居たメルは愛らしい目をまん丸に見開いて抵抗の言葉を繰り返していたが、俺がお願いすると直ぐに折れてくれた。俺のメルはなんて優しくて寛大なんだろう。最高の衣装に仕上げて、メルを世界1幸せな花嫁にしようと心に深く誓った。

そして衣装合わせの時には、その魅惑の衣装を着たメルを誰にも見せたくなかったので、俺が仕立て屋の代わりに行った。

こんな下着の様な衣装でも、メルが着ればいやらしさが全く無いのに妖艶《ようえん》さを兼ね備えた愛らしさを漂わせる。大変良い。だが問題がある。こんな愛らしく扇情的な格好をしたメルを誰にも見せたく無い。メルの太腿をほんの少しだって見せたく無い。ストッキングに包まれたしなやかな足だって俺だけが見れば良い。寧ろメルを誰にも見せたく無い。だが、この素晴らしい衣装のメルと愛を誓い合いたい。

下着の様な下衣のその下にはガーターベルトを着けてストッキングを履いているので肌が見える範囲は太腿のほんの少しだが、そのほんの少しだけ見えているという所がまた欲情を煽《あお》る。

メルが言うには、このほんの少しだけ見える何も纏っていない生の素足の太腿部分を【絶対領域】と呼ぶらしい。メルの前世の世界には興味深い言葉や文化が多い。今度、ゆっくりメルの前世の事を学びたいと思う。

メルの魅惑的な太腿を俺以外の人間が見る事は許されない。なので俺以外には普通のトラウザーズを穿《は》いている様に見える魔法を施したが、フォルダの中の画像と映像は本来の衣装のメルがずらりと沢山保存されている。

魅惑の太腿を恥ずかしそうに隠す素振りをしながら俺を見つめるメルの愛らしさと言ったら。

『レオ……本当に皆には普通の服に見えてるんだよね？』

『ああ。メルの柔肌《やわはだ》を誰の目にも触れさせたく無いからな』

メルに他の参列者にはノーマルな礼服を着ている様に見せていると説明したが、気付くと太腿に手を当てて隠そうと恥ずかしそうにしているメルを見ると抱き締めて頬擦りしたくて堪らなくなった。

それを気力で堪えて、挙式の後で屋敷に戻ってのガーデンパーティーでメルと共に親族ら来賓への挨《あい》拶回《さつまわ》りをしている俺達を俯瞰《ふかん》映像で見る。

何度となく見ているが、何度見ても良い。毎日見ても良い。

足元は俺が施した幻影魔法で普通の男性用の靴を履いている様に見せているが、実際のメルはほんの少しだけ踵《かかと》の高い女性用の靴を履いていて、慣れないヒールなのでメルは転《こ》けない様に俺の腰にしがみついていた。最高だった。周りから見たらメルが俺にしなだれ掛かって甘えている様に見えていたらしく、お忍びで訪れていた第1国王には胡乱《うろん》な目で見られたがそこは無視をした。

メルの腰を抱いて横に立つ俺が主に挨拶《あいさつ》に返事を返す。出来るだけメルとの会話を避けたいからだ。

何故って、こんなに世界1美しい新夫と会話をして恋に落ちない訳が無いからだ。

分かっている。流石に全人類がメルに恋に落ちるだなんて事は俺も思ってはいない。だが、こんなに可憐《かれん》なメルを前に恋に落ちない人間はいるのだろうか。いやいない。分かっている。分かってはいるのだが、俺の思考回路はいつだってメルが中心で成り立っているので、誰も彼もが俺の目を盗んでメルを連れ去ってしまうのでは無いかと疑心暗鬼になってしまう。

メルの花嫁姿の可憐さに盛大な溜息《ためいき》を零したい気持ちをぐっと抑え、熟睡するメルを眺めて興奮した気持ちを幾分か落ち着かせると、フォルダを閉じてもう一つのフォルダを選択する。

初夜の映像を見たい気持ちは多分にあるが、刺激が強過ぎて興奮が収まり切らなくなりそうなので、断腸の思いで初夜の動画は見送った。


俺達はエヴァン子爵領で結婚式が行われた三日後に我がアトモス侯爵領でも結婚式を挙げた。

エヴァン子爵領の時とは打って変わり、俺は白いジュストコールを着た。

最初は黒、若しくはメルの色のジュストコールを着ようと思っていたのだが、

「いつもの黒いレオも似合っててカッコ良いけど、真っ白で王子様みたいなレオもたまには見てみたいなぁ」

と、婚礼衣装の見本図を眺めていたメルが呟《つぶや》いた。

その瞬間、俺の衣装は白いジュストコールに決まった。

メルは大聖堂、エヴァン子爵領と純白の衣装に身を包んでいたので最後は俺の色を纏いたいと言ってくれた。こんなに嬉しい事は無い。

いつもと違う色を纏《まと》うのも雰囲気が変わって良いかも知れない。アトモス侯爵の親戚達……というよりもアトモスの人間は皆、良く言えば大らか、朗らかなので少しの遊びを入れたって煩い事を言う輩はいないだろう。

俺の中で挙式のメインはあくまでもメルなので、俺はシンプルなデザインのジュストコールにした。小物は勿論《もちろん》メルの色を纏う。

メルの衣装は大聖堂で俺が着た黒い騎士服を模した、メルに似合うデザインに仕立てた物で、仮縫いを着た自分の姿を見たメル曰《いわ》く【レオコス】なんだそうだ。本当にメルの前世の言葉や文化は奥が深い。

エヴァン子爵領での式には来なかった第2国王がお忍びでアトモス侯爵領の方には来ていて、メルとコスプレ談義とやらをしていたのが羨《うらや》ましくも、妬《ねた》ましかった。

メルから打ち明けられた話によると、この第2国王のローランド王の前世もメルの前世と同じ世界の人間だったそうで、この世界を題材にした『君を守るのは……』の作品を知っていて、俺達と同じく作中にも登場する人物だそうだ。

第2国王が王子時代にメルを茶会に招待したのは、メルが自分と同じく前世の記憶を持っているのではないかと思って確かめたかったかららしい。

それ以外にもこの第2国王には思惑がありそうだったのであまり2人を近付けたくは無かったのだが、第2国王はメルに恋慕してはいないし、これからも絶対に無いと誓われた。

最近ではどうやら第1国王とただならぬ仲の様なので、そちらで纏まってくれれば良いと思う。挨拶に来た第2国王から第1国王の魔力を微量ながら感じたが、メルに手を出そうとした前科があるので油断は出来ない。第1国王にはちゃんと手綱を握っていろと助言するべきだろうか。

ある時期からこの2人は互いの魔力を纏っている事が増えた。ある時は第1国王の魔力の方が多かったり、またある時は第2国王の魔力の方が多かったり……考えられる要因は自ずと導かれるが、面倒事が増えると俺とメルの時間が減るので害が無ければ2人でよろしくやってくれていればそれで良い。現状維持での放置だ。

挙式後の両家親戚や親しい友人が勢揃《せいぞろ》いしたガーデンパーティーでは大聖堂で着た黒い騎士服を着てメルとお揃《そろ》いで並び登場すると、歓声が上がった。

メルの次兄の妻である義姉シエラの食い付きっぷりが凄《すさ》まじく、直ちに追加の画家を呼び寄せて俺とメルの絵姿を大量に描かせていた。エヴァン子爵領での式の時も描かせていたが、総勢五名の画家に囲まれて描かれた俺とメルの絵姿はシエラの実家で営む商会で大々的に売り出され、あっという間に完売したそうだ。

俺とメルにも絵姿が何枚か贈られて、職務室や寝室に飾って毎日目にしては幸せを噛《か》み締《し》めている。

大聖堂やエヴァン子爵領での絵姿は恥ずかしがるメルも、お揃いの衣装、メル曰く【双子コーデ】で【レオコスと本物】の絵姿の方は嬉《うれ》しそうに眺めているし、密かに毎日持ち歩いている事も知っている。

メルも俺と離れた時に絵姿を眺めているのだろうかと思うと、俺も幸せな気持ちになる。

アトモス侯爵領での飲めや歌えやの宴会は1週間以上も続いたらしい。

血気盛んなアトモスの人間は結婚式や祝い事の際には3日3晩飲み、食い、踊り続ける。男女関係無くタフな領民が非常に多い。

結婚式は領主子息であり世界の救世主と神子の結婚という事で、広い領内全域に領主の父から祝いの品として祝い酒、子供達には俺とメルを模した特注の焼き菓子等が振る舞われ、領内全域でお祝いムードが浸透して祝いの宴《うたげ》は3日と言わず、10日程は続いていたと聞かされた。

それ程に俺とメルの結婚が歓迎されていると知ったメルが感涙していたのが、微笑ましくも愛おしかった。

メルも漸くアトモス侯爵領の一員になったんだと、感慨深く思い出す。

領民のあまりの盛り上がり振りに叔父達が俺達に頼み込んで来て、急遽《きゅうきょ》挙式後に予定していなかったお披露目パレードを敢行した。アトモス侯爵領で領主子息の婚姻記念のパレードなど初めての事だったそうだ。

急拵《きゅうごしら》えで準備をしたが俺がいるので護衛は必要無いだろうと言われ、黒い騎士服の双子コーデでメルと共に騎乗して街の中を回ったのだが、俺とメルが姿を現した途端に物凄《ものすご》い歓声が起こった。俺の腕の中にいるメルの肩がびくりと震えたので、メルを守る様に横向きに抱え直し俺にしがみ付いたメルの身体を隠す様にマントで覆うと、何故か更に歓声が沸き起こった。

大体の領民は幼い頃から俺とメルの関係性を見聞きして知っている様ではあるので、まさか本当に俺がメルと結婚までするとは……と領民までもが俺とメルの結婚に感慨ひとしおと言った所なんだそうだ。

俺達は知らぬ間に大勢の人から心配され、応援されていたらしい。

野太い雄叫《おたけ》びから黄色い悲鳴まで、様々な歓声に驚いて俺にしがみ付いているメルの目尻《めじり》にキスを落とすと、地響きが起きたかと思う程のより一層の歓声が巻き起こったので、メルを抱き抱えたまま街を後にした。

屋敷に帰ると、馬で1刻程は掛かる街の歓声が風に乗って聞こて来たと庭で酒盛りをしている親族にも囃《はや》し立てられ、メルを抱き上げたまま寝室に籠《こも》ったのもしっかりとフォルダの中に記録されていた。

恥ずかしくて皆のもとに戻れないと言うメルの言葉を受けて、俺達は寝室に籠った。2日目で「逆に恥ずかしい」と言われ、ならもう少し籠ろうかとベッドに引き返すと「そういうことじゃ無い」と恥ずかしがるメルはこの上なく極上に愛らしい。3日と言わず一生閉じ籠っていたいとすら願った。

そうすると今度は3日間籠っていた事を親戚《しんせき》一同に知られたと恥ずかしがって寝室を出るのを躊躇《ためら》うメルの為に、もう3日間籠る日数を追加した。

それなのに、まだ祝いだ酒だと酒盛りに明け暮れている親族連中が屋敷の中にうじゃうじゃといて、顔を合わせたら恥ずかしくておちおち屋敷を歩けないとメルが言うので、それならばまだ寝室に籠っていようと言うと「違うそうじゃ無い」「余計に出られなくなるやつだから」と言うメルを何とか宥《なだ》めてまた追加で3日籠っていたら、10日目になって朝も早くから国王達が揃ってアトモス侯爵の屋敷に来た。先触れも無しに。許可も無く我が家の転移陣を使用して。……父は止められなかったのだろう。

　これればかりは仕方が無いとして、迎えを寄越せば良いものをわざわざここまで揃って来るとは面倒な……と言えば、

「こうでもしないとお前達は一生出て来ないだろうが！」

　と、第1国王が怒りを隠そうともせず、

「まぁまぁ兄上。2人の休暇の追加申請はきちんと通っている事ですし……」

　と、第2国王が言えば、

「そしてまた追加で休暇の申請をして来る気だろう」

「まぁ、そうなりますね」

「レ、レオ……」

　しれっと答えると、第1国王は苛立《いらだ》ちを隠しもせずにテーブルを叩《たた》いた。

　可哀想に、びくりと肩を震わせたメルを抱き寄せ、そのまぁるいおでこに唇を寄せると頭を撫《な》でる。

　今朝もまだ気怠さを滲《にじ》ませて溢《あふ》れ出る色気が凄まじいので、そんな状態のメルを誰の目にも触れさせたくないというのに、メルは国王が揃ってやって来たのに自分1人だけおちおち寝室に籠っている訳にはいかないと、よろける足元に叱咤《しった》を掛けて応接室へ向かおうとするので、応接室までは俺が抱いて移動した。

　この新婚蜜月《みつげつ》の為に、仕事は前倒しでしっかりと済ませて来たと言うのに。

　3つの結婚式を執り行うからと1月《ひとつき》の休みを申請したが、文句を言う輩がいるので2月《ふたつき》分の仕事を

済ませて来た筈《はず》だ。一体、何が不満だと言うのか。

「お前が居ないと爺《じい》さん共のやっかみが俺達に集中するだろうが」

「そんなこと知りませんよ」

「レオぉ……っ」

「物理的にレオニードに嫁や子供を望むのは現実的では無いと判断した半数からは僕達に釣書が山の様に来るんですよね」

苦笑しながら紅茶を飲む第2国王は立場が対等になったとは言っても未だ第1国王の兄を制御するまでには至っていない様だ。今朝も第1国王を止めようと試みたが失敗に終わったらしい。本当かどうか定かでは無いが。

自分達が婚姻を勧められる事が嫌ならば、

「観念してどちらかが結婚をなさればよろしいじゃ無いですか」

俺がそう言えば、第1国王は苦虫《にがむし》を噛み潰《つぶ》した様な表情で眉間《みけん》に皺《しわ》を寄せ舌打ちをして、第2国王は眉尻《まゆじり》を下げて困った様に微笑む。

「俺達は結婚をする気は無い」

「兄上だけでも……と思ってはいるのですが……」

第1国王と第2国王が同時に発言して、互いの言葉に顔を見合わせると第1国王は眉間の皺を深くし、第2国王は更に眉尻を下げた。

「なら、2人が恋仲だから女を娶《めと》るつもりは一切無いと宣言なされるだけですね」

「……えっ」

「………ちっ」

「っ………」

俺の発言に数秒目を瞬かせていたメルだったが小さく声を上げて、慌てて口元を両手で覆った。

国王達は一瞬、揃って目を瞠《みは》って俺を見たが直ぐにその視線は逸らされた。

「そうなのでしょう？」

「「………」」

黙り込む2人に「そうなの!?」という視線を送って来たメルに小さく微笑み、頷《うなず》く。

「貴方達からは定期的に互いの魔力を感知していました。これは性行為によるものですよね？」

「「っ……」」

俺の言葉に、メルも言葉を失い目を瞠っている。

まさかこの2人がそんな関係になってるとは想像もしていなかったのだろう。

「薄々勘付いてるとは思っていたが、そんな所でバレていたとはな」

「兄上……」

観念した様子で第1国王は既に冷めた紅茶を一気に呷《あお》ると言葉を続けた。

「前王にもう1人でも子を作らせようかと思ったが、前王妃は子を産む以前に前王との子作りを断固拒否な上、前王は最早完全な男色となってしまい女は抱けない身となった」

サクサクとクッキーを頬張りながら気軽に話しては良くないであろう話を投げやりに話す第1国王に、メルの口がぱかりと開いている。ああ、なんて可愛らしいんだろう。その愛らしい口元に指を差し込みたい衝動をすんでの所で耐える。

「薬でも盛って寝所に女でも放り込もうかと思ったが、高位貴族には前王の男色、しかも年端も行かぬ男ばかり侍らせて王の責務も放り出して放蕩《ほうとう》の日々だったと既に知れ渡っている……若いご令嬢は毎日幼い男ばかり抱いている父親ほどの歳《とし》の男との行為に嫌悪感を抱く者ばかりでな……ずっと打診は出し続けているがどこも色良い返事は無いな」

「せめて貴族のご令嬢でも無いと貴族院の方々は次期王太子と認めてはくれないでしょうしね……」

「前王との子作りより、俺とローラなら喜んで嫁ぐという家ばかりで埒《らち》が明かない。他国から見繕う訳にもいかんし」

第1国王は深い溜息《ためいき》を吐きながら、空気に徹する侍女によって注《つ》ぎ足された紅茶をごくりと飲み込む。開き直ったのか、第2国王を愛称で呼んでいて、隣ではメルが2人の様子に口に手を当てて小さな声で「わぁ……」と驚いている。可愛い。

「なら、側室を娶るまでですね」

そう言うと、第1国王はまた渋い顔になる。

「俺もローラも互いに子種を他へ与えるつもりは無い」

「ならどうするおつもりですか」

「妙案が思い付かないからお前達に話しているんだろうが」

第1国王はまたも大きな溜息を吐くが、此方《こちら》が溜息を吐きたいものだ。新婚早々、こんな下衆《げす》い話をメルに聞かせたく無いというのに。いや、新婚でなくとも聞かせたくは無いが。

ちらりとメルを見るが、メルは何やら思案顔でテーブルの1点を見つめている。どうやら今の会話に不快な気分になった訳では無さそうだ。

優しいメルの事、解決策を考えてくれているのだろう。

「対策を練る時間は幾らでもあったでしょう」

「男にしか勃たなくなるなんて、予想外にも程があるだろうが」

なんて事をメルに聞かせるんだと第1国王に顔を顰《しか》めつつ隣で物思いに耽《ふけ》るメルの様子を窺《うかが》うと、丁度視線が上がり目の前の第1国王の方を向いた。ついメルの視線をこちらに向かせようとする手をぐっと握り締め、我慢する。

「あの……少しよろしいでしょうか」

「ああ。畏《かしこ》まらなくて構わん」

「はい。では失礼して……」

メルがちらりと俺に視線を向けると俺は微笑み、頷く。メルの事だから俺達が考え付かない提案をするのだろう。

「前国王様と、その……性交無しに子供だけは産んでも良いと言うご令嬢はいるんでしょうか？」

「性交も無しにどうやって子を作るんだ」

「あの、その、男性が一人で出して……ですね、それを、女性の、ええと、胎内に……」

もじもじと顔を赤らめてしどろもどろで答えるメルのあまりの可愛さに、意識が飛びそうになった。そんな可愛い顔は俺にだけしか見せないでくれ。

口頭での説明に限界を感じたのか、メルは侍女に紙とペンを用意させると簡単な図を描いて説明をする。

それは男性が1人で精を吐き出し、その子種を筒状の道具を装着して女性の子宮に直接注ぎ込むという手法だった。大胆でいて確実に妊娠確率が上がるのだろう。こんな可憐《かれん》なメルにそんな知識があったなんて。こんなに一緒にいて新たなメルの一面に驚くと共に惚《ほ》れ惚《ぼ》れとメルを見つめていたら、メルが視線だけでちらりと俺を見てふい、と視線を逸らした。その顔は耳まで赤くて、今直ぐにメルと寝室に戻りたい衝動に駆られる。

「子種を女性の子宮に直接摂取させる……そうか。何でこんな簡単な事に今まで気付かなかったんだ」

「成程……そうか。これって所謂《いわゆる》、人工授精だよね？」

「はい。詳しい事までは知らないんですけど、なるべくその、奥まで注入出来れば確率は上がるんじゃ無いかなって」

「僕はずっと入院暮らしだったけど、婦人科は行く機会も無かったし、そこまでは考え付かなかったな……」

それまで黙り込んでメルの描いた図を見ていた第1国王は、第2国王に視線を向けた。

「それは前世の記憶か？」

「そう。向こうは医療も発展していてね。でも産婦人科は縁もなかったから……メルくんは詳しいの？」

「いえ、僕もニュースの特集か何かで少し見て覚えていた程度の知識なんですが……」

手をメルの手に重ねるとそっと撫でて見つめ合う。メルの世界は魔法が無い分、科学という分野が発展していたんだそうだ。本当に何もかもが興味深い。そしてメルと意思疎通が出来る第2国王に少しばかり嫉妬《しっと》する。

第1国王が違和感無く会話に交ざっている所を見るに、どうやらあちらの2人も前世の話を説明済みらしい。

「メル」

「あのね、向こうでは不妊の治療とかで用いられる方法なんだったかな？　僕もそこまで詳しく無くて……」

「そうなのか。メルは物知りなんだな」

「いやいや、そんな事は……結構知られてたと思うし……」

メルの肩を抱き寄せて髪にキスをするとふるふるとメルは首を振って謙遜《けんそん》をする。ああ、奥ゆかしいメルが愛おしい。

「その方法なら渋る貴族も減るだろうな」

「貴族と言っても娘が可愛いのはどこの親も大して変わらないですからね」

「王家との縁は作りたいが娘を不遇な目に遭わせたく無いというのは、どこの親も一緒なんだろう」

「確か財務官の次女は平民の男と恋仲になった事が婚約者の知る所になり、婚約が白紙になった後に平民の男が逃げたと噂になっていましたね……あと何名か噂好きの女官から情報を仕入れていますが

「……」

「よし、財務官から叩くか」

第1国王はカップに残った紅茶を一気に呷ると勢い良く立ち上がり転移陣の方に向かった。

こうして、不機嫌全開で屋敷に現れた第1国王は機嫌を良くして帰って行った。憂が晴れたのか、直ぐに準備に取り掛かると生き生きしていた。

見送りは必要無いと我が家に設置してある転移陣で消え去った国王達を呆気《あっけ》に取られながら追い掛けて見送ったメルは不安そうに俺を仰ぎ見る。

「だ、大丈夫かな……」

「第1国王もご令嬢に無理強いする事は流石に無いだろう。それとなく父に聞いておくよ」

「うん……ありがとう。レオ」

事が大きくなってしまっただろうかと狼狽《うろた》えるメルに大丈夫だと肩を抱き寄せて口付ける。俺の胸に頬を擦り寄せるメルが愛おしい。

「メル」

「ん？」

俺の腕の中でメルが見上げる。寝室に戻ろうかと喉元《のどもと》まで出掛かったのをすんでの所で耐える。

「休暇が延びたからデートをしないか？」

機嫌を良くした第1国王から休暇を追加で3日もぎ取ったので、メルと寝室に籠《こも》るのも良いが新婚早々デートも楽しみたい。そう言うとメルが嬉《うれ》しそうに同意してくれたので、メルの着替えを準備して煩い親戚《しんせき》を適当にいなしメルの好きな軽食を作ってメルと夫夫になって初めてのデートへ出掛けた。

街中に行けば領民もまだお祭り騒ぎ状態だと言うので、俺はメルを抱いて思い出の場所である避暑地の静かな湖に転移した。

「メル。寒く無い？」

「大丈夫。レオこそ背中寒く無い？」

膝《ひざ》の上にメルを乗せてボートを漕《こ》いで湖の真ん中まで来ると用意して来た軽食を2人でゆっくりと味わう。

後ろからメルが食べてる様子を見ていると、咀嚼《そしゃく》する度に頬がむぐむぐと動いてとても可愛い。

ここでメルとずっと一緒にいようと誓い合ったあの日の出来事を、昨日の事のように思い出せる。

「っ……レ、レオ……」

俺の膝の上に乗っていたメルが変化に気付くと薄らと首筋が紅く染まる。

「メル？」

どうしたの？　と耳元で囁《ささや》くと、ゆっくりと振り返ったメルが少し潤んだ瞳《ひとみ》でじとりと俺を睨《にら》むが可愛過ぎて余計に反応してしまう。

「っ！　……もぉ……っ、ちょ……こんな所で……」

「結界を張ってあるから大丈夫だよ」

メルの腹部に回した腕を軽く叩《たた》かれたが、その手を放す事なくうなじに唇を寄せるとメルの腰がびくんと跳ねるけれど、がっしりと掴《つか》んでいるのでメルは逃れられない。

ちゅ、ちゅ、とうなじからシャツの襟を広げて背骨沿いに唇を滑らせるとメルの身体から力が抜けて行き、手を取ってお揃《そろ》いの結婚指輪に唇を落とすと、それを合図の様にくたりと俺に全身が凭《もた》れ掛かりメルの吐息が甘いそれに変わった。


動画の再生が終わり、視線を未だ穏やかに眠るメルへ移す。

この記録映像はとても素晴らしいけれど、やはり生身のメルには敵《かな》わない。

そう言えばあれから1月経っているが、王族の世継の件は解決したのだろうか。特に何の話も聞いていないし、噂も無い。まぁ俺とメルに面倒事が飛び火しなければ、結婚でも養子でも前王でも、勝手に好きな様に裏でやってくれればそれで良い。

むにゃむにゃと口を動かして何かを食べている夢を見ているらしいメルの唇にそっと触れると、むにゃむにゃしているメルの口内に俺の人差し指と中指をゆっくり差し込み、歯列をそっと押し開くと難無くメルの舌先に触れた。

「んむ……」

メルの温かくて柔らかい舌に指が二本絡められた瞬間、メルの眉間《みけん》に一瞬皺《しわ》が寄るが、直ぐにちゅぱちゅぱと俺の指を吸い出すメルに俺は無言で目を瞑《つぶ》り、天を仰いだ。

ちゅっちゅっちゅっちゅっちゅっと赤ん坊の様に俺の指を吸うメルの破壊力たるや、凄《すさ》まじい。

これがメルの言う【萌《も》え】というやつなのか。なら俺は毎日毎秒メルに萌えている。いつまでも眺めていられる。けれど、起きているメルならどんな反応をするのか気になってしまう。

顔を真っ赤にして嫌がりつつも、メルは最後には恥ずかしがりながら…………。


そんな事をつらつらと考えていれば、いつの間にか寝室の中が明るくなって来ていた。

メルを眺めていたり、メルの事を考えているといつもこうなる。時間がいくらあっても足りない。

眠るのが勿体《もったい》無いし、眠るよりもメルを眺めていた方がずっと健康に良い。俺は魔力で補填《ほてん》され睡眠は取らなくても健康上何の問題も無いので、可能な限りメルをずっと見ていたい。


「…………ん……」

メルの瞼《まぶた》が微かに揺れ、目覚めが近い事を悟るとそっと口内から指を引き抜く。

メルの唇に垂れた唾液《だえき》を親指で拭《ぬぐ》うと、睫毛《まつげ》が震え、瞼がゆっくりと持ち上がって行く。


「…………エオ?」

寝惚《ねぼ》けているのだろうか。それとも俺を呼んでいるのだろうか。どちらにしても可愛くて堪らない。

思い切り抱き締めたいけど、ぐっと理性で抑える。

「メル」

そっと囁く様に呼ぶと、ぼんやりと睫毛を震わせていたメルが俺の方を見てふにゃりと目を細めて、笑う。

その至近距離で見つめる吸い込まれそうな綺麗《きれい》な青い瞳の中に俺が居られる事が、この上なく幸せだと噛《か》み締《し》める。

「………ゆめ、レオ、出て来た」

「俺の夢?」

まだ眠たそうに日中よりも舌足らずな喋《しゃべ》り方のメルは「うん」と頷《うなず》いて、くふふと笑う。思い切り抱き締めたいけど、力の加減をしてメルを抱き寄せる。

「どんな夢だった?」

「んと………あれ……忘れちゃった」

へへへと笑うメルが可愛くて、顔中にキスを降らせるとくすぐったそうに笑いながらもぞもぞと身《み》動《じろ》ぎするメルを抱き締めて、見つめ合う。

「おはよう。メル」

「おはよ。レオ」

やっと愛しいメルと言葉を交わせる。抱き締め合える。キスが出来る。

さぁ、今日も2人で何をして過ごそうか?

番外編

「ふぁ……」

優しく髪を梳《す》かれる気持ちの良い感触に、微睡《まどろ》んでいた意識がゆっくり覚醒《かくせい》して行く。

「メル」

「レオ……おはよぉ……」

僕は半眼なのにレオの目にはどう見えているのか、僕を見る眼差《まなざ》しはいつだって愛に溢《あふ》れている。

「おはよう。よく眠れたか？」

「んー……まだ少し眠い……今何時？」

室内がかなり明るいので寝坊してしまったみたいだ。

「もうそろそろ昼になるが、このまま食事を摂るか？」

「んー、街で食べ歩きしたいかな」

昨夜この街に到着してそのまま宿に入ったので、外を出歩いてみたい。

「ああ。1杯飲んでから出ようか」

「うん」

レオは徐に異空間収納からお茶のセットを取り出すと、ミルクたっぷりの紅茶を淹れてくれた。

現在、レオと僕は2月《ふたつき》の長期休暇中だ。目的地は特に定めず、思い付くままに旅を楽しんで既に1月《ひとつき》が経ち、数ヵ国を旅して回っている。

旅をして分かった事といえば、この世界は日本のような観光地が少ない。食や文化は様々だけど、娯楽が少ない。前世の記憶がある分、オペラや芸術鑑賞よりもゲームセンターにでも行きたいと思ってしまう。

「メル？　どうした？」

「あ、ごめん。あのね、前世みたいな娯楽が多い国があればなぁって思っちゃって……」

日本へ想いを馳《は》せていたら、レオの話を聞きそびれてしまった……。

「そういえば、どんな文化がある国なのかはあまり聞いていなかったな」

確かに、本格的に日本の話をレオにした事って無かったかも知れない。

「そうだね。時間は沢山あるから話そうか？」

「ああ。あのカフェでゆっくりしよう」

レオが見付けたカフェは賑《にぎ》わっているようで、僕達は早速そのカフェに入った。

「テレビ、パソコン、携帯電話、車や電車に飛行機……建物に服装も違うんだな」

前世の記憶を辿《たど》りつつ書いて説明したら、レオは1つ1つに興味深そうに相槌《あいづち》を打ってくれた。

「……メルは日本に戻りたいと思うか？」

レオがペンを持った僕の手をそっと手に取り、少し不安そうに尋ねてきた。

「あ、違うよ？　向こうに帰りたいとかでは無いんだ。ただ、少し懐かしくなったというか……」

レオと一緒に生きていくから帰りたいとは思わない。向こうの世界が懐かしいだけなのだ。

「それは里帰りをしたいという事か？」

「里帰りか。うん、そうそう、そんな感じ！」

言い得て妙だな。そうか、僕は日本に里帰りがしたいんだ。

「するか？　里帰り」

「……え？」

「日本の位置は勇者を帰した時に把握しているから、日本に行く事は可能だ」

「ほ、本当に!?」

目を見開くとレオはくつくつと笑いながら、僕の頬に触れ撫《な》でる。

「ああ、メルが望むなら一緒に里帰りしよう」

「する！　レオと里帰りする！」

こうして、僕とレオは日本へ行く事になった。


「うっわぁ……！」

「……想像以上に未知の世界だな」

何十年振りの日本の繁華街の風景に、僕はほんの少し涙ぐんでしまった。

あの後、僕達は一緒に旅していた愛馬を王都の屋敷に預け、僕が亡くなって2年後の日本へ転移をした。転移先はまさかの前世で住んでいたアパートだった。しかも、転移早々に妹と遭遇するとは思いもしなかったから焦ってしまった。状況の説明をしなければと慌てたけど、僕は懐かしい妹の顔に涙が滲《にじ》み上手く言葉が出なかった。しかしそこはレオがスマートに説明をしてくれて、僕も何とか必死に前世の事を話すと妹は信じてくれた。流石レオ、頼りになるし妹の順応力も凄《すご》いと思う。

日本円が無い僕達の為に妹がお金を貸してくれた上に、2人で滞在する許可も得た。その代わり門外不出にするからと、僕とレオの写真を撮らせてくれと頼まれたので快諾した。生前の状態のまま残っていた僕の部屋で何とか着られる服を見付け、翌日は繁華街へ出掛けた。

「先ずは服をどうにかしないとだね」

「俺はこのままでも構わないが」

「駄目だよ！　僕にコーディネートさせて？」

「メルの見立てか。楽しみだな」

僕は入ったけどレオには小さくて、スウェットを着てもらっていた。折角日本に来たのだから此方《こちら》の服を着て貰《もら》いたい。レオは何でも似合うから色々着て欲しいんだ。

「レオ、着られた？　次はこれも着てみてよ」

試着室のカーテンを開けると、姿見の前で着替えを済ませたレオが振り返った。

「メル。着てみたが、どうだ？」

「ひぇっ……最高……!!」

黒のタートルネックセーターに黒のデニムを着て貰った。シンプルなコーディネートだけど、世界1似合っているんだろうなと思ってしまうのは、惚《ほ》れた欲目だけじゃ無いと思う。

「メルは好き？」

「好きぃ……っ」

勢い良く首を縦に振り、これは絶対に買いだと誓う。レオはそんな僕を微笑ましそうに見つめた。

「荷物多くなっちゃってごめんね……」

どれも捨て難く、荷物が凄い事になってしまった。レオの手には何個もショッピングバッグが握られている。

「俺こそ、俺の物ばかりですまない」

「ううん！　僕はまだまだ着られるから平気だよ！」

丁度セールもしていたので、更にお得に商品が買えた。良い買い物が出来た。

「そうか。なら良かった」

「うん」

先程試着した黒コーデの上に黒いチェスターコートを羽織ったレオは、立っているだけでモデルの様に凛々《りり》しい。騎士姿のレオも最高だけど、今はモデル顔負けのど迫力イケメンで、女性に限らず男性までもが振り返ってレオに見惚《みと》れている。

ふらふらと女性がレオに引き寄せられそうになっていたが、その度にレオが僕の腰を抱いてぴったりとくっ付いているのに気付き、ハッとして立ち去って行く。それでも果敢に声をかけようとする肉食系女子の前で、レオは僕の唇の端辺りにちゅっとキスをした。

「レ、レオ……？」

「俺達は夫夫なんだから、キスしても良いだろう？」

そ、それはそうなんだけど……!!

ふと、パシャリと何処からかシャッター音が聞こえて目線を動かすと、少し離れた所で僕達にスマホを向けている女の子がいた。

二次元が原作だとしても、当たり前だが僕達は実写版の俳優よりもそっくりなので、ネットに画像が上がるのは頂けない。

「メル、大丈夫。認識阻害魔法を掛けているから美樹《みき》以外が撮っても顔は映らない」

レオは僕の考えている事が分かっているのか、先回りして対処をしてくれていた。

「本当⁉　ありがとう！　レオ」

「昨夜ネットで勉強しておいて良かった」

確かに昨夜は僕の部屋にあったＰＣで、僕の説明よりも分かり易いだろうと、色んなサイトや動画を見せた。写真を無断で撮られる場合があるという事をどこから知ったのだろうか……。そんな訳で、日本滞在中に僕達は街中でも人目を気にする事なく存分にデートを楽しんで、有意義な休暇を送れた。


「お兄ちゃん、レオさん……元気でね」

「美樹も気を付けてね」

「うん。レオさんと仲良くね」

「メルの事は任せてくれ」

初めは緊張していた妹だが、今ではレオを兄の様に慕っている。僕達の方が歳下なんだけども。涙混じりに別れを告げる妹に、僕も釣られて涙ぐんでしまう。

「メル、美樹……また直ぐに来られるから泣かないでくれ」

「「えっ!?」」

レオの思い掛け無い発言に、僕達は揃《そろ》って声を上げた。

「レオ？　また来ても問題無いの……？」

「術の発動も魔力も問題無かったから、いつでも大丈夫だ」

「えーっ！　てっきり、これっきりかと……」

僕もそう思ってました。

「ああ、だからまたメルと来ても良いか？」

「勿論《もちろん》！　待ってます！」

涙の別れから一転、泣き笑いで妹と別れて王都の屋敷へ戻って来た。

「メル」

「っ……レオ……」

寝室のベッド上に転移して、そのまま寝転がされた僕はレオを見上げる。

「メル、良い？」

「……うん」

防音魔法は使えたけど、直ぐ側に妹が居ると思うと躊躇われ、日本滞在中はそういう事が出来なかった。レオは凄く我慢してくれたんだと思う。降ってくるレオの唇の感触を確かめながら、レオの首に腕を回した。

初めまして。この度は『転生したら大好きな幼馴染《おさななじみ》に斬られるモブ役だった。』をご購入いただき、ありがとうございます。むにむにと申します。

こちらの作品は元々、短編小説としてWEB上に発表するつもりで書き始めました。

当初は「現代の地球・日本から転生した主人公が、恋愛物語のヒーローである幼馴染に斬られる当て馬モブという運命を変える為に奔走する」という内容のストーリーにする予定だったのですが、ヒロインと結ばれる筈《はず》のヒーローが何故かヒロインとは恋愛をしておらず、転生した主人公を溺愛《できあい》している……というストーリーはどうだろうか、と思い付き、短編に収めようとしていたものの、どんどん長くなってしまいました。連載形式に方向転換をして書き進めるうちに、色々なアイデアが浮かんではそれを取り入れ……を繰り返して、本来はモブであったはずのメルクリスがヒロインである聖女ではなく、自身が神子としてレオニードと結婚する……なんて、当初からは想定外の方向へ進んで行ってしまい、どうなることかと思っていましたが、何とか本編を完結させられた時にはホッと一安心しました。

メルクリスに転生をした主人公が、レオニードの完全無欠振りに嫉妬《しっと》して、異世界から現れた聖女と恋に落ちる2人にまた嫉妬をし、挙げ句の果てには聖女に襲い掛かりレオニードに斬られてフェードアウトする……という、転生前に読んでいた物語上の自分の末路をどう変えていくか、どの様にすれば読者の皆様に楽しく読んで貰《もら》える展開になるだろうか……と考えつつ、自分の欲望もどんどん詰め込んでいった結果、メルクリス溺愛レオニードに仕上がっていて、書いていてとても楽しかったです。

本編でのジョシュア王子の台詞でもあるように、メルクリスの言動1つで魔王にも悪魔にもなり、世界をも滅ぼすであろうレオニードの手綱をどうやってメルクリスに握らせようか、とメルにはあれこれと頑張ってもらい、レオにはひたすらにメルを溺愛してもらいました。

今回、書籍化のお話を頂くにあたり、書き下ろし短編として本編では言及の無かった、レオニードとメルクリスの領地での結婚式のエピソードを入れました。

こちらでは、ジョシュアとローランドの関係性にも少しだけですが触れる事が出来て、楽しみながら書く事が出来ました。

本編の方ではレオニードからはあまり王太子扱いをされず、苦労人気質なジョシュアには幸せになって貰いたいなと思っていまして、以前から考えていたジョシュアとローランドの関係性の変化を、少しだけ織り込ませて頂きましたので、楽しんでいただけたら幸いです。

書籍化という大変貴重な経験を体験させて下さいました編集様にも、大変感謝しております。数ある作品の中から見付けていただき、お声掛けして下さった事、重ねて感謝申し上げます。

また、サマミヤアカザ先生にはとても素敵で美麗なイラストを描いていただきまして、大変感謝感激しております。自分の書いたキャラクターがイラストになるという夢が叶《かな》い、とても嬉《うれ》しいです。

そして、最後にこの作品に興味を持っていただき、手に取って下さった読者の皆様にも、心より感謝申し上げます。誠にありがとうございました。

Ruby collection

転生《てんせい》したら大好《だいす》きな幼《おさな》馴《な》染《じみ》に斬《き》られるモブ役《やく》だった。 下《げ》

2024年3月1日　初版発行

著者　むにむに

発行者　山下直久

発行　株式会社KADOKAWA
〒102-8177
東京都千代田区富士見2-13-3
電話：0570-002-301（ナビダイヤル）
https://www.kadokawa.co.jp/

印刷所　株式会社暁印刷

製本所　本間製本株式会社

デザインフォーマット　内川たくや（UCHIKAWADESIGN Inc.）

イラスト　サマミヤアカザ

初出：本作品は「ムーンライトノベルズ」（https://mnlt.syosetu.com/）掲載の作品を加筆修正したものです。

ISBN 978-4-04-114582-1　C0093　Printed in Japan